BASTEI
LÜBBE

Taschenbücher von Robert Asprin
im BASTEI-LÜBBE Programm:

23114 Die Chaos-Kompanie
23132 Das Chaos-Casino

ROBERT ASPRIN

Die Käfer-Kriege

Science Fiction Roman

Ins Deutsche übertragen
von Petra Betzer

BASTEI
LÜBBE

BASTEI-LÜBBE-TASCHENBUCH
Band 23157

Erste Auflage:
Juni 1994

Dieser Roman ist bereits 1980
als Band 22027 in der
Science-Fiction-Bestseller-Reihe
bei Bastei-Lübbe erschienen.

Deutsche Lizenzausgabe 1994
Bastei- Verlag Gustav H. Lübbe
GmbH & Co., Bergisch Gladbach
Originaltitel: The Bug Wars
Lektorat: Wolfgang Neuhaus/
Reinhard Rohn
Titelillustration: Richard Hescox
Umschlaggestaltung:
Quadro Grafik, Bensberg
Satz: Bosbach & Siebel
Print Media Concept, Lindlar
Druck und Verarbeitung:
Brodard & Taupin, La Flèche,
Frankreich
Printed in France

ISBN 3-404-23157-0

Der Preis dieses Bandes
versteht sich einschließlich der
gesetzlichen Mehrwertsteuer.

ERSTER TEIL

1

Ich wachte auf. Mit wiederkehrendem Bewußtsein tastete ich instinktiv nach meinen Waffen. Ich fühlte sie in der Dunkelheit iny meinen Halftern und in dem geschlossenen Fach über meinem Kopf. Ich fühlte sie, und, erholt vom Zustand der Schwäche, wendete ich meine Gedanken anderen Dingen zu. Ich habe meine Waffen, ich lebe, ich bin ein Tzen, ich bin an meinen Auftrag gebunden, ich bin Rahm.

Nachdem ich mich erinnerte, ein Tzen zu sein, wunderte ich mich nicht, daß ich zuerst an meine Aufgabe dachte, bevor ich einen Gedanken an meinen Namen verschwendete. Es ist ein Teil des Charakters der Tzen, immer zuerst an das Volk und den Staat zu denken und dann erst an sich selbst, besonders wenn man wie ich der Kriegerkaste angehörte. Es wurde gelegentlich angedeutet, privat natürlich, daß einige der anderen Kasten, insbesondere die der Wissenschaftler, zuerst an das Individuum denken, bevor sie sich mit der Gemeinschaft befassen. Aber ich glaube das nicht. Ein Tzen ist ein Tzen.

Ich streckte meine Krallen. Ja, mein Körper war in blendender Verfassung. Ich war bereit für das bevorstehende Wagnis. Ich hörte keinen Alarm oder Kampfgeräusche, aber ich war trotzdem vorsichtig, als ich mit dem Schwanz den Auslösehebel meiner Schlafzelle betätigte. Die Tür glitt einige Zentimeter nach unten und stoppte, während ich einen flüchtigen Blick durch den Schlitz in das Zimmer warf.

Das Zimmer war nur durch das Mondlicht schwach erleuchtet. Die Luft war warm – nicht heiß, aber warm und feucht, die Temperatur der Nacht in den schwarzen Sümpfen.

Wir wurden nicht geweckt, um auszuruhen und zu essen. Wir wurden geweckt, um zu jagen. Wir waren zum Kämpfen bestimmt.

Ohne länger nachzudenken, ließ ich die Tür ganz aufgleiten und wollte aus meiner Koje steigen, hielt dann aber inne. Ein anderer Tzen kam den Gang heruntergelaufen, den ich zu betreten im Begriff war. Ich wartete, bevor ich hinaustrat, um ihn zuerst passieren zu lassen, und sicherte meine Waffen.

Die Tatsache, daß ich ihm überlegen war – in Wirklichkeit befand er sich in dieser Situation im Vorteil –, war belanglos. Daß ich wartete, geschah nicht gerade aus Höflichkeit, es war logisch. Der Gang war zu schmal für zwei, und er kam zuerst.

Wir tauschten weder Grüße noch Zeichen des Erkennens, als er vorbeiging, nur sein Schwanz kratzte flüchtig auf dem Boden. Sein zehn Fuß großer Körper, ungewöhnlich groß für einen Tzen, war auch im Halbdunkel leicht zu erkennen. Es war Zur, mein zweiter Kommandant bei dieser Mission. Ich respektierte ihn wegen seiner Fähigkeiten, so wie er mich wegen meinen respektierte. Ich hatte nicht das Bedürfnis, ihm Glück zu wünschen oder ihm letzte Instruktionen zu geben. Er war ein Tzen.

Er, wie der Rest meines Fliegerteams, war bei seiner Ausbildung sehr tüchtig, und ich hatte keinen Grund zu glauben, daß sie im eigentlichen Kampf anders handeln würden. Sollte er oder ein anderer im Kampf nachlässig oder nervös sein und sollte diese Unzulänglichkeit mich oder die Mission gefährden, müßte ich sie töten.

Der Gang war nun frei, und ich ging bis zur Kreuzung

zwischen der Schlafkojenwand und dem Maschinenraum. Für einen Moment war ich dankbar für meinen Rang. Da ich Fliegerkommandant war, lag mein Schiff direkt neben dem Flur, so daß ich nicht die gekrümmte Wand hochzuklettern brauchte. Nicht, daß ich das Klettern vermeiden wollte, aber als das Flugtraining begann, entdeckte ich, daß ich ein sehr mittelmäßiger Akrobat bin. Es macht mir nichts aus, wenn ich fliege, aber ich kann es nicht ausstehen, nutzlos in der Luft herumzuhängen.

Ich verbrachte nicht viel Zeit damit, das kleine Schiff zu überprüfen. Das war der Job der Techniker. Ich wußte genug über Flugzeuge, um sie zu bedienen und kleinere Reparaturen durchzuführen, aber Maschinen waren das Spezialgebiet der Techniker, so wie Waffen das meinige waren, und alles, was die Techniker bei ihrer Kontrolle vergaßen, war ohnehin zu kompliziert für mich, um es zu überprüfen.

Statt dessen nutzte ich die Zeit, um meine Waffen in dem Schiff zu sichern, ein Job, den kein Techniker übernehmen konnte. Ich will damit nicht sagen, daß die Techniker nicht geschickt im Kampf sind. Sie sind Tzen, und ich hätte keine Bedenken, jeden Tzen aus jeder Kaste gegen ein gleichgestelltes Individuum einer anderen Intelligenz im Universum in einem Zweikampf antreten zu lassen. Aber ich gehöre zur Kriegerkaste, zur kämpfenden Elite eines Volkes von Kämpfern, und ich sichere meine Waffen selbst.

In Wahrheit war es zweifelhaft, ob Waffen bei dieser Mission nötig sein würden, aber es beruhigte mich, sie direkt zur Hand zu haben. Wie so viele andere hatte ich mich noch nicht ganz an die neue Technologie gewöhnt, die uns so plötzlich aufgedrängt worden war. Die Handwaffen waren ein Band zur Vergangenheit, zu unserem Erbe, zu den Schwarzen Sümpfen. Auch der höchste

Kommandant hatte nichts dagegen einzuwenden, Handwaffen bei einem Auftrag zu benutzen. Man überprüfte nur das Gewicht der persönlichen Ausrüstung eines Kriegers, die er mit in sein Schiff nahm. Niemand stellte sich zwischen einen Tzen und seine Waffen, schon gar nicht ein anderer Tzen.

Zufrieden mit meiner Inspektion machte ich es mir im Schiff bequem und setzte mich in das Gelkissen. Ich wartete, da ich wußte, daß ein Lämpchen auf dem Armaturenbrett anzeigen würde, wenn das Schiff sich geschlossen hatte. Sobald alle Lampen in diesem Raum aufleuchteten, waren wir startbereit, um die Mission fortzuführen.

Anders als die Kolonieschiffe war der Transporter, in den wir gegenwärtig eingekerkert waren, nackt und bloß in seinem Inneren, bar jeden Gegenstandes, der für die Mission nicht absolut wichtig war. Darüber dachte ich kurz nach, während ich wartete. Beinahe gegen meinen Willen kehrten meine Gedanken zu dem Auftrag zurück, der vor uns lag. Mein Widerstreben, an die Mission zu denken, kam nicht von einer Angst zu kämpfen oder von der Sorge um meine persönliche Sicherheit. Ich bin ein Tzen. Wie auch immer, ich finde die Vorstellung des Rassenmordes widerwärtig.

Endlich begann die flexible Wand, an der mein Flieger befestigt war, wie auch die gegenüberliegende, zu zittern und sich zu bewegen. Die Mission begann. Langsam brachte man es in Position, wandelte die Parabel-Kreuzform des Raumes in ein hohes, schmales Rechteck. Die Flieger an meiner Wand waren nun sauber aneinandergereiht, parallel zu jenen an der anderen Wand. Das Ziel war, uns zu stapeln wie Bomben in einem Gerüst, schwebend und fertig zum Abwurf.

Als unser Fliegerteam seine letzten Vorbereitungen

traf, wußten wir, daß die Kammern auf der anderen Seite von uns ihre Wände ausbreiten und den von unseren Wänden eingenommenen Zwischenraum ausfüllen würden, um das Gewicht ihrer Flieger zu erleichtern. Wie ich schon sagte, auf einem Transport wird kein Platz verschwendet.

Die Tür der Kammer öffnete sich unter mir. Als unterster Flieger der Truppe hatte ich eine ungehinderte Sicht in die Tiefe. Ich erlebte einen Moment des Schwindels, als ich hinunter in die Dunkelheit sah. Wir sind keine Spezies der Lüfte.

Dann war ich im freien Fall. Es gab keinen befreienden Druck, ich fiel nur plötzlich. Obgleich ich normalerweise nicht dazu neige, meine persönliche Meinung als Faktum zu verkaufen, muß ich sagen: Dies war kein angenehmes Erlebnis.

Wie man uns gewarnt hatte, lautete der Schlachtplan auf Nachtangriff. Das war taktisch klug, da die Feinde Tagjäger waren, während wir Tzen gewohnt waren, bei Nacht zu arbeiten. Das gab uns einen unermeßlichen Vorteil in dem bevorstehenden Kampf. Das hieß auch, daß die Planetenhälfte, der wir entgegensanken, dunkel war und man keine Geländemerkmale erkennen konnte.

Kreuzwinde rüttelten meinen Flieger, als ich fiel, aber ich kümmerte mich nicht darum. Das Verhalten bei Kreuzwinden wie auch bei atmosphärischem Druck und allen möglichen Wetterbedingungen wurde dem Piloten schon bei seiner Ausbildung beigebracht. Auf ihre Art waren die Piloten Spezialisten, besser trainiert als die Krieger.

Das Surren der Fußplatte sagte mir, daß mein Flieger an der Außenseite einer der Energiequellen hing, die von einem der Aufklärungsschiffe gezogen wurden. Noch immer fiel ich. Jetzt konnte ich einige Merkmale des

Geländes unter mir ausmachen. Weit weg auf der linken Seite schimmerte eine große Wasserfläche. Unter mir war eine Art Bergkette, und ein Stück weiter auf der rechten Seite erstreckte sich ein riesiger Wald. Offensichtlich handelte es sich um einen bewohnbaren Planeten. Kein Wunder, daß der Feind ihn als einen der Orte ausgesucht hatte, an denen man sich ansiedeln kann. Und kein Wunder, daß wir sie von hier wegschaffen mußten.

Das Surren in der Bodenplatte wurde nun hörbar stärker, aber ich fiel immer weiter. Ich erlaubte mir, die Möglichkeit eines Fehlers im Autopiloten in Erwägung zu ziehen, verwarf aber den Gedanken wieder. Die Programme waren so einfach wie möglich strukturiert, um die perfekte Sicherheit zu gewähren, und ich hatte keinen hinreichenden Grund, mit einem Störfaktor zu rechnen.

Als ob der Autopilot meine Folgerungen bestätigen wollte, reagierte er augenblicklich. Mit einem sanften Knall entfalteten sich die starken Flexi-Stahl-Fledermausflügel, die an den Seiten des Fliegers eingeklappt waren, fingen die stürmische Luft auf und zwangen das Schiff von einem Sturzflug in einen Gleitflug. Dieser plötzliche Bremsvorgang preßte mich tief in das Gel-Kissen und drückte mir die Augen zu.

Ein fester Druck mit meinen beiden Fersen auf die Fußplatte befreite den Flieger vom Auto-Piloten und gab mir die volle Kontrolle. Ich ließ den Flieger noch ein paar Sekunden vorwärts gleiten, bremste ab, ließ ihn durch sanftes Regulieren der Fußplatte auf der Stelle schweben. Das war kein schwieriger Vorgang, doch wir wurden stundenlang trainiert, um dies ohne zu denken auszuführen, und wir hatten gelernt, den Flieger in allen Situationen zu beherrschen. Die Flieger waren eine Erweiterung unserer Körper, die wir ebenso selbstverständlich benutzten wie unsere Beine. Es war eine fortschrittliche

Art des Transportes, nicht mehr. Unsere Gedanken waren ganz auf die Aktion, auf den Feind konzentriert.

Während ich wartete, musterte ich das vor mir liegende Gebiet mit meinen Augen und den Schallsensor-Schirmen. Von letzteren war ich nicht gerade begeistert, aber ihre Benutzung war bei der Steuerung eines Fliegers unabdingbar. Es gab Zeiten, in denen wir vorwiegend nachts flogen, und wenn wir dahinrasten, mußten wir von den sich nähernden Hindernissen schnell unterrichtet werden. Sobald wir nahe genug waren, reichte unsere normale Nachtsicht aus.

Ich schwebte über ein Flußtal. Die aufsteigende Wärme machte das Schweben leicht. Vor und rechts neben mir begann das Waldgebiet, das ich von hoch oben schon bemerkt hatte. Klar, daß der Pilot in seinen Berechnungen sehr sorgfältig sein muß.

»Fertig, Rahm?«

Es war Zurs Stimme, die telepathisch in mein Gehirn drang. Ich schaute nicht zurück. Ich hatte es nicht nötig. Sein Signal verriet mir alles, was ich wissen mußte, daß das Team hinter mir in Position war, jeder Flieger in unserer Viereck-Formation an seinem Platz schwebend und begierig, endlich zu handeln.

Ich telepathierte meine Befehle zu der Formation.

»Angriff auf eins ... Fertig ... drei ... zwei ... eins!«

Als ich das letzte Signal sendete, trat ich fest auf die Fußplatte und fühlte die Woge der Energie, als die Maschine aufdrehte. Es gab keinen Lärm, nicht das leiseste Wispern eines Geräusches. Dies war eine der vorteilhaften Besonderheiten dieses neuartigen Antriebssystems. Die Zündmaschinen waren geräuschlos, gaben tödliche Hilfe bei unseren bevorzugten Überraschungs-Taktiken. Die Rasse, die die Maschine entwickelt hatte, benutzte sie gern für geräuschlose Fabriken und Fahrstühle. Da wir ein Kriegervolk sind, benutzten wir sie für andere Zwecke.

Unsere Formation schoß vorwärts ins Dunkel zum ersten Angriff in diesem Krieg.

2

Undeutlich konnten wir in der Dunkelheit andere Formationen parallel zu unserem Kurs erkennen. Irgendwo hinter uns waren noch vier andere Wellen, die das Gleichgewicht unserer Division herstellten. Einhundert Formationen, sechshundert Flieger, erbärmlich gegen einen Feind, der zu Tausenden zählte. Dennoch waren wir nicht übermäßig am Ausgang der Sache interessiert. Unsere Flieger waren die schnellsten und manövrierfähigsten in der Luft. Unsere Waffen waren mehr als ausreichend, um den Feind zu erledigen. Mit den Waffen und der Fähigkeit, die Luft zu beherrschen, hatten wir in jedem Kampf eine Chance, trotz der zahlenmäßigen Unterschiede. Unsere Militärgeschichte bewies dies immer wieder. Und dann war da noch die Tatsache, daß wir Tzen waren. Ich wollte dem Kampfinstinkt und dem Training der Tzen vertrauen, das über jedem blinden Insektenschwarminstinkt steht. Wir würden in diesem Krieg siegen. Wir würden siegen, weil wir mußten.

Wir hatten nun die Bäume erreicht, unsere Formation flog tief und geradeaus, ohne nach Zielen zu suchen. Durch ihre majestätische Größe ließen die Bäume unsere Schiffe klein erscheinen. Ihre Stämme hatten einen Durchmesser von über dreißig Fuß und ragten hinauf in die Dunkelheit, bis man sie beinahe nicht mehr sehen konnte. Unser Einsatzgebiet lag in einiger Entfernung vor uns. Wenn der Transport seine Last genau zur richtigen Zeit abwarf und jeder den geplanten Kurs und Geschwindigkeit einhielt, würde der Angriff in allen Zonen gleichzeitig beginnen, ebenso wie unser Divisionsangriff mit den Angriffen der anderen Divisionen zusammenfallen würde, die an dem Sturm auf diesem Planeten teilnahmen. In der Theorie sollten diese Maßnahmen den Feind daran hindern, sich zum Angriff gegen uns zu sammeln.

Ich konnte die dunklen Massen von Nestern hoch oben in den Bäumen sehen, als wir leise darüber hinwegflogen. Ich strengte meine Augen an, um einen Blick auf den Feind zu werfen, aber ich konnte nichts ausmachen, außer normalen dampfenden Haufen. Sie schliefen in großen Massen, zusammengepreßt im Schutze der Nester, offenbar nichts von den Schatten des Todes ahnend, die durch ihre Festung huschten. Das war nicht überraschend. Sie und ihre Verbündeten regierten die Sterne praktisch unbestritten seit über einer Million Jahre. Wir Tzen haben große Entbehrungen auf uns genommen, um unsere Existenz, vielmehr unsere Entwicklung zu verschleiern, bis wir bereit waren, den Kampf aufzunehmen. Nun waren wir bereit für den Krieg, und der Feind sollte uns kennenlernen – falls einer von ihnen überlebte!

Doch ich wünschte, ich könnte sie besser sehen. Es war schwer für mich, das Bild einer wespenartigen Kreatur mit einer Flügelspannweite von 20 x 30 Fuß zu akzeptieren. Es war hilfreich, Zeichnungen und Drei-D-Projektionen zu studieren, aber nichts konnte besser sein, als einen wirklich lebendigen Feind zu sehen.

Wenn auch voller Selbstvertrauen, so empfand ich doch eine gewisse Unruhe. Ich hätte es vorgezogen, den ersten Zusammenstoß mit dem Feind auf festem Boden zu haben, oder besser noch, auf dem Gelände, wo wir gewöhnlich trainierten. Es fiel mir nicht leicht, zu akzeptieren, daß das erste Gefecht ein Luftkampf mit einer fliegenden Rasse sein sollte. Trotz der vielen Übungen mit den neuen Fliegern war die Luft doch nicht unser Element. Ich wünschte, der Ausgang des bevorstehenden Kampfes würde nicht von unserer Fähigkeit abhängen, Kreaturen mit angeborenen Flügeln fliegerisch zu übertrumpfen. Das machte es mir schwer. Ich zweifelte nicht an der Logik hinter diesem Beschluß. Es würde verheerend sein, hier in Bodenmanöver überzugehen, da der Feind die Überlegenheit in der Luft behalten würde. Aber ich war unruhig.

Plötzlich stieß etwas an die Seite meines Fliegers, zu schnell, um ihm auszuweichen. Es klammerte sich an das Plexiglas, krabbelte und kratzte und suchte den Eingang. Es bedurfte großer Anstrengung, meine Aufmerksamkeit nach vorne zu konzentrieren und zu vermeiden, in etwas hineinzufliegen, mit der wütenden Kreatur im äußersten Winkel meines Blickfeldes, weniger als einen Fuß von meinem Kopf entfernt. Ich hatte einen kurzen Eindruck von vielfach facettierten, metallischen Augen, die mich wild anstarrten, und einem hervorstehenden Kiefer, der an der durchsichtigen Kuppel entlangknirschte; dann ließ ich den Flieger rollen, und das Wesen war verschwunden. Ich hörte ein leises Geräusch hinter mir, wie das plötzliche Ausströmen von Druckluft, aber ich wußte, daß Zur den Eindringling erledigt hatte. Ich wagte einen Blick seitwärts auf die Stelle an der Decke, an der sich die Kreatur festgeklammert hatte, bevor sie abgeschüttelt wurde. Von den Bemühungen des Feindes zeugten tiefe Eindrücke in der Blase und ein paar Stellen, wo der Speichel der Kreatur sich durchzufressen begonnen hatte.

Ich war zufrieden. Diese kurze Begegnung hatte mich

weit mehr für den Kampf vorbereitet als alle theoretischen Übungen, die wir machen mußten. Neue Energie jagte durch meine Adern und verschaffte mir jene lebensnotwendige Zeitspanne, die meine Reflexe schneller ablaufen mußten. Ich konnte nun wohlüberlegt und berechnend in den Kampf eingreifen, anstatt blind nach vorn zu stürmen.

Zum ersten Mal begann Hoffnung in mir aufzusteigen, daß ich den Kampf überleben könnte.

Dann waren wir in unserem Operationsgebiet. Auf mein Signal hin würde die Formation ausschwärmen. Jeder Tzen würde den Abstand zwischen sich und seinen Gefährten vergrößern. Dann, alle gleichzeitig, kletterten wir die Baumspitzen empor, und der Käferkrieg begann.

Der Kampf spielte sich, wie jeder Kampf, zu schnell ab, so daß man keinen klaren Gedanken fassen konnte. Wir hatten mit unseren Fliegern und Waffen so lange trainiert, bis sie ein Teil von uns waren; ihre Benutzung war genauso gedankenlos wie das Krümmen unseres Schwanzes. Unsere Sinne und unser Verstand waren auf den Feind und das Schlachtfeld gerichtet.

Gedanken wurden zu rasenden Wirbeln von kurzen Eindrücken und zu nebelhaften Erinnerungen an Instruktionen. Benutz den Kalt-heiß-Strahler so oft wie möglich ... nicht so wirksam wie die Heizstrahler, aber sie beschädigen den Wald weniger ... wir wollen uns eines Tages hier ansiedeln ... Schwärmt alle aus, um dem Feind den Durchgang zu versperren ... brennt euch euren Weg durch ... weicht nicht mehr als fünf Grad vom Ausgangskurs ab ... fegt nach Möglichkeit drei Nester gleichzeitig mit einem weitwerfenden Strahler weg ... wenn du vom Kurs abweichst, wirst du in einer Feuergarbe deiner eigenen Kameraden enden ... dreh um neunzig Grad ... dreh nach rechts, immer nach rechts ... Kor ist an deiner rechten Seite … trau ihr nicht bei einer Linksdrehung … flieg den Baumstämmen aus dem Weg, und brenn die Nester nieder, solange deine Waffen in Ordnung sind … Feind auf den Flügelspitzen … roll … brenn die Nester nieder … weich nicht vom Ausgangskurs ab …

Wir hatten unsere Zone in ein unregelmäßiges Muster verwandelt. An ein streng geometrisches Muster hätte man sich leichter erinnern können, und es wäre auch für einen kompletten Sturm geeigneter gewesen, aber es würde auch berechnet werden können. Wenn wir versuchten, nach einem geometrischen Muster vorzugehen, hätten sich die Feinde spätestens nach dem dritten Annäherungsversuch zusammengeschlossen und müßten logischerweise nun auf uns warten. So setzten wir unseren Kurs fort, scheinbar zufällig gewählt, kreuzten unsere eigenen Wege, brannten uns häufig Wege in den Schwarm der Feinde, die über uns flogen, um uns zu verfolgen.

… Dreh nach rechts … brenn die Nester nieder … nur Kaltstrahler …

Wir flirteten immer weiter mit dem Unheil. Unsere Flieger konnten den schwerfälligen Feind leicht hinter sich lassen; aber wenn wir unsere Schnelligkeit ausnutzen wollten, raubten im Wege stehende Bäume fast unsere ganze Aufmerksamkeit, und wir nahmen das Risiko auf uns, Nester zu vergessen. Wenn wir aber unsere Geschwindigkeit auf ein langsames Tempo absenkten, um zu jagen, konnte der Feind uns einholen oder uns den Weg abschneiden. So schauten wir weiter dem Tod ins Auge, manchmal leichtsinnig nach vorne stürzend, manchmal herumschwenkend, wenn wir einen Feind abschüttelten, der sich an die Flügel geklammert hatte und drohte, uns mit der ganzen Masse seiner Gefährten auf den Boden zu drängen.

... Weich den Bäumen aus ... brenn dich durch einen Schwarm ... dreh nach rechts ... brenn die Nester nieder ... roll ...

Etwas beunruhigte mich. Die Mission lief zu glatt, aber ich konnte kein Zeichen oder visuelle Bestätigung erkennen, als ich den hinteren Teil meines Fliegers hochgezogen hatte. Alle unsere Flieger waren noch bei uns. Wir hatten keinen Gefährten verloren. Wenn die anderen Divisionen den gleichen Erfolg hatten, so waren Schwierigkeiten zu erwarten, wenn wir zurück wollten.

... Schweif nicht ab ... roll ... dreh nach rechts ... brenn die Nester nieder ...

Wir waren dem vollständigen Sieg über unsere Zone nahe. Ich interessierte mich für die nördliche Grenze, wo auch immer sie sein sollte. Die Zonen gingen ineinander über, um dafür zu sorgen, daß keine ›lebenden‹ Nester übersehen wurden. Das hieß, daß es nötig war, die Wahl des Zeitpunktes zwischen den Teams abzusprechen, um sicherzugehen, daß nie zwei Teams zur gleichen Zeit eine Zone bekämpften und so zufällig ineinander flogen. Es war ein lästiges, aber bewährtes System. Doch irgend etwas stimmte nicht! Es sah so aus, als ob wir die einzigen wären, die an der Nordgrenze kämpften, und wenn wir uns drehten, konnten wir die sterblichen Überreste der Nester jenseits unserer Zone sehen.

Etwas war oberfaul mit dem Fliegerteam an unserer Nordseite. Das Ende unserer Jagd stand bevor, und ich mußte bald einen Entschluß fassen. Das war nicht besonders schwierig, da es nur wenige Anweisungen zu befolgen gab. Wir konnten nicht riskieren, unverbrannte Nester zurückzulassen. Dies war ein Rassenkrieg. Wenn wir nur einige Eier zurückließen, müßten wir später wiederkommen und die ganze Aktion noch einmal durchziehen, dann aber gegen einen Feind, der vorbereitet war und auf uns wartete. Wir konnten keine lebenden Nester zurücklassen.

Als wir unsere Jagd beendet hatten, signalisierte ich der Formation, zur Nordgrenze zu schwenken. Das rief zweifellos Bestürzung in meinem Team hervor, aber sie waren Tzen, und sie folgten ohne Widerspruch, als ich die Formation nach links drehen ließ. In dieser Situation war eine Linksdrehung gefahrlos. Ich brauchte mir keine Sorgen um Kor zu machen, solange wir unterwegs waren, den Kontakt mit dem Feind zu halten.

Dieser Kampf wurde schwieriger als die vorhergegangene Jagd. Das war zu erwarten gewesen. Da wir keine Gelegenheit hatten, einen koordinierten Zielplan auszuarbeiten, waren wir gezwungen, nach einem einfachen geometrischen Vor-und-zurück-Muster zu arbeiten. Wie ich schon bemerkte, sind geometrische Muster selbstmörderisch.

Wir hatten eine Stellung erreicht, an der wir mehr Zeit damit verbrachten, den Feind zu verbrennen als die Nester, als der langerwartete Ruf in meinem Kopf ankam. Wir kreuzten die Zone eines anderen Fliegerteams und schalteten das Warnsignal ein, um die zuständige Formation von unserer Anwesenheit zu unterrichten, und endlich bekamen wir eine Antwort.

»Ich habe euer Signal gesichtet«, kam der Gedanke. »Ich weiß euren Beistand, die Zone zu decken, zu schätzen und kann nun den Auftrag ohne weitere Hilfe beenden. Ihr könnt zum Treffpunkt zurückkehren.«

Ich bemerkte, daß sie das Wort ›ich‹ anstatt ›wir‹ benutzte.

»Wie ist eure Lage?« fragte ich zurück.

»Fünf Flieger verloren. Mein eigenes Dach ist hinüber. Deshalb ist es für mich unmöglich, das Transportschiff anzusteuern. Dennoch kann ich den Auftrag erledigen. Kehrt beruhigt zum Treffpunkt zurück.«

Was mir einfiel, waren die Schwierigkeiten, die unsere sechs Flieger hatten, als sie die Zone ausdehnten, und das gab mir Anlaß zu der Frage, ob ein einzelner Flieger überhaupt fähig war, die Aufgabe zu beenden. Ich verwarf den Gedanken wieder. Sie war eine Tzen. Wenn sie sagte, sie könne den Auftrag erledigen, dann konnte sie es auch.

»Kehrt zum Treffpunkt zurück«, übermittelte ich meinem Team und riß meinen Flieger hoch, raus aus den Bäumen.

Ich hatte einen Moment lang Sorge um Kor, aber wie es sich herausstellte, grundlos. Als wir in das Tageslicht hinaustraten, war sie in ihrer Position in der Formation.

Ich bezweifelte nicht die Ehrbarkeit des Tzen, der uns ausgesandt hatte, um allein zurückzubleiben. Unter den Tzen war das nicht außergewöhnlich tapfer. Vielmehr war es unsere Auffassung von Pflichterfüllung.

Es war keine Spur von anderen Fliegerteams am Himmel zu sehen, als wir zum Treffpunkt schwebten. Das war nicht überraschend, da wir durch unsere nachträgliche Jagd viel Zeit verloren hatten. Die anderen Einheiten waren wahrscheinlich schon im Transporter.

Tief unter uns sah ich einen Teil des Waldes in Flammen stehen. Offenbar war jemand bei der Benutzung eines Hitzestrahlers zu unvorsichtig gewesen. Ich sah es mir genauer an, als wir darüber hinwegschossen. Es war ein relativ schmaler Teil des Waldes, durch einen Fluß vom Hauptteil abgetrennt. Der Fluß würde hoffentlich die Feuersbrunst aufhalten. Nach all dem Aufwand, den wir getrieben hatten, um den Wald nicht zu beschädigen, wäre es enttäuschend, nun durch die Unvorsichtigkeit eines Fliegers alles zu verlieren.

Wir waren fast am Aufnahmeplatz, und unsere Formation stieg ständig, um die notwendige Höhe zu gewinnen. Wir konnten das Transportschiff jetzt sehen, und als wir näher kamen, auch die bereits eingetroffene kleine Fliegergruppe in Warteformation.

Ich versuchte, die Bedeutung meiner Beobachtung zu ignorieren, während unser Team sich der Formation anschloß. Entweder waren wir nicht die einzigen, die sich verspätet hatten, oder …

Ich verdrängte den Gedanken aus meinem Kopf. Wir waren fast an der Reihe einzusteigen. Ich führte mein Team in einem großen Bogen vom Schiff weg, wo es genug Manövrierraum gab, um die breite Formation von einem Tetraeder in eine einfache Reihe zurückzuordnen. Damit fertig, schwenkte unsere Reihe zum Schiff und setzte sich in Richtung auf die Eingangstür zu in Bewegung.

Das Luk wurde geschlossen. Und während wir hinschauten, scherte das Transportschiff aus dem Orbit und entfernte sich mit zunehmender Geschwindigkeit.

3

Eine der schwierigsten Phasen bei der Planung einer militärischen Aktion ist die Festlegung einer sogenannten ›vorhersehbaren Verlustrate‹. Der interstellare Kampf machte diese Phase immer mehr zur entscheidenden. Dabei wird die Zahl der Krieger geschätzt, die nötig sind, um die Mission auch nach dem Abzug der Verluste zu vollenden. Transport und Nachschub werden dann nach dieser Zahl berechnet. Werden die Verluste unterschätzt, riskiert man die Niederlage im Kampf. Überschätzt man sie, läuft man Gefahr, die gesamte Truppe zu verlieren, wenn man längere Zeit im Weltraum verbringen muß und die Vorräte oder der Treibstoff ausgehen.

Das Höchste Kommando war zu einer Lösung dieses Problems gekommen: Sie errechneten die Zahl der vorhersehbaren Verluste und stockten auf. Sie ließen manchmal mehr Verluste zu als errechnet, aber nie weniger. Für die Rückkehr zum Kolonieschiff setzten sie eine bestimmte Zahl von Truppen fest, und wenn die an Bord war, machten sie einfach die Türen zu.

Offensichtlich war uns genau das passiert.

Da dies die erste Konfrontation mit den Insekten war, hatte das Höchste Kommando keine Informationen, nach denen sie ihre Verlustraten richten konnten, und so schätzten sie hoch. Dadurch wurde der Abschluß der Mission gesichert. Daß hieß aber auch, daß wir ausgeschlossen waren.

Es war nicht etwa so, daß wir einfach nur in einen anderen Transport umzusteigen brauchten. Wenn in einem anderen Schiff noch Platz gewesen wäre, hätte man uns dorthin beordert. Aber es rief uns niemand. Es gab keinen Platz mehr. Soweit es das Höchste Kommando betraf, waren wir nun offiziell tot.

Ich fand meine Situation sehr merkwürdig. Der lebende Kommandant eines lebenden ›toten‹ Fliegerteams. Was tut man, nachdem man gestorben ist? Ich entschied, daß die Lage so ernst war, da es berechtigt erschien, die Meinungen des übrigen Teams zu hören.

»Besprechung!« Ich sendete die Nachricht an die ganze Formation. Es war einen Augenblick still. Sie ordneten ihre Gedanken. Aber Kors Antwort kam fast unverzüglich.

»Wenn wir schon tot sind, ist es das Naheliegendste, so viele Feinde wie möglich mit uns in die Schwarzen Sümpfe zu nehmen. Wir haben wahrscheinlich die Eier und die Königinnen bei dem offiziellen Angriff zerstört, aber es gibt noch genug Arbeiter, die wir töten können, bevor die Energiequellen ausgebrannt sind.«

»Hier ist Ahk, Rahm. Sollen wir so schnell hinnehmen, daß wir tot sind? Wir haben noch die Chance, daß eine Nachricht vom Transportschiff verlorenging. Ich schlage vor, wir benutzen alle verfügbare Energie, um nach einem anderen Transport auszuschwärmen. Falls wir keinen finden, können wir über andere Aktionen entscheiden.«

»Darf ich das Team daran erinnern«, warf Ssah ein, »daß – tot oder nicht tot – Rahm immer noch das Kommando hat. Als Kommandant ist es seine Pflicht, unsere Aktionen zu bestimmen, wenn es Schwierigkeiten gibt, nicht aber unsere Zeit mit unnützen Debatten zu vergeuden.«

»Mahz unterstützt Ssahs Meinung!«

Ich wollte gerade auf diese Anspielung auf meine Nachlässigkeit in der Wahrnehmung meiner Pflichten antworten, als mir Zurs ruhige Stimme zuvorkam.

»Ich meine, Kommandant, daß es für uns keinen Grund zu sterben gibt. Wie auch immer, wenn die Schwarzen Sümpfe uns heimrufen, so können wir vorher noch viel für das Empire tun.«

Seine Meinung interessierte mich.

»Erklärung, Zur.«

»Es gibt auf diesem Planeten noch eine andere Art der Koalition unter den Insekten. Das heißt, daß die Flieger zurückkommen. Wenn wir bis zu diesem Zeitpunkt überleben, sehen wir das Empire wieder. Auch wenn wir das Rendezvous mit dem Transporter nicht mehr erleben sollten, können wir in der Zwischenzeit Informationen sammeln, die wir dem Empire zur Benutzung hinterlassen können.«

Sein Rat war gut durchdacht. Wenn wir dem Empire irgendwie nutzen konnten, gab es nichts mehr zu diskutieren.

»Ich übernehme die Führung«, gab ich dem Team durch und ließ mich auf die Oberfläche des Planeten zufallen. Hinter mir lösten die Flieger den stehenden Kreis auf, den wir während unserer Besprechung gebildet hatten, und formten ein Tetraeder. Wir waren wieder Tzen mit einer Aufgabe.

Zeit spielte jetzt ein große Rolle. Die Energiequellen für unsere Flieger hielten nicht ewig. Sie mußten reichen, bis wir einen anderen Transport fanden, falls überhaupt noch einer in der Nähe war. Denn wie wir wußten, waren die Verluste ziemlich gering. Das bedeutete weiteren Energieverbrauch. Wir sahen keinen Weg um festzustellen, wieviel Zeit wir noch hatten, bis die Maschinen stillstanden.

»Wenn wir Mindesthöhe erreicht haben, verteilt euch und sucht einzeln. Wir brauchen eine große, tiefe Höhle in der niederen Gebirgskette. Nicht mehr als fünfhundert Meter von einer Wasserstelle entfernt, am besten mit einem überhängenden Sims. Vermeidet um jeden Preis Höhenflüge und Wälder.«

Wie Kor vorausgesagt hatte, gab es nur noch Arbeiterwespen. Es war nicht ratsam, sie die Anwesenheit von herumschleichenden Tzen merken zu lassen, an denen sie Rache nehmen konnten.

»Kommandant, darf ich vorschlagen ...«

»Sie dürfen nicht, Ssah. Wie Sie schon sagten, ist es meine Aufgabe zu entscheiden, und ich habe entschieden. Sie kennen Ihre Befehle.«

Das Team verteilte sich, und jeder nahm sich ein Sechstel des Gebietes vor. Unsere Flieger glitten leicht über die Hügel zu unseren Füßen. Wir beeilten uns, um einen Unterschlupf zu finden, bevor unsere Zeit um war. Jede Überquerung meines Sechstels dauerte länger als vorgesehen. Ich wurde langsam unruhig. Das Suchprogramm war vielleicht zu weitmaschig angelegt, um erfolgreich zu sein. Und wenn die Energiequellen ausfielen, konnten wir vielleicht nicht mehr zur Gruppe zurückfliegen.

Ich steuerte in eine andere Richtung und fing wieder

an zu suchen. Bald würde ich die Suche abbrechen und einen anderen Plan machen müssen. Wenn wir uns zu weit voneinander entfernten, konnten wir den telepathischen Kontakt nicht mehr aufrechterhalten.

»Kommandant, ich habe eine Höhle gefunden!«

»Nachricht erhalten, Ssah. Ist sie lang genug, um die Flieger unterzubringen?«

»Ich bin gerade ohne Schwierigkeiten hinein und wieder hinaus geflogen. Sie entspricht genau unseren Vorstellungen.«

Nicht zum erstenmal stellte ich Ssahs Hang zu unnötig gefährlichen Aktionen fest. Wie auch immer, jetzt war nicht die Zeit, um darauf einzugehen.

»Team verstanden? Dann fliegt nach Ssahs Zeichen.«

»Mahz, verstanden.«

»Ahk, verstanden.«

»Zur, verstanden.«

Ich wartete einen Moment. Kor hatte nicht bestätigt.

»Zur, Mahz, ihr seid am nächsten bei Kors Gebiet. Habt ihr eine Nachricht oder ihre Bestätigung?«

»Ich habe ihre Bestätigung, Kommandant«, kam Mahzs Antwort.

Ich war beruhigt und richtete meinen Flieger auf Ssahs Signal aus. Ich flog mit maximaler Geschwindigkeit und hatte die Höhle bald in Sichtweite. Der Eingang war niedrig, mit einer Öffnung von etwas mehr als zehn Fuß Höhe, aber groß genug, um die Flügelspannweite unserer Flieger bequem durchzulassen. Als ich näherkam, sah ich Ahk und Mahz ihre Flieger in die Höhle manövrieren.

Ich drosselte die Energie und flog im Gleitflug zwei Fuß über dem Boden. Ich nahm an, daß die Höhle tief genug war, so daß ich keine Angst haben mußte, in die anderen Flieger hineinzupreschen. Wenn nicht, hätten mich die anderen sicher gewarnt.

Der Eingang war vor mir; dann war ich durch. Der plötzliche Übergang vom frühen Morgenlicht zur völligen Dunkelheit der Höhle nahm mir vorübergehend jede Sicht. Doch meine Schallsensor-Schirme sagten mir, daß ich in den ziemlich hoch gelegenen Eingang einer ausgedehnten Höhle von vierzig Fuß Tiefe geflogen war. Ich konnte vier der anderen Flieger ausmachen, die am Boden der Höhle gelandet waren. Ich steuerte auf sie zu und fragte mich, wo der vermißte Flieger geblieben war. Ich bereitete die Landung vor, tat einen tiefen Atemzug und stieß die Luft langsam aus. Obwohl mein jetziger Gleitflug langsam war gegen den vorhergehenden Schnellflug, hatte ich das Gefühl, daß der Boden unheimlich schnell näher kam. Und unsere Flieger waren nicht für Bodenlandungen konstruiert. Ich setzte auf, erzitterte durch den Aufprall und schlitterte am Boden entlang. Die Blase machte schreckliche Geräusche auf dem Fels. Ich ignorierte es.

»Wer wird vermißt?« fragte ich, noch bevor mein Flieger zum Stehen gekommen war.

»Kor.«

Das konnte Ärger bedeuten.

»Mahz, sind Sie sicher, daß sie bestätigt hat?«

»Hier ist sie, Kommandant.«

Meine Augen hatten sich jetzt an die Dunkelheit gewöhnt. Ich konnte den Schattenriß Kors beobachten, der vom Höhleneingang zu uns herabschwebte.

Ich brannte vor Fragen, die ich ihr stellen wollte, hielt sie aber zurück. Man sollte niemanden mit Fragen verwirren, der gerade versucht, eine Bruchlandung zu machen. Endlich setzte sie den Flieger auf und brachte ihn ein paar Fuß vor den anderen zum Stehen. Wir waren alle ausgestiegen und warteten auf sie.

»Kor, erklären Sie bitte Ihre Verspätung.«

Ich merkte, daß meine Stimmung sich gefährlich zu einem Gefühl extremen Ärgers veränderte. Sie bemerkte es anscheinend sofort, da ihre Kopfhaltung beides verriet, als sie ausstieg, Ärger und Abwehr.

»Ich hatte einen Zusammenstoß mit dem Feind, Kommandant. Es waren drei ...«

»Hat man Sie gesehen?«

»Ja, aber ich habe sie zerstört und die Umgebung nach anderen abgesucht. Deshalb war ich ...«

»Zur!« Ich wandte mich meinem zweiten Kommandanten zu, der, während wir sprachen, hinter Kor getreten war. Sein massiger zehn Fuß großer Körper ließ ihre Sechs-Fuß-Statur klein erscheinen.

»Ja, Kommandant?«

»Gibt es Anzeichen, daß die Feinde telepathische Fähigkeiten besitzen?«

»Es gibt keine Beweise, aber es ist nicht unwahrscheinlich. Viele niedere Klassen der Insekten kommunizieren telepathisch.«

Ich drehte mich abrupt von ihnen weg.

»Ssah, überprüfen Sie die Anzeigen. Sind die Energiequellen noch funktionsfähig?«

»Ja, Kommandant.«

»Sie und Mahz, nehmen Sie Ihre Flieger und die Heißstrahler und schmelzen Sie die Höhle zu.«

Ich wandte mich wieder Kor zu. Mein Schwanz vibrierte ärgerlich, trotz meiner Bemühungen, ihn zu kontrollieren.

»Kor, ich gebe Ihnen einen direkten Befehl. Obwohl Sie zweifellos der beste Kämpfer der Gruppe sind, will ich nicht die Sicherheit der ganzen Formation durch eine unnötige Aktion gefährden. Wenn Sie in Zukunft auf den Feind treffen, unterrichten Sie sofort die Truppe. Tun Sie das nicht, betrachte ich es als direkte Befehlsverweigerung.«

Plötzlich rumpelte und krachte es, und das schwache Licht in der Höhle verschwand vollständig. Sie war verschlossen. Ich drehte mich um und sprach in die Dunkelheit.

»Nehmt jetzt die Punktstrahler und grabt einen Tunnel nach oben. Er sollte gerade groß genug sein, daß wir hintereinander auf allen vieren durchpassen.«

Es herrschte einen Moment Stille.

»Das ist unmöglich, Kommandant.«

»Erklärung!«

»Die Energiequellen sind gerade ausgefallen.«

4

Wir waren praktisch lebendig begraben. Ich überdachte unser Problem eingehend.

»Hat jemand eine Glühlampe in seinem Gepäck?«

»Ich, Kommandant.« Ahks Stimme kam aus der Dunkelheit.

»Es ist bestimmt im Interesse des Teams, wenn Sie sie einschalten.«

»Einverstanden. Wenn mir Ssah oder Mahz erklären, wo die Flieger ungefähr stehen, hole ich sie.«

»Hier, Ssah. Ihr Flieger steht ungefähr vier Fuß zu meiner Linken. Reicht das?«

»Ja. Ich gehe.«

Ich hörte ein schwaches Kratzen, als er in der völligen Dunkelheit hinter mir vorbeihuschte. Man konnte noch immer nichts sehen, doch ich konnte mir gut vorstellen, wie er sich jetzt vorantastete; langsam seitwärts an der Höhlenwand entlang, eine Hand in Gesicht- und Schulterhöhe ausgestreckt, und sein Schwanz in Fuß- und Beinhöhe nach Hindernissen suchend. Es war nicht das erste Mal, daß Tzen in völliger Dunkelheit operieren mußten. Die Möglichkeit, daß er stolperte, gab es praktisch nicht.

»Ssah, als Sie die Höhle auskundschafteten, konnten Sie alles mit dem Schallsensor abtasten?«

»Ja, Kommandant.«

»Gibt es keine andere Öffnung nach draußen, und wenn sie noch so klein ist?«

»Nein.«

Plötzlich erschien ein Pünktchen Licht, dehnte sich aus und zeigte die ganze Helligkeit des kleinen Glühballs, als Ahk die Lampe zu ihrer vollen Stärke aufdrehte. Das Licht zeigte den Rest des Teams, das regungslos in der Dunkelheit ausgeharrt hatte, um Ahk nicht im Weg zu stehen. Aber jetzt kam wieder Bewegung in sie.

»Wo soll die Lampe hin, Kommandant?«

»Stellen Sie sie erst mal auf Ihren Flieger.«

Meine Augen gewöhnten sich schnell an das matte Licht. Die Architektur der Höhle wurde wieder sichtbar. Ich war von der Glühlampe beeindruckt und nahm mir vor, das nächste Mal eine in meinem Privatgepäck mitzunehmen. Wenn die Sichtverhältnisse jetzt auch gut waren, ich war dennoch froh, daß Ssah den Raum mit ihren Sonics abgetastet hatte. Es hätte eine Menge Zeit gekostet, mit unseren eigenen Augen einen anderen Ausgang zu suchen. Die Sonics machten die gleiche Arbeit in ein paar Sekunden. Es war eine optimale Ausnutzung der verfügbaren Geräte.

»Bei meinem ersten Kundschafterflug habe ich auch festgestellt, daß es kein anderes Leben, weder Pflanze noch Tier, in der Höhle gibt.«

Diese zusätzlichen Angaben Ssahs waren völlig nutzlos. Ich nahm an, daß es hier anderes Leben gab, und sie würde mir in ihrem persönlichen Report darüber berichten. Ich war nicht sicher, ob das ein weiterer Ausdruck ihrer Neigung war, sich selbst zu überschätzen, oder ob sie fühlte, daß meine vorhergehende Frage über die Sonar-Analyse genauso unsinnig war. Wie auch immer, es gab Wichtigeres, das geklärt werden mußte.

Ich musterte die Höhle von neuem, schätzte Entfernungen und machte ein paar Kalkulationen. Nein, die Sauerstoffversorgung war kein Problem. Es gab keinen Grund, das Team in ›Tiefschlaf‹ zu versetzen.

Ich ging zu meinem eigenen Flieger.

»Zur!«

Er trat an meine Seite. Ich zog einen Handbrenner aus meinem Gepäck und gab ihn Zur. Er prüfte ihn schnell. Nicht viele Tzen benutzten die Handbrenner. Sie waren verhältnismäßig neu und noch nicht getestet. Die meisten bevorzugten für gewöhnlich die alten Handwaffen oder die etwas moderneren Konstruktionen davon. Ich hatte nicht wirklich die Absicht, den Handbrenner zu benutzen, als ich ihn aus dem Gepäck holte. Ich wollte nur sichergehen, daß ich die Waffen bei Gefahr zur Hand hatte. Unsere unerwartete Situation erhöhte ihre Wichtigkeit, und ich machte im Geist Pläne, wie man ihre verheerende Wirkung am besten einsetzen könnte. Der abrupte Ausfall der Hauptenergiequelle machte diesen Plänen ein schnelles Ende. Da fiel mir etwas ein. Die kompakten, unabhängigen Energiequellen der Handbrenner kamen uns gerade recht.

»Nehmen Sie den, und fangen Sie an, einen Tunnel zu graben. Arbeiten Sie so viel wie möglich mit der Hand, aber scheuen Sie sich nicht, den Brenner einzusetzen, wenn es nötig wird.«

Ohne weitere Fragen zu stellen, drehte er sich um und

durchquerte die Höhle, um mit dem Aufstieg auf den Geröllhaufen im hinteren Teil der Höhle zu beginnen. Ich hatte das Problem gelöst. Frei von dieser Sorge wandte ich mich den anderen Mitgliedern des Teams zu.

»Ich möchte unsere Situation zusammenfassen. Wir sitzen auf unbestimmte Zeit auf feindlichem Gebiet fest, ohne Hilfe, außer uns selbst und was wir an Waffen und Ausrüstung bei uns haben. Wir haben zwei Leitgedanken, die unsere Aktionen bestimmen sollen. Erstens müssen wir versuchen, so viele Daten über den Feind zu sammeln wie möglich, um das Empire in seinen Anstrengungen zu unterstützen, den Feind zu vernichten. Zweitens müssen wir überleben, bis die Flieger zurückkommen, um das Empire wiederzusehen. Diese Ziele widersprechen sich möglicherweise, deshalb möchte ich die Teammitglieder einzeln sprechen, wenn wir hier fertig sind. Gibt es noch Fragen?«

»Frage, Kommandant.«

»Ja, Ssah?«

»Warum behandeln wir das in privaten Besprechungen anstatt in einer offenen Diskussion?«

Ich fixierte sie kurz.

»In einer lebenswichtigen Situation ist es für mich als Kommandant sehr wichtig, die Ansichten und Ansprüche jedes Mitgliedes zu kennen, besonders die der Mitglieder, die eine Formation bei einem Angriff führen sollen. Viele dieser Informationen sind von hoher persönlicher Natur, einschließlich wie die Kameraden über mich und ich über sie denke und was sie von ihren Teammitgliedern halten. Diese Daten sind für die Allgemeinheit nicht nur unerwünscht, sondern auch unnütz. Deshalb private Besprechungen. Ich glaube, Sie werden sich an meine Worte erinnern, wenn Sie selbst einmal Kommandant eines Fliegerteams sind.«

Ihr Kopf wurde bei dieser Zurechtweisung leicht flach, aber sie blieb still.

»Noch Fragen?«

Es gab keine mehr. Ich stand auf und begab mich zum anderen Ende der Höhle.

»Ahk, könnte ich Sie zuerst sprechen? Die anderen sollen ihr Gepäck aus den Fliegern holen und an einem sicheren Ort unterbringen.«

Ahk war das einzige Mitglied des Teams, das genauso alt war wie ich und die gleiche Kampferfahrung hatte. Seine Kampfberichte und meine persönlichen Eindrücke von ihm konnte man am besten mit mager bezeichnen. Ich war begierig, mehr zu erfahren.

Wir fanden bequeme Sitzplätze, wo wir uns niederließen, bevor ich mit der Unterredung begann.

»Ahk, obwohl ich nur wenig von Ihnen weiß, kann man die Jahre Ihrer Erfahrung kaum übersehen. Ich werde mich ohne Zweifel öfter um Rat an Sie wenden. Ich wundere mich, daß Sie bei Ihrer Erfahrung keinen höheren Rang haben.«

»Mein langsamer Aufstieg ist das Ergebnis meiner gewohnheitsmäßigen Vorsicht«, sagte er ohne zu zögern. »Ich habe zu viele im Kampf sterben sehen, weil sie übereifrig und leichtsinnig waren. Mein Konservatismus schließt die Art von Arbeit aus, die eine Beförderung nach sich zieht. Aber was wichtiger ist, meine Gefühle steigern sich von Kampf zu Kampf, und dadurch rückt die Möglichkeit einer Beförderung in immer weitere Ferne. Ich bin mir darüber im klaren und akzeptiere es. Wie auch immer, verstehen Sie meine Vorsicht nicht als Feigheit. Viele sind deshalb vom Duell in die Schwarzen Sümpfe gewandert. Meine Fähigkeiten als Krieger sind überdurchschnittlich, und Sie können mich für jede Aktion einsetzen.«

Er änderte seine Position und sah mich direkt an.

»Meine Meinung über Sie als Kommandant; ich finde Sie mehr als akzeptabel. Obwohl Sie manchmal Risiken auf sich nehmen, die ich vermeiden würde. Aber Sie gehen sie mit Entschlossenheit an und behalten in jedem Fall die Kontrolle. Dadurch wird unnötige Gefahr vermieden. Ich habe keine Bedenken, Ihrem Befehl zu folgen.«

»Haben Sie Vorschläge für die vor uns liegende Aufgabe?«

»Ich schlage für die Mehrheit des Teams ›Tiefschlaf‹ vor. Natürlich mit wechselnden Wachen, falls den arbeitenden Mitgliedern etwas zustößt. Der Schlaf erhöht die Chance, daß einige überleben und ins Empire zurückkehren. Je mehr Mitglieder schlafen, desto weniger Probleme werden wir mit der Essensversorgung haben, und deswegen weniger Aussichten, vom Feind entdeckt zu werden. Die wachenden Mitglieder können genausogut die Schlafenden führen, wie sie auch Informationen über den Feind zusammentragen können.«

Ich hob meinen Kopf leicht nach der Höhlendecke, als ich antwortete.

»Ich werde mir Ihre Vorschläge überlegen. Wie auch immer, ich will Ihnen sagen, daß ich mit Ihren Folgerungen nicht einverstanden bin. Der ›Tiefschlaf‹ erlaubt uns, zu überleben, wenn die Zeiten schlecht sind, aber ich glaube nicht, daß er hier angebracht ist. Das Langlebigkeitsserum, das von den Wissenschaftlern entwickelt wurde, sichert einem Tzen praktisch zu, daß er so lange lebt, bis er getötet wird. Wegen der Überzahl der Feinde auf diesem Planeten glaube ich, daß die beste Taktik, unser Überleben zu sichern, darin besteht, alle Mitglieder bei Bewußtsein zu lassen und so unsere Kampfstärke zu vergrößern und zu jeder Zeit zur Verfügung zu haben.«

Er hörte mir ohne Groll zu. Er hatte seine Ansichten

und ich meine. Es gab keine Frage, wer recht oder unrecht hatte. Ich war der Kommandant, und meine Befehle wurden befolgt.

»Würden Sie bitte noch die Waffen in Ihrem persönlichen Arsenal aufzählen?«

»Ja, natürlich. Ein Gurt mit zwölf Klappspeeren, eine Flexi-Stahlschleuder, eine Säure-Sprühflasche, ein Klappmesser und Duellstäbe.«

»Welche Waffen, wenn überhaupt, würden Sie zur allgemeinen Benutzung bereitstellen?«

Er dachte ein paar Augenblicke nach.

»Alle, außer den Duellstäben. Das heißt natürlich nicht, daß ich waffenlos bleiben möchte. Man müßte mir andere Waffen überlassen oder die fehlenden ersetzen.«

»Das akzeptiere ich. Noch eine Frage, Ahk. Wie denken Sie über Ihre Gruppenmitglieder?«

Seine Antwort kam sofort. Offenbar hatte er sich schon früher darüber Gedanken gemacht.

»Zur ist ein sehr tüchtiger und erschreckend gefährlicher Krieger. Nur manchmal fürchte ich, er denkt zuviel. Manches Mal frage ich mich auch, ob sein Herz wirklich der Kriegerkaste gehört. Er erfüllt seine Pflichten mit Leichtigkeit und sehr gut, aber es sieht nicht so aus, als ob er Freude oder Stolz dabei empfindet.«

Er wiegte seinen Kopf leicht hin und her.

»Kor ist vielleicht der beste Kämpfer, dem ich je begegnet bin. Vor dem übrigen Team ist sie diejenige, mit der ich nicht gern auf dem Duellplatz stehen möchte. Ihre Reflexe und Kampfinstinkte sind beinahe unglaublich. Obwohl ich zugeben muß, daß es in ihrer direkten Nähe ziemlich ungemütlich ist. Zuerst dachte ich, es wäre der Neid auf ihre Talente, aber es geht darüber hinaus. Ich glaube, sie hat mehr Spaß am Töten, als sie haben sollte. Ich fühle mich an ihrer Seite dem Sieg näher, aber ich möchte nicht der sein, der ihr befehlen muß aufzuhören, wenn sie einmal angefangen hat.«

Ahk hielt einige Momente nachdenklich inne, dann warf er unentschlossen seinen Kopf herum.

»Von Mahz habe ich keine Meinung. Er ist sehr fähig, steht aber vollkommen unter dem Einfluß von Ssah. So wie die Dinge jetzt stehen, ist er ein Werkzeug ihres Willens. Ich müßte ihn in ihrer Abwesenheit beobachten, bevor ich etwas über ihn äußern kann.«

Sein Kopf sank zu einer gefährlich tiefen Haltung herab. Ich hab schon Tzen gesehen, die eine Herausforderung zu einem Duell mit höher gehaltenem Kopf erklärten.

»Ssah ist gefährlich. Wenn Sie meinen Vorschlag hören wollen, so würde ich Ssah zuerst in den Tiefschlaf schicken. Ihre Anwesenheit ist eine Gefahr für das Überleben des übrigen Teams. Wo Sie, Rahm, kalkulierte Risiken eingehen, nimmt Ssah sie rücksichtslos in Kauf. Rücksichtslosigkeit ist in jeder Kampfsituation gefährlich, aber in unserer einzigartig mißlichen Lage wäre sie katastrophal. Was noch schlimmer ist, sie hat es gewagt, Ihre Autorität und Entschlußkraft anzuzweifeln und herauszufordern. Ich glaube, es wird Ärger geben, wenn Ssah mit dem Team wach bleibt.«

»Gut, Ahk. Das war alles. Falls Sie keine weiteren Fragen haben, sagen Sie Kor Bescheid.«

Kor war ein Rätsel. Sie war klein, einen vollen Fuß kleiner als die sechs Fuß Minimum-Größe, die für die Kriegerkaste vorgeschrieben war. Wie schon bemerkt wurde, ihre phänomenalen Eigenschaften waren der Grund für ihre Aufnahme ohne die üblichen Bedingungen. Man würde Kor zweifellos wählen, um ihre Fähigkeiten dem nächsten Schub von Kriegern zu vererben; vorausgesetzt ... vorausgesetzt, sie erwies sich im eigentlichen Kampf als zuverlässig. Diese Frage beschäftigte mich, als sie zu der Besprechung kam.

»Kor, ich will meine Meinung über Ihre Fähigkeit nicht verhehlen. Sie sind außergewöhnlich und ein Vorbild für jedes Kampfteam. Aber davon abgesehen kann ich nicht ignorieren, daß dies Ihr erster Einsatz für das Empire ist, und Ihre Zuverlässigkeit hat sich noch nicht erwiesen. Sie sind, wie Ssah, ein Teil der neuen Kriegerwelle, die das Anfangstraining unter der neuen Technologie schneller durchlaufen hat als der Rest von uns, der nach der alten Methode geschult wurde. Ihre Leistungen werden ständig von mir und dem Höchsten Kommando beobachtet.«

Ich machte eine Pause, um ihr Gelegenheit zu geben, zu reagieren oder zu antworten. Sie tat keines von beidem.

»Ich habe festgestellt, daß Sie im Kampf einen außergewöhnlichen Enthusiasmus zeigen. Dazu möchte ich Ihnen zwei Fragen stellen. Erstens, ist dieser Enthusiasmus ein individueller Charakterzug oder eine Eigenschaft der neuen Kriegerwelle, an die der Rest von uns sich gewöhnen sollte? Zweitens, wird dieser Enthusiasmus nicht Ihre Fähigkeit, Befehle in einer präzisen und wirksamen Weise zu befolgen, gefährden?«

Sie zog ihren Kopf langsam zurück und verengte gedankenvoll ihre Augen. Ich drängte sie nicht, da die Fragen intensives Denken und genaue Erwägung erforderten. Ihr Schwanz schlug leicht auf den Boden und verursachte ein kratzendes Geräusch.

»Ich habe ernsthaft überlegt und bin zu der Überzeugung gekommen, daß es ein individueller Charakterzug ist. Zu Ihrer nächsten Frage, einer Frage, die Sie vielleicht lieber ungefragt ließen; ja, ich genieße es zu kämpfen. Es ist etwas, das ich gut und wirkungsvoll beherrsche. Meinen jetzigen Status verdanke ich zum größten Teil dieser Fähigkeit; und sie zu nutzen, ist die einzige Möglichkeit, dem Empire zu dienen. Wenn ich nicht kämpfen kann, fühle ich mich nutzlos wie ein Parasit. Völlig sinnlos. Wie auch immer, ich werde meine fehlenden Erfahrungen schnell nachholen und nicht nur gehorchen, sondern die Führung von so erfahrenen Offizieren hoch schätzen.«

Sie legte den Kopf leicht auf die Seite und blickte mich fragend an.

»Ich habe eine Frage, Rahm. Während unseres Strafzuges bemerkte ich an Ihrer Art, den Sturm zu ordnen, die Tendenz, immer nach rechts drehen zu lassen. War das Zufall oder tatsächlich ein Aufwand, um mich immer an Ihrer rechten Seite zu haben?«

»Es war kein Zufall«, gab ich zu. »Ich fühlte mich unwohl, als ich über die Möglichkeit nachdachte, daß Sie vielleicht den Wunsch haben könnten, das Kommando zu übernehmen. Es fiel mir ein, daß, falls Sie Ärger empfinden, wenn Sie zu kämpfen aufhören müßten, sich dieser Ärger leicht auf den Tzen konzentrieren könnte, der Ihnen diesen Befehl gab. In diesem Fall auf mich. Ich wollte es zu keinem Manöver kommen lassen, bei dem sich Ihre Waffen auf mich richten konnten. Als Kommandant habe ich diese Möglichkeit zu erwägen, und, wenn nötig, durch solche Gegenmaßnahmen auszuschalten. Zum Teil handelte ich so, da ich erkannte, daß ich bei Ihrer Geschicklichkeit vielleicht nicht in der Lage gewesen wäre, mich zu verteidigen, wenn Sie mich angegriffen hätten.«

Sie hörte ohne ein Zeichen der Verwirrung zu.

»Verstehe, Rahm. Aber ich kann Ihnen versichern, daß diese Befürchtungen grundlos sind. Wie ich schon sagte, schätze ich Instruktionen von einem so erfahrenen Krieger wie Ihnen. Außerdem fühle ich einen heftigen Widerstand in mir, meine Kräfte gegen einen anderen Tzen einzusetzen. Ich weiß, daß ich trainiert bin, gegen den Feind zu kämpfen, und es wäre ein Mißbrauch dieses Trainings, gegen einen anderen Tzen die Hand zu erheben. Sie haben in meinem Bericht vielleicht bemerkt, daß ich nie ein Duell ausgefochten habe. Da jeder meine Fähigkeiten gut kennt, wird die Möglichkeit einer Herausforderung verringert. Aber, was wichtiger ist, meine Gefühle gegenüber dem Töten eines anderen Tzen verbieten mir, eine Herausforderung auszusprechen, selbst wenn man mich provoziert.«

»Ihre Meinung über die anderen Mitglieder?«

»Ich habe keine. Sie sind Tzen und leisten ihren Beitrag zum Kampf. Ich interessiere mich nicht für ihre Gedanken und Motivationen. Was Sie selbst betrifft, verhält es sich nicht viel anders. Ich bin über Ihre Befähigung als Kommandant weder begeistert, noch entmutigt. Sie erfüllen Ihre Pflicht wirksam, und mehr kann man von einem Tzen nicht erwarten.«

»Haben Sie einen Vorschlag zu unserem Aktionsplan?«

»Wie ich schon sagte, erkenne ich die überlegene Erfahrung der anderen Mitglieder an, was die Planung betrifft. Wie auch immer, wenn ich meine Meinung äußern soll, empfehle ich, hinaus ins Freie zu gehen. Wir sollten die Höhle mit den Fliegern versiegeln und uns für unsere weitere Existenz ein beweglicheres Gerät als die Flieger zulegen. Eine Unterkunft mit nur einem Ausgang ist sehr verwundbar. Wenn wir eine wandernde Gruppe bilden, sind wir beweglicher und können wenn nötig auch fliegen oder einen Gegenangriff starten.«

»Könnten Sie noch die Waffen in Ihrem persönlichen Arsenal aufzählen?«

»Ich habe einen Satz der leichten, mit Eisenspitzen versehenen Handwaffen, ein keilförmiges Schwert, einen der veränderlichen Streitkolben, drei Stahlkugeln, einen Handgelenknadler, zwei lange Messer, ein kurzes und natürlich Duellstäbe.«

»Welche Waffen, wenn überhaupt, würden Sie der Allgemeinheit zur Verfügung stellen?«

Sie zögerte.

»Alle, aber ich würde es vorziehen, keine hergeben zu müssen. Wie Sie bemerkt haben, bin ich ein außergewöhnlich guter Kämpfer. Das kommt daher, daß ich lange Zeit mit diesen Waffen geübt habe. Ich kann mitten im Kampf die Waffen wechseln, ohne in der Bewegung innezuhalten, weil ich keinen Moment überlegen muß. Ich fürchte, diese Fertigkeit geht verloren, wenn ich meinen Stil ändern muß. Die einzigen Waffen, auf die ich ohne zu zögern verzichte, sind der Streitkolben und die Duellstäbe. Der Kolben ist eine neue Waffe, mit deren Handhabung ich noch nicht vertraut bin. Die Duellstäbe ... na ja ... Ich habe gerade erklärt, warum ich nicht damit arbeiten will.«

»Damit sind alle meine Fragen beantwortet. Wenn Sie keine weiteren haben, sagen Sie bitte Mahz Bescheid.«

Sie erhob sich, um zu gehen, zögerte dann aber.

»Keine weiteren Fragen, Kommandant, aber ich möchte noch etwas zu einer vorhergehenden Frage bemerken.«

»Um was geht es?«

»Ich sagte, ich habe keine Meinung über meine Teammitglieder. Nach einigem Überlegen muß ich das ändern. Als Sie erwähnten, daß Ssah und ich von der gleichen Welle Krieger kommen, fühlte ich den Impuls zu sagen, daß sie und ich nicht auf der gleichen Stufe stehen. Ich weiß nicht, warum ich das dachte, aber wenn ich die Wahl habe, möchte ich lieber nichts mit ihr zu tun haben.«

Sie ging und holte Mahz. Ich dachte über Mahz nach. Wie Ahk würde ich Schwierigkeiten haben, mir eine Meinung über ihn zu bilden, wenn er im Schatten von Ssah stand.

»Machen Sie es sich bequem, Mahz. Es gibt viel, über das ich mit Ihnen ...«

»Ich möchte lieber stehen, Kommandant, und wenn ich zuerst sprechen darf, so schlage ich vor, diese Konferenz kurz zu halten und direkt zur Sache zu kommen.«

»Erklären Sie bitte.«

»Bevor wir wichtige Zeit damit vergeuden, meine Meinung über Sie und den Rest des Teams zu diskutieren, möchte ich feststellen, daß ich diese Meinungen für unwichtig halte.«

Er redete hastig weiter, bevor ich ihn unterbrechen konnte.

»Ich will damit andeuten, daß Sie mir keine guten Ratschläge geben können. Nur, schon zu Anfang meiner Karriere beobachtete ich meine Fähigkeiten strenger, als meine Ausbilder es taten. Dabei stellte ich fest, daß ich keine hatte. Nicht, daß ich unfähig oder ungeeignet bin, sondern eben nur nicht außergewöhnlich. Ich besitze nicht die phänomenale Kampfkraft von Kor, noch die Führungskraft und Taktik, die Sie und Ssah besitzen. So habe ich beschlossen, daß es das beste für mich und meine Karriere ist, mich einem Tzen anzuschließen, der aufsteigt, und als seine rechte Hand mit ihm aufzusteigen.«

Er machte eine Pause und sah mich direkt an.

»Der Tzen, den ich zu unterstützen beschlossen habe, ist Ssah. Bei dieser Wahl haben meine Ansichten zurückzustehen. Was sie unterstützt, unterstütze ich auch. Was sie bekämpft, bekämpfe ich auch.«

»Warum haben Sie Ssah gewählt?«

»Und nicht Sie? Ich habe keine Einwände gegen Sie, Rahm. Das hat meine Wahl nicht entschieden. Verschiedene Faktoren haben die Wahl beeinflußt. Ssah ist neu, während Sie ein erfahrener Veteran sind. Sie können mit einzelnen Tzen wie Zur und Ahk zusammenarbeiten, Ssah kann das nicht. Das macht es mir leichter, mich als ihre rechte Hand unentbehrlich zu machen. Wenn man mir noch einen Posten als Zweiter Kommandant bei einem Offizier anbieten wollte, so hätte es jetzt passieren müssen, aber es ist nichts passiert. Ich zog die Konsequenz und konzentrierte meine Anstrengungen auf einen anderen Tzen. Ssah ist noch jung und neu, und sie hat eine Tendenz zu unbekümmertem und selbständigem Handeln. Wenn sie noch lernt, etwas vorsichtiger zu sein, dann ziehen ihre Taten irgendwann die Aufmerksamkeit des Höchsten Kommandos auf sich. Und Ssah, und somit auch ich, steigen im Rang auf. Lernt sie es nicht, vorsichtiger zu sein und wird getötet, dann widme ich meine Dienste einem anderen ehrgeizigen Tzen. Und der Prozeß beginnt von vorn.«

»Sind Sie sich im klaren, welche Gefahren es mit sich bringt, wenn Sie Ihren Willen völlig einem anderen unterordnen?«

»Ich habe meinen Willen nicht ganz aufgegeben, Rahm. Falls Ssah einen Kurs einschlägt, der nicht der beste für das Empire ist, so spreche ich mit ihr und versuche sie zu bremsen. Ich bin zwar ein ehrgeiziger Tzen, aber immer noch ein Tzen.«

»Welche Waffen befinden sich in Ihrem persönlichen Arsenal?«

»Ein Keilschwert, ein Schlagschwert, ein Springspeer, ein langes Messer und Duellstäbe.«

»Welche Waffen, wenn überhaupt, würden Sie dem Team zur Verfügung stellen?«

Er zögerte nicht mit der Antwort.

»Ich muß das überdenken und mit Ssah besprechen, bevor ich darauf antworte.«

»Wenn Sie keine Fragen mehr haben, dann bitten Sie ...«

Ich zögerte mitten im Satz. Zurs massive Gestalt war gerade aus der Dunkelheit der Höhle aufgetaucht. Ich schickte Mahz weg und winkte Zur, um zu erfahren, wie die Vorbereitungen standen.

»Ist der Tunnel fertig?«

»Ja. Ich ließ Ahk als Posten an der Öffnung zurück und kam, um Ihnen zu berichten.«

Er gab mir meinen Handbrenner zurück. Ich warf einen Blick auf den Ladungsanzeiger: Weniger als ein Viertel der Energie war übriggeblieben! Das war gar nicht gut.

»Sollen wir jetzt unsere Besprechung abhalten, Rahm?«

Ich überlegte. Ich kannte meinen zweiten Kommandant besser als jedes der anderen Mitglieder. Wie auch immer, wenn wir zwei uns unterhielten, dann würde es viel zu planen und diskutieren geben.

»Nicht jetzt, Zur. Bitte Ssah zu mir.«

5

Ich drückte mich eng an den Baumstamm, einige zehn Meter hoch in der Luft, und musterte die Umgebung. Der Stamm bewegte sich leicht durch einen Windstoß, und ich wiegte mich mit. Ich war deshalb nicht beunruhigt. Sich wiegende Bäume sind eine natürliche Bewegung und ziehen kein noch so aufmerksames Auge auf sich. Wie auch immer, mein Kopfverdrehen, um die Gegend zu inspizieren, war keine natürliche Bewegung, und ich tat es dementsprechend langsam und vorsichtig. Selbst wenn man mich durch das Blätterwerk entdecken könnte, mein Körper war so eng an den Baumstamm gepreßt, daß niemand

Argwohn schöpfen konnte. Nur mein Kopf konnte meine Position verraten. Da unsere Augen an den Seiten des Kopfes sind, ist die periphere Sicht eines Tzen extrem weit. Es braucht nur eine Drehung von sechs Inches, um ein Feld von 360 Grad zu überblicken. Ich brauchte eine Viertelstunde, um meinen Kopf diese sechs Inches zu drehen.

Ich sah rein gar nichts.

Abgesehen von den ziellosen Bewegungen einiger niederen Lebensformen auf der Wiese vor uns und am Flußrand hinter uns gab es keine Aktivitäten. Nur wir in unserem Hinterhalt warteten.

Zur, Ahk und Kor waren bei mir. Sie hatten sich gut am Boden versteckt. Ich machte mir keine Sorgen, daß sie entdeckt werden könnten. Sie waren Tzen, und Tzen rührten sich nie, wenn sie jemandem auflauerten.

Ich wußte, daß unsere Technik des Versteckens wirksam gegen die Springer war. Wir hatten sie über einen Monat lang beobachtet, ohne entdeckt zu werden. Vor ein paar Stunden tauchte ein Springer am Fluß auf, um zu trinken. Er kam an unsere Flußseite, kaum ein Dutzend Meter von uns entfernt, und bemerkte uns nicht.

Ich machte mir wirklich keine Sorgen um unsere Entdeckung.

Ich machte mir auch keine Gedanken um ein Opfer. Wir hatten diesen Platz nicht aufs Geratewohl gewählt. Ich saß auf einem der höchsten Bäume, die den Fluß säumten, und hatte eine vortreffliche Aussicht.

Wir hatten beobachtet, daß die Springer die Bäume mieden, anstatt Schutz darin zu suchen. Vielleicht beruhte dieses Verhalten auf einer Abmachung, die sie mit den jetzt vernichteten Wespen getroffen hatten, um sich gegenseitig nicht zu stören. Was auch immer der Grund sein mag, diese Öffnung hier war ihr Hauptdurchgang von ihrem Jagdrevier auf der Ebene zu ihrer Wasserstelle am Fluß. Es mußte irgendwann ein Opfer vorbeikommen.

Ich war Späher und konnte gleichzeitig Feuerschutz geben, falls welcher gebraucht wurde. Wenn mein Handbrenner auch nur teilweise geladen war, konnte er uns doch eine große Hilfe sein, wenn unsere Pläne irgendwie schieflaufen sollten.

Von dem Handbrenner wanderten meine Gedanken wieder zu meiner Unterredung mit Ssah. Zum hundertsten Mal drehte ich die Einzelheiten des Gespräches in meinem Kopf. Die Unterredung war nicht zufriedenstellend verlaufen. Ssah war eine meiner Nachkommen. Sie wußte das wahrscheinlich nicht. Ich habe es ihr auch nicht mitgeteilt. Es würde ihre Denkweise genauso wenig verändern, wie es meine verändert hatte. Ich hielt es nur für einen interessanten Punkt, als ich ihren genetischen Bericht las.

Das Treffen mit ihrer Mutter war ein Experiment des Höchsten Kommandos. Ssahs Mutter war eine Einzelgängerin, eine Wissenschaftlerin, die mehr schöpferisch als wißbegierig war. Zu der Zeit unseres Treffens wurde meine Führungskraft allgemein als überdurchschnittlich anerkannt. Aber es wurde festgestellt, daß meine Denk- und Handlungsweise stark von altbekannten Methoden beeinflußt wurde, daß es mir an Erfindungsgabe, oder besser Schöpfungskraft, fehlte. Diese Kreuzung zwischen Krieger und Wissenschaftler war ein Versuch, einen schöpferischen Führer für die Kriegerkaste zu produzieren.

Manche Experimente sind erfolgreicher als andere. Mit Ssah wurde ein Kriegerführer produziert, der keine Beziehung zur Tradition und den Anliegen der Kaste hatte. Sie war das einzige Resultat dieser Verbindung, dem ich bis heute begegnet war. Aber wenn sie alle so waren wie sie, mußte die ganze Brut nach den ersten Tests zerstört werden.

»Ssah, ich mißbillige die meisten Ihrer Denk- und Handlungsweisen. Taktiken, wie in eine Höhle fliegen, bevor man deren Standort durchgegeben hat, gefährden das Leben von uns allen. Wären Sie abgestürzt oder überfallen worden, hätten wir nie etwas davon erfahren und die Höhle nicht gefunden.«

Sie begegnete meinem Blick mit gleichgültiger Neutralität.

»Dazu kommt noch Ihre Art, meine Befehle in Frage zu stellen. Jeder Krieger hat das Recht, Fragen zu den Befehlen eines Höherstehenden zu stellen, aber ich glaube, Ihre Einwände sind grundlos. Sie beinhalten oft Fragen, die wir in früheren Diskussionen oder Einsatzbesprechungen schon behandelt haben, oder sie sind nur rein rhetorischer Natur und haben den Zweck, mich zu provozieren. Bevor ich gut mit Ihnen zusammenarbeiten kann, muß ich mehr Klarheit über Ihre Logik und Motivationen bekommen.«

Sie sah mich offen an, als sie antwortete.

»Meine Handlungen sind leicht zu verstehen, wenn Sie meine Ausgangsbasis kennen. Ich weiß, daß ich statt Ihnen dieses Team führen sollte.«

Ich fühlte, wie mein Kopf gegen meinen Willen tiefer sank, als ich sprach.

»Das Höchste Kommando beauftragte mich mit dem …«

»Ich weiß«, unterbrach sie mich, »ich erwarte auch nicht, daß Sie das Kommando niederlegen, da ich in Ihrer Position nicht ich wäre. Ich erkenne das logischerweise an. Wie auch immer, ich akzeptiere auch meine eigenen Gefühle in dieser Angelegenheit. Ich will nicht versuchen, sie zu rechtfertigen, ich möchte sie nur als Grund für mein Verhalten angeben.«

Ich hatte die Kontrolle über meinen Kopf wiedergewonnen, und meine Antwort war ausgeglichen.

»Beziehen Sie auch die Gefahr für das Team in Ihre Stellungnahme ein?«

»Natürlich, deshalb fordere ich nachdrücklich, daß Sie meinem Plan in diesem Feldzug folgen.«

So betroffen ich auch von ihrer Dreistigkeit war, ich war doch neugierig auf diesen Plan und lehnte mich zurück, um zuzuhören.

»Auf Grund der Uneinigkeiten innerhalb des Teams, die zweifellos das Ergebnis eines Machtkampfes sind, schlage ich vor, wir teilen das Team in drei Zweier-Gruppen. Ich habe noch einige Vorschläge, wie man unsere Situation erleichtern könnte. Durch meinen Plan wird die Möglichkeit ausgeschaltet, daß das ganze Team bei einem Kampf ausgelöscht wird. Das erhöht die Chance, daß einige von uns überleben. Zweitens können drei voneinander unabhängige Teams mehr Informationen sammeln, als es eine einzige Einheit kann. Drittens ...«

Sie zögerte, warf einen verstohlenen Blick nach hinten in die Höhle und fuhr dann mit verschwörerischer Stimme fort.

»Drittens hätten wir die Möglichkeit, uns von den weniger angenehmen Elementen der Gruppe zu befreien.«

Wieder wollte ich den Kopf senken, behielt mich jedoch unter Kontrolle.

»Erklären Sie bitte Ihre letzte Bemerkung.«

»Die Zusammensetzung des Teams sollte klar sein, gerade für Sie. Mahz ist ein guter Krieger, und seine Treue mir gegenüber ist unantastbar. Er und ich bilden ein Team. Sie sind ein tüchtiger Kommandant. Verstehen Sie mich richtig, durch meine Kritik wollte ich nicht Ihre Fähigkeiten anzweifeln, ich meine eben nur, daß die meinen besser sind. Zur ist langsam, aber seine Stärke gleicht die fehlende Schnelligkeit aus. Sie beide bilden ein Team, das mehr als überdurchschnittliche Überlebenschancen hat.«

Sie zögerte wieder.

»Und was ist mit Kor und Ahk?«

»Kor ist blutrünstig, und Ahk ist ein Feigling. Wenn sie sich nicht gegenseitig töten, dann tut es der Feind.«

Ich gab jede Hoffnung, die Kontrolle über mich zu behalten, auf.

»Sie erheben Anspruch auf die Führung des Teams, während Sie mir gleichzeitig erzählen, daß Sie gerne ein Drittel der Mitglieder töten würden?«

»Rahm, Sie und ich wissen, daß ein gutes, kleines Team größere Chancen hat als ein großes schlampiges.«

»Haben Sie überhaupt die leiseste Ahnung, was uns auf diesem Planeten erwartet, Ssah? Der Feind zählt seine Stärke nicht in Trupps, sondern in Schwärmen. Schwärme! Dagegen haben wir gerade sechs Tzen. Sechs! Und Sie wollen unsere Stärke noch aufteilen? Aufteilen und auf vier reduzieren!«

Ich fing mich wieder und hielt meinen Kopf und Stimme ruhig, da beide gefährlich tief gerutscht waren.

»Ich lehne Ihren Vorschlag ab, Ssah. Ich bin der Meinung, daß wir alle sechs zusammenbleiben sollen, um unsere Stärke und Feuerkraft zu vergrößern. Als Beispiel, wie hoffnungslos ich unsere Lage einschätze, möchte ich Ihnen sagen, daß ich Ihre Anwesenheit hier sogar als einen Gewinn betrachte.«

»Wenn das Ihre Ansicht ist.«

»Das sind meine Befehle!«

Sie erhob sich, um zu gehen.

»Wenn Sie keine weiteren Fragen an mich ...«

»Ich habe! Würden Sie bitte die Waffen in Ihrem persönlichen Besitz aufzählen?«

»Selbstverständlich. Ich besitze ein halbes Dutzend Springspeere, einen Säuresprüher, ein Keilschwert, ein langes Messer und Duellstäbe.«

»Welche Waffen würden Sie, wenn überhaupt, dem Team zur Verfügung stellen?«

»Weder Mahzs noch meine Waffen werden von einem anderen Mitglied benutzt. Wir haben unsere Waffen für uns selbst ausgesucht. Ich hoffe, die anderen haben Verstand genug, das gleiche zu tun. Wir behalten unsere Waffen zum persönlichen Gebrauch.«

»Es ist Ihr gutes Recht, so zu handeln. Das war alles. Sagen Sie bitte Zur Bescheid, ich möchte dann mit ihm sprechen.«

Sie wollte gehen, drehte sich dann aber um und sah mich an.

»Kommandant, ich habe versäumt, eine Waffe aus meinem Arsenal anzugeben.«

Ihre Augen begegneten den meinen kalt und ruhig.

»Ich habe einen noch voll geladenen Handbrenner, den gleichen, wie Sie ihn Zur gaben, um den Tunnel zu brennen.«

Nun waren wir hier. Ssah, begleitet von Mahz, bewachte mit ihrem vollgeladenen Handbrenner die Höhle und die Flieger, während ich mit meinem mageren, viertelvollen Brenner an einem Baumstamm hing und dem Team Feuerschutz geben sollte.

Plötzlich bewegte sich etwas vor mir. Ein Springer! Er kam aus dem Busch ins Freie, zögerte einen Augenblick, dann machte er einen Satz von zwölf Fuß und zögerte wieder.

Ich sah ihn mir kurz an. Er war relativ dünn, knapp sechs Fuß groß. Vielleicht war es ein Junges. Wenn unsere Vermutungen stimmten, dann war sein Panzer weicher als der eines ausgewachsenen Exemplars.

Ich beobachtete es weiter. Er sprang erneut in unsere Richtung und blieb wieder stehen. Entweder war er auf der Jagd, oder er war außergewöhnlich vorsichtig.

Obwohl wir die Springer über einen Monat beobachtet hatten, war ich immer wieder von ihrer alptraumhaften Erscheinung fasziniert. Seine Hinterbeine waren zweimal so lang wie die anderen Beine, und dadurch hatte er eine unglaubliche Kraft in den Läufen. Die mittleren Beine benutzten sie nur zum Gehen und um das Gleichgewicht zu halten. Aber die Vorderbeine ... sie waren ehrfurchtgebietend. Sie hatten sich zu dünnen Zangen entwickelt, die an der Innenseite mit Sägezähnen besetzt und blitzschnell waren. Ob sie giftig waren, wußten wir nicht. Dies herauszufinden, war ein Teil unserer heutigen Aufgabe. Ich glaube aber, diese Zangen hatten sich gebildet, um ein Opfer zu packen und für die schrecklichen Kiefer festzuhalten. Die Kiefer waren ebenfalls zu Zangen erweitert und mit Sägezähnen bespickt und dreimal so groß wie die Vorderbeinzangen. Ich sah einmal einen Springer, der ein vierfüßiges Warmblut mit seinem Kiefer halb zerriß.

Das war auch ein Grund, warum wir nicht wußten, ob seine Vorderbeine giftig waren. Wenn wir einmal ein Opfer abschleppen konnten, so lebte es nie lange genug, um festzustellen, woran es gestorben war. Hoffentlich würden wir die Antwort auf diese und andere Fragen bald bekommen. Zur wollte einen Springer, um ihn zu zerlegen, und wir waren hier, um ihm einen zu fangen.

Der Springer kam wieder auf uns zu. Er wollte bestimmt zum Fluß, und um dorthin zu gelangen, mußte er durch unseren Hinterhalt. Ich begann die Wiese hinter ihm abzusuchen, konnte aber kein Zeichen von anderen Springern entdecken.

Ich gab den anderen ein Zeichen.

»Macht euch fertig.«

Obwohl ich keine Bewegung sehen konnte, wußte ich, daß sie sich vorbereiteten. Langes Stillsitzen verhärtet und verkrampft die Gelenke. Sie würden jetzt ihre Muskeln strecken und ihren Kreislauf in Gang bringen, um ohne Zeit zu verlieren zum Angriff überzugehen.

Ich sah immer noch keine anderen Springer auf der Wiese. Das bestätigte unsere Beobachtungen und widerlegte die Theorie des Empires. Nach Zurs Anweisungen wußte das Empire von den gelegentlichen Einzelgängen der Springer, nahm aber an, daß dies Späher seien, denen das Hauptrudel folgte. Unsere Folgerung nach längeren Beobachtungen war, daß die meisten Einzelgänger – eben nur Einzelgänger waren, ohne jeden Anhang.

Der Springer war nun fast an unserem Standort angelangt und wechselte zu einem Kriechgang über, um kurze Entfernungen zu überwinden, eine seltsame, watschelnde Fortbewegungsart.

»Macht euch fertig«, telepathierte ich zum zweitenmal. Ich überflog noch einmal die Wiese. Noch immer nichts zu sehen. Der Springer war jetzt unter meinem Baum und näherte sich dem Flußufer.

»Jetzt!«

Ahk schnellte rechts neben dem Springer aus dem Boden. Er zog seinen Arm zurück, und das Klappmesser schnappte auf, die zwei Hälften schoben sich aus dem Griff ineinander über und saßen fest.

Der Springer sah ihn sofort und erstarrte. Er wußte anscheinend nicht, ob er angreifen oder fliehen sollte. Dann sah er Zur und Kor aus dem Dickicht springen, und das nahm ihm die Entscheidung ab. Er sammelte alle Kraft in den Hinterbeinen und setzte zu einem verzweifelten Sprung an, doch es war zu spät.

Ahks Arm schoß vor, und das Messer durchbohrte die Brust des Springers und nagelte ihn an dem Boden fest.

Ein schrilles Quäken zerriß die Luft. Ich sah schnell wieder auf die Wiese. Noch immer kein Springer in Sicht.

Ich wollte gerade befehlen, das Biest ruhig zu halten, sah aber, daß mein Rat unnötig war.

Zur rannte zu dem wild um sich schlagenden Springer und zog sein Schwert. Er sprang mit überraschender Behendigkeit nach vorne, wich den schnappenden Kiefern aus und schlug mit aller Kraft zu. Gleichzeitig duckte er sich, um den tastenden Kneifzangen zu entkommen, und rollte sich weg. Er kam mit erhobenem Schwert auf die Füße.

Seine Schutzhaltung war ein Reflex, aber unnötig. Der Schwertstreich hatte den Kopf der Bestie gespalten. Diese schlug immer noch um sich, obwohl sie schon lange tot war. Seine Todesqualen hätten leicht durch einen Schlag beendet werden können.

Ich überflog noch einmal die Wiese. Anscheinend wollten keine Springer ihrem gefallenen Mitglied zu Hilfe kommen. Wir hatten richtig vermutet. Unser Opfer war ein Einzelgänger. Wir hatten gespielt und gewonnen. Als Preis hatten wir nun einen Springer zum Sezieren.

Dann sahen wir die Wespen.

6

Als wir unseren ersten Strafzug gegen die Wespen führten, waren unsere Ziele die Königinnen und Nester. Der Schlachtplan schloß die Ausrottung der Arbeiter nicht mit ein. Es war der erste Angriff während der Käferkriege, und das Höchste Kommando nahm an, daß solch eine Aktion ein zu großes Risiko für Krieger und Ausrüstung bedeutet. Wurden keine Eier übriggelassen oder neue gelegt, so starben die Arbeiter aus, wenn ihre Lebensspanne zu Ende ging. Wenn die Flieger zurückkamen, war von den Wespen nichts mehr übrig.

Dieser Plan war gut für die Flieger, aber wir waren hier, und mit uns die Wespen. Obwohl der Hauptangriff ein ziemlich großes Loch in ihre Reihen gerissen hatte und in dem Monat, den wir schon hier verbrachten, noch mehr umgekommen waren, blieb doch noch eine unübersehbare Zahl von ihnen übrig.

Sie kontrollierten regelmäßig die Luftwege, einzeln oder in kleinen Gruppen. Wir waren nicht sicher, warum sie das taten. Sie waren da, und das war alles, was wirklich zählte. Bisher hatten wir keine Schwierigkeiten gehabt, ihnen aus dem Weg zu gehen … bis jetzt.

Es waren drei, die wahrscheinlich durch die Todesschreie des Springers herbeigelockt wurden. Die erste Warnung von ihrer Anwesenheit erhielten wir, als sie von den Baumspitzen in ungefähr 75 Metern Entfernung heruntersanken. Sie näherten sich uns nicht mehr als zwölf Fuß über der Erde, mit einem tiefen, schweren Dröhnen. Zur, Ahk und Kor waren auf offenem Gelände und hatten keine Hoffnung, nicht entdeckt zu werden. Mit kalter Berechnung zogen sie ihre Waffen, um sich auf den Kampf vorzubereiten. Ich war nicht sicher, ob die Wespen mich in meinem hohen Thron entdeckt hatten. Ich verharrte bewegungslos, und die anderen taten auch nichts, das meine Anwesenheit verraten konnte.

Die Wespen hatten es anscheinend nicht eilig, uns anzugreifen. Als sie sich unserem Standort näherten, schwangen sie sich faul in die Baumspitzen, anstatt sich auf uns zu stürzen. Sie ließen sich auf den höheren Ästen nieder und verweilten dort, starrten auf uns herab und stritten nervös untereinander.

Ich hätte sie alle drei, wie sie waren, wegbrennen können, aber ich wollte die restliche Energie sparen, wenn die

Angelegenheit auch mit den Handwaffen bereinigt werden konnte. Der Tag, an dem der Handbrenner zu Ende ist, würde auch kommen, und es war bestimmt das Beste, schon jetzt dafür zu üben, denn jetzt konnten wir noch Feuerschutz von dem Brenner bekommen.

»Bestätige die Zahl von drei Feinden, Kommandant«, kam Zurs telepathische Nachricht.

»Verstanden. Keine Anzeichen von anderen Wespen oder Springern in nächster Umgebung.«

Die beiden Gruppen beobachteten einander vorsichtig. Es war die erste wirkliche Konfrontation zwischen der Koalition der Insekten und dem Tzen-Empire. Überraschungsangriffe wie unser Strafzug oder der Hinterhalt für den Springer werden bedachtsam zum Vorteil des Angreifers geplant. Es wird dabei bewußt mit der Wachsamkeit des Verteidigers gespielt. Jetzt stehen sich aber zum ersten Mal zwei gleich starke Gruppen zum Kampf von Mann zu Mann gegenüber. Beide gleich gut oder gleich schlecht vorbereitet.

Wir hatten Abertausende von Wespen gesehen, als wir ihre Nester verbrannten. Aber es war eine andere Sache, dem Feind von Angesicht zu Angesicht gegenüberzustehen, wenn er wach und kampfbereit war, anstatt ihn von einem Flieger aus zu beobachten, wenn er schlaftrunken und konfus herumschwirrte.

Sie starrten weiter mit diesen toten, metallischen Augen auf uns. Gelegentlich änderten sie ihre Stellung und berührten sich gegenseitig mit ihren Fühlern, als ob sie eine Konferenz hielten. Ihre Körper maßen gut zehn Fuß in der Länge, und im Flug spannten sich ihre Flügel auf über zwanzig Fuß breit und boten ein ungeheures, aber nicht sehr verwundbares Ziel.

Meine Gruppe war nicht untätig. Mit kalter Ruhe bereiteten sie sich vorsichtig auf den Kampf vor. Ahk hatte sich in die Nähe eines turmhohen Baumes zurückgezogen und ein halbes Dutzend seiner Klappspeere geöffnet. Er hielt die Peitsche in einer Hand und begann mit der anderen, um sich herum die Speere tief in die Erde zu bohren. Zuerst dachte ich, er tue das, um die Waffen direkt zur Hand zu haben. Eine Taktik, die mir sehr unklug erschien, wenn ich an die harten Leiber der Insekten dachte. Dann drehte er sich um und trieb zwei Speere in den Baumstamm hinter sich, so daß sie in einem unwahrscheinlichen Winkel in die Luft ragten. Jetzt erkannte ich seinen Plan. Er errichtete einen Zaun mit scharfen Spitzen zwischen sich und dem Feind und schaltete so die Möglichkeit eines plötzlichen Sturmangriffes aus. Es sah aus, als könnte ich noch eine Menge von diesem erfahrenen Krieger lernen.

Zur stand auf offenem Gelände, keine zwölf Meter von Ahk entfernt. Er hielt die Streitkeule, die ursprünglich aus Kors Besitz stammte, in der Hand. Er stand in einer beinahe trägen Ruhe, den harten Schaft fest in der Hand. Aber seine Augen ließen die Wespen nicht los. Sie würden in ihm kein leichtes Ziel finden. Ein Zehn-Fuß-Tzen mit Keule ist kein leicht zu nehmender Gegner.

Ein Dutzend Meter von Zur entfernt vervollständigte Kor das Dreieck. Sie wartete in der Nähe eines kleinen, mickrigen Baumes. Die schwere, mit Stacheln versehene Rüstung glänzte auf Kors Schultern, aber sie schien das Gewicht überhaupt nicht zu spüren. Sie warf einen Stahlball vor und zurück, von Hand zu Hand, während sie wartete.

»Kommandant!«

Es war Kors Stimme, die in mein Gehirn drang.

»Ja, Kor?«

»Erbitte Genehmigung, den Kampf zu eröffnen.«

»Gewährt.«

Ich gab ihr die Erlaubnis nicht, weil ich ungeduldig war, sondern weil ich neugierig war zu erfahren, was sie vorhatte. Ich brauchte nicht lange zu warten.

Sie begann sich erst langsam und dann immer schneller zu drehen und rotierte, so als ob ein Warmblut seinen Schwanz jagt. Ihr eigener Schwanz lag ruhig, bis er plötzlich senkrecht in die Luft schnellte. Dann beugte sie sich vor und warf den Stahlball nach den Wespen. Der Schwanz hatte ihr als Balance und zur Steigerung ihrer Kraft gedient, und jetzt legte sie ihn wieder an.

Ich hatte die Entfernung als zu groß eingeschätzt, um den Stahlball genau und mit Kraft zu werfen. Genau das dachten die Wespen auch. Wie um meine Gedanken zu widerlegen, flog der Ball plötzlich an mir vorbei, als ob er von einer Kanone abgefeuert wäre, und krachte einer Wespe auf den Brustkorb.

Der Aufprall riß die Wespe von ihrem Platz, aber sie fing sich und zog langsam hoch in die Luft, um bald mit den anderen wieder eine Gruppe zu bilden. Sie hingen einige lange Minuten in der Luft, und ich dachte, sie würden sich wieder irgendwo niederlassen.

Dann, ohne Warnung, stießen sie auf uns nieder.

Um genau zu sein, zwei griffen an, und eine wollte wegfliegen, wahrscheinlich um Verstärkung zu holen. Ich richtete meinen Handbrenner auf den Boten, wollte aber erst feuern, wenn der Kampf begann. Die zwei Angreifer passierten meinen luftigen Platz, und ich wußte, daß ich nicht länger warten durfte. Ich drückte auf den Auslöser und beobachtete, wie die Wespe in Flammen aufging. Dann wandte ich meine Aufmerksamkeit den anderen zu.

Die zwei Angreifer hatten sich auf ein Ziel konzentriert – Kor. Da die Wespen mir die Sicht verdeckten, verlor ich sie aus den Augen, aber jetzt sah ich Zur und Ahk. Sie verließen ihre Plätze, um Kor zu helfen. Ich konnte Kor jetzt wieder sehen. Sie bewegte sich schnell und rollte seitwärts über den Boden. Offensichtlich hatte sie bis zum letzten Moment gewartet, bis die tastenden Vorderbeine der Wespe fast über ihr waren. Dann drehte sie sich blitzschnell unter ihnen weg und kam dabei gefährlich nahe an den giftigen Stachel.

Die Wespen zögerten, anscheinend verwirrt über die plötzliche Beweglichkeit ihres Ziels. Intelligente Wesen sollten nicht zögern, wenn sie mit einem Tzen kämpfen. Diesen Bruchteil einer Sekunde, den die Wespe ihr Ziel suchte, war die einzige Blöße, die Ahk brauchte. Die Stahlpeitsche schoß vor, traf die Wespe, die ihm am nächsten war, direkt hinter dem Kopf und trennte ihn vom Körper.

Der kopflose Körper bewegte sich noch, aber ohne Führung torkelte er seitwärts und krachte gegen seinen Partner. Die Wespe schwankte von dem Aufprall und versuchte wegzufliegen. Aber wieder kam dieses Manöver zu spät.

Zur war hinter ihr und schwang die Keule. Er hatte sie umgestellt und der zuerst starre Schaft war jetzt so flexibel wie ein Seil und verstärkte die unbändige Kraft seines Armes.

Die fliegende Keule traf die Wespe in den Bauch. Sie torkelte und krachte auf die Erde. Das Biest bemerkte sofort seine gefährliche Stellung und versuchte, in die Luft zu steigen. Aber wieder zu spät.

Kor war bis an den kleinen Baum gerollt. Als sie wieder auf den Füßen stand, sprang sie auf den Baumstamm, kletterte ein paar Fuß hoch und stürzte sich auf das aufsteigende Insekt. Sie landete auf seinem Rücken, und ihr Gewicht und die Wucht des Aufpralls drückten es zurück auf den Boden. Kor hing an der Wespe, einen Arm um ihren Nacken geschlungen, mit der anderen Hand schmetterte sie einen Stahlball ein paarmal auf den Kopf des Insekts. Die Wespe schlug um sich und krümmte sich vor Schmerz am Boden, zerrte Kor vor und zurück. Diese hielt sich stur weiter fest. Das Biest war nun doppelt darauf versessen, seinen Peiniger mit seinem Stachel zu finden.

Jetzt gab es für mich auch etwas zu tun. Ahk war nicht der einzige mit Klappspeeren. Ich hing mit meinem Arm, den Füßen und meinem Schwanz am Baumstamm, während ich den Speer aufklappte und ihn hinunterschleuderte. Meine Hilfe kam gerade richtig. Der Speer traf die Wespe in den Bauch, warf sie zu Boden und machte den drohenden Stachel unschädlich.

»Kor«, brüllte ich. »Stellen Sie den Angriff ein! Sie ist tot.«

Und sie war tot. Die Glieder bewegten sich noch reflexartig, aber Kors Speer war in den Kopf des Biests gedrungen.

»Verstanden, Kommandant.«

Sie sprang von dem toten Körper der Wespe und blieb abwartend stehen.

Ich suchte die Wiese noch einmal ab, konnte aber kein Lebenszeichen entdecken. Ich stieg vorsichtig hinunter. Wild in der Luft herumzuspringen war gut für Jünglinge wie Kor, aber ich hatte zuviel Respekt vor meiner eigenen Verwundbarkeit, so daß ich kein unnötiges Risiko eingehe, mich zu verletzen. Wie ich schon sagte, ich bin kein guter Akrobat.

Wie auch immer, als ich hinunterkletterte, hatte ich ein Gefühl der Befriedigung. Wir hatten einen Springer, den Zur sezieren konnte, und ich machte mir keine Sorgen mehr um das Verhalten des Teams im Kampf.

7

Wir genossen eine kurze Ruhepause. Wir waren sicher in unserer Höhle, die von Mahz bewacht wurde, und, was wichtiger war, wir hatten gegessen.

In dem Monat, den wir schon hier waren, hatten wir einige Veränderungen in der Höhle vorgenommen. Eine davon waren ein paar rohe Gruben, Pferche und Käfige, in die wir kleine Warmblüter als Futtervorrat steckten. Wir konnten totes Fleisch essen, aber wir bevorzugten es lebend. Außerdem ist es einfacher, einen kleinen Viehbestand zu versorgen, als das Fleisch vor dem Verderben zu bewahren.

Aber wir hatten noch andere Probleme als die Haltung eines Lebensmittelvorrates. Wie auch andere Reptilien neigen Tzen dazu, nach einem schweren Mahl müde und schlapp zu werden, ein Zustand, den wir uns im Moment nicht leisten konnten. Wir waren nicht in einem sicheren Kolonieschiff oder einem Transporter, auf dem wir uns durch langes Fasten auf den Feind scharf machen konnten, um danach um so mehr zu essen, weil wir dann schlafen konnten, während andere unseren Platz beim Kampf einnahmen. Wir waren in einer Situation, in der wir jeden Krieger zu jeder Zeit fit brauchten. Anstatt unserem gewöhnlichen Speiseplan zu folgen, mußten wir nun oft und leicht essen. Dadurch brauchten wir weniger Schlaf. Das war für Kor besonders hart. Durch ihre schmale Gestalt und große Energie war sie ewig hungrig. Sie mußte immer zu essen aufhören, noch bevor ihr Hunger gestillt war. Die Folge war, daß Kor sehr reizbar wurde, ein Zustand, dem ich entgegenwirken mußte, wenn das Team weiter gut zusammenarbeiten sollte.

Zur hatte nach unserem Kampf mit den Wespen beschlossen, nichts mehr zu essen. Statt dessen zog er sich in den hinteren Teil der Höhle zurück und sezierte bei Fackellicht den Körper des Springers.

Während ich ruhte, beobachtete ich Zurs geschickte Bewegungen und wie er manchmal Notizen in seinen Armbandrecorder murmelte. Es war gut, ihn noch mal in seinem Element zu sehen.

Zur war ein Einzelgänger im Team wie auch in der Kriegerkaste. Er war nicht wie ein Krieger aufgewachsen und trainiert wie der Rest von uns. Im Herzen war er Wissenschaftler, und es war nur eine Schwäche von ihm gewesen, daß er Krieger wurde, nicht zuletzt seiner imposanten Erscheinung wegen.

Das trennte ihn immer von den anderen, die nichts von seinem ehemaligen Leben wußten. Er kämpfte wirkungsvoll und gut, aber es gab immer wieder Vorfälle und Äußerungen, die ihn als Nicht-Krieger identifizierten.

Ein Beispiel war meine Unterredung mit ihm gleich nach unserer Ankunft auf diesem Planeten. Obwohl ich von seiner Vergangenheit wußte, war ich geschockt, als ich entdeckte, daß er keine persönlichen Waffen hatte. Gut, er war nicht ganz unbewaffnet. Er war noch Tzen. Aber seine Bewaffnung bestand nur aus einem langen Messer, einem Handwurfspieß und einem Vorrat von Säure- und Beruhigungsspeeren. Für einen Krieger war er nackt! Anstatt mit Waffen hatte er sein persönliches Gepäck mit Informationsscheiben und leeren Scheiben für eventuelle Aufnahmen vollgestopft.

»Wissen ist meine Waffe, Kommandant«, informierte er mich.

Ich wollte nicht den relativen Wert des Wissens diskutieren, und schon gar nicht mit einem Wissenschaftler. Weiter muß ich anerkennen, daß die Scheiben unsere Überlebenschancen vergrößerten und uns die Sicherheit gaben, daß alle Informationen, die wir sammelten, auch das Empire erreichten. Dazu möchte ich als Tzen und Mitglied der Kriegerkaste feststellen, daß ich mich bezüglich unserer Überlebenschancen besser fühlte, nachdem ich Zur ein Keilschwert und eine veränderliche Keule in die Hand gedrückt hatte.

Während ich ihm bei der Arbeit zuschaute und mir unsere Unterredung noch einmal durch den Kopf gehen ließ, wanderten meine Gedanken zurück, als ich Zur zum erstenmal traf, zu der Konferenz, als für mich die Käferkriege begannen.

Ich war vorzeitig aus dem Tiefschlaf erwacht, ein Zeichen, daß etwas nicht stimmte. Es waren noch mehr Krieger auf den Beinen, aber zu wenige für einen Angriff oder zur Vorbereitung eines Feldzuges. Wie auch immer, ich war Krieger und nicht Wissenschaftler, und Neugier war keine meiner Haupteigenschaften. Also folgte ich einfach meinen Befehlen und begab mich zu dem vorgesehenen Konferenzraum.

Der Tzen, der auf mich wartete, hatte gigantische Proportionen. Ich erinnerte mich, daß ich mich damals schon wunderte, warum er Wissenschaftler und nicht Krieger war. Wir konnten diese Stärke gut gebrauchen. Er winkte mich zu sich, zu dem Bildschirm, mitten im Raum.

»Rahm, die Wissenschaftlerkaste war berechtigt, Sie zu wecken, da Sie einer der Experten sind, die uns bei der Lösung eines Rätsels helfen können. Erstens, würden Sie diese Dienstaufzeichnung bestätigen, und zwar, daß Sie in verschiedenen Feldzügen gegen andere intelligente Lebensformen und in wenigstens einem Fall gegen eine Kultur gekämpft haben, deren Technologie weiter entwickelt war als unsere?«

»Bestätigt.«

»Unter Berücksichtigung dessen hätten wir gern Ihre Analysen und Ansichten zu einer neuen Entdeckung.«

Er drückte den Hebel, um den Bildschirm zu aktivieren. Das Bild einer Stadt sprang in den Schirm. Eine herrliche Stadt, weiter entwickelt als alles, was ich bis jetzt gesehen hatte. Sie war in einem Stadium des totalen Verfalls.

»Eine Forschungsexpedition entdeckte diese Stadt in den nördlichen Bereichen der Schwarzen Sümpfe. Ihre Erbauer besaßen offenbar eine Technologie, die allem überlegen ist, was wir uns bis jetzt vorstellen konnten. Würden Sie uns Ihre Meinung dazu sagen?«

Während er sprach, wechselte die Szene langsam, zeigte die Vorderseite der Bauten und ging nun in das Innere. Ich beobachtete noch einige Augenblicke den Schirm, bevor ich sprach.

»Diese Szenen sind vom technologischen Gesichtspunkt her interessant, aber ich soll eine militärische Analyse erstellen. Ich müßte Ansichten der Stadt sehen, die ich besser beurteilen kann. Könnte ich bitte die Verteidigungsanlagen, Waffen und Kasernen sehen?«

»Es gibt keine.«

Ich überdachte diese Antwort, dann überprüfte ich meine Frage. Offensichtlich gab es Verständigungsschwierigkeiten, wenn zwei aus verschiedenen Kasten sich unterhielten. In diesem Fall jedoch war die Frage zu einfach, um mißverstanden zu werden. Doch diese Antwort war unglaublich.

»Wirklich keine, nirgends?«

»Es wurde kontrolliert und wieder kontrolliert. Es gibt absolut kein Anzeichen in dieser Stadt, daß irgend etwas für aggressive Zwecke gebaut wurde. Es gibt Anlagen, die als roher Notbehelf benutzt werden können, aber es gibt keine Spur von Waffen oder einer Armee, die dem Stand der Technologie dieser Stadt entspricht.«

Ich studierte weiter die Ruinen. Nach einigen nachdenklichen Augenblicken war ich fertig.

»Es ist offensichtlich, daß die Stadt und wahrscheinlich auch ihre Einwohner bei einem Angriff vernichtet wurden. Wie man aus den Ruinen sehen kann, wurde sie von oben, unten sowie von den Seiten angegriffen. Das zeugt von einer organisierten, konzentrierten Attacke, die von intelligenten Wesen kontrolliert wurde. Da es in der Stadt keine Waffen gab, handelte es sich nicht um einen Bürgerkrieg, sondern eher um einen Angriff, der von außen kam.«

Ich hielt inne und beobachtete wieder den Schirm.

»Die Ausmaße des Schadens lassen auf einen mechanisierten Angriff schließen. Wie auch immer, es gibt Zeichen, die durch diese Vermutung nicht zu erklären sind. Dieses Gebäude zum Beispiel, seine Vorderseite ist teilweise aufgerissen. Ich sage mit Nachdruck aufgerissen, und nicht aufgeplatzt. Sie sehen, daß die Maschine im Innern dieses Raumes unversehrt geblieben ist. Das schließt eine Explosion aus. Ich glaube, es handelt sich um einen nichtexplosiven und nichtchemischen Angriff.«

Ich wandte mich dem Schirm zu, um einen bestimmten Teil des Bildes zu vergrößern.

»Das Wichtigste an der Sache ist der Bruch in dieser Wand. Wie ich schon sagte, der Faktor, daß die Wand herausgerissen wurde, zeigt, daß es sich um einen mechanisierten Angriff handelte. Jedoch diese Eindrücke an der Wand gleichen mehr den Kiefern einer Bestie als einer Maschine.«

Ich hob meinen Kopf, um ihn direkt anzusehen.

»Aus diesen Beobachtungen schließe ich, daß eine Stadt von intelligenten Wesen mit einer hoch entwickelten Technologie, aber keinen Verteidigungsmöglichkeiten gebaut wurde und funktionierte. Sie wurde von intelligenten Wesen angegriffen und zerstört. Diese Wesen sahen aus, oder gaben ihren Kriegsmaschinen das Aussehen von gigantischen, kraftvollen Bestien. Eine Armee wie diese ist sehr stark und zweifellos gewillt und auch fähig, diese Macht rücksichtslos gegen eine Kultur einzusetzen, die keine Bedrohung für sie darstellt. Diese Armee kann die Existenz unseres Empires gefährden. Ich schlage deshalb vor, sie zu jagen und zu zerstören, um jede Möglichkeit, von ihnen angegriffen zu werden, zu vermeiden.«

Meine Analyse und Schlußfolgerung schien ihn nicht zu überraschen.

»Ich habe Ihre Stellungnahme verstanden und notiert, Rahm. Ihre Analysen stimmen mit den Annahmen des Höchsten Kommandos überein. Die Möglichkeit eines Krieges ist groß genug, daß sie bei den Brutkammern vorbeigehen sollten, bevor sie sich wieder schlafen legen. Wie immer ist die Zeit der Schlüsselfaktor. Lassen Sie uns hoffen, daß der Feind uns Zeit genug läßt, um diese Informationen auszuwerten und unsere Armeen vorzubereiten.«

Es schien mir alles gesagt zu sein, und ich erhob mich, um zu gehen. Aber er hob die Hand, um mich zurückzuhalten.

»Bevor Sie gehen, Rahm, möchte ich gerne noch einen Punkt mit Ihnen besprechen. Da es ein persönliches Gespräch ist, sind Sie nicht verpflichtet zuzuhören.«

Ich war nicht in Eile, und außerdem hatte der große Wissenschaftler meine Neugier angestachelt. Persönliche Gespräche waren unter Tzen selten. Und unter Kasten hatte ich noch nie etwas davon gehört. Ich bedeutete ihm, weiterzusprechen.

»Meine Aufgabe bei dieser Sache war, viele Mitglieder der Kriegerkaste zu interviewen. Neugier trieb mich dazu, einen Blick auf ihre militärischen Laufbahnen zu werfen, um festzustellen, warum gerade diese speziellen Krieger ausgewählt wurden. Ich schließe aus dem, was ich in Ihren und anderen Akten lesen konnte, verbunden mit unserem jetzigen Zusammentreffen, daß Sie bald im Rang aufsteigen. Geschieht das, so möchte ich Sie bitten, in dem kommenden Krieg unter Ihnen dienen zu dürfen.«

Sein Standpunkt verblüffte mich, so daß ich nicht versuchte, ihn zu durchschauen. Der Kastenstolz zeigte sich normalerweise so, daß man lieber zusätzliche Mühen auf sich nahm, um nicht von dem Mitglied einer anderen Kaste belästigt zu werden.

»Da Ihre Bitte anscheinend von der Richtigkeit Ihrer Schlußfolgerung abhängt, warte ich mit der Antwort, bis Sie Ihre logische Begründung geliefert haben.«

»In jedem Krieg werden zusätzlich Offiziere gebraucht. Das Höchste Kommando überprüft gewiß erst die Akten der kampferfahrenen Soldaten, bevor es neue Krieger ernennt. Ihre Dienstakte ist nicht nur vorbildlich, Sie weisen auch noch die besonderen Charakterzüge auf, nach denen das Höchste Kommando seine Offiziere aussucht. Bedenkt man das alles, so ist es nur logisch, daß Ihre Beförderung bei Beginn des Krieges vorgenommen wird.«

»Und worin bestehen diese Offizierstugenden?«

»Die wichtigsten sind, seine Untergebenen nicht zu gefährden, eine umsichtige Planung von Handlungen und Verhaltensweisen, und eine gewisse Voraussicht. In dieser Hinsicht sind Sie wie die Wissenschaftler, und deshalb kann ich diese Vorgänge gut beurteilen.«

»Wie auch immer, ich fürchte, Sie ziehen die falschen Schlüsse«, korrigierte ich ihn. »Diese Eigenschaften besitzen alle Offiziere, da alle Krieger sie besitzen. Es ist sehr wichtig für unser Überleben, daß wir auf unsere Kameraden aufpassen.«

Er stand auf und ging hin und her, während er antwortete.

»Aber nicht alle Krieger beurteilen einander nach der gleichen Wertskala. Und zwar deshalb, weil sie die gespeicherten Daten zu verschiedenen Zwecken benutzen. Es ist schwer für mich, Rahm, Ihnen das zu erklären, da Sie einen guten Kurs verfolgen und denken, andere tun das auch. Versuchen wir's auf diesem Weg: Die anderen sehen einander mit einer Positiv-negativ-Einstellung. Das heißt, wenn sie einem anderen Krieger begegnen, so fragen sie sich, ist dieser Krieger tüchtig oder nicht? Wird er gefährlich für mich, wenn ich einen Platz neben ihm in der Kampflinie akzeptiere? Sie und andere Offiziere wie Sie machen diese Unterschiede nicht. Sie beobachten die Stärke und Aufgewecktheit der anderen und richten Ihre Handlungen danach ein. Wenn Sie eine Offiziersposition hätten, dann würden Sie jedem Krieger den Platz im Team zuweisen, der seiner Stärke und Fähigkeit entspricht. Was das Höchste Kommando sucht, sind Offiziere, die nehmen, was sie bekommen, und das Beste daraus machen. Und nicht Krieger, die jedermanns Zeit damit vergeuden, indem sie suchen und wählen, um ein perfektes Team zusammenzustellen.«

Ich brauchte Zeit, um zu überdenken, ob seine Argumente richtig und auf mich anwendbar waren. Also wechselte ich zu einer anderen Fragestellung über.

»Zurück zu Ihrer eigenen Situation, warum sollte ein Wissenschaftler in den Krieg ziehen wollen, oder besser gesagt, warum sollte ein Offizier die Bürde eines Wissenschaftlers in seinem Team akzeptieren?«

»Vielleicht muß ich mich klarer ausdrücken. Ich will nicht als Wissenschaftler, sondern als Krieger unter Ihnen dienen. In der Wissenschaftlerkaste mache ich im Moment keine Fortschritte mehr, und meine Vorgesetzten haben mich mit zunehmender Häufigkeit darauf hingewiesen, daß ich dem Empire vielleicht besser in einer anderen

Kaste nützen könnte. Nun, meine persönliche Wahl einer alternativen Karriere fiel auf die des Kriegers.«

Obwohl ich versuchte, meinen Zorn über seine verwickelte Ausdrucksweise zu unterdrücken, fiel meine nächste Frage kürzer angebunden aus, als ich beabsichtigte.

»Sie denken also, der Weg eines Kriegers ist einfacher als der eines Wissenschaftlers?«

»Für mich, ja. Mißverstehen Sie mich bitte nicht. Ich will nicht die Schwierigkeiten der Kriegerkaste herabsetzen. Wie auch immer, für mich war das Kämpfen immer zu leicht. Deshalb trat ich in die Wissenschaftlerkaste ein. Mit meinem Körper war es keine große Leistung, schneller zu laufen oder fester zuzuschlagen als die anderen. Das Training kostete mich keine Anstrengung, so daß ich nicht das Gefühl hatte, dem Empire zu dienen. Als Wissenschaftler habe ich versagt. Es ist Zeit, meine persönlichen Gefühle und Vorlieben zurückzustellen und dem Empire als das zu dienen, wofür ich am besten geeignet bin, nämlich als Krieger.«

»Deshalb wandten Sie sich an mich mit meinem fehlenden Positiv-negativ-Werturteil, und erwarten, daß ich Nachsicht mit Ihnen übe?«

»Absolut nicht. Ich möchte die ganze Last eines Teammitgliedes tragen. Ich hoffte, einen Kommandanten zu finden, der meine Nicht-Krieger-Vergangenheit nicht gegen mich verwendet, sondern mein Wissen und meine Fähigkeiten zu unserem Vorteil einsetzt. Ich frage nicht mehr wie jeder andere Tzen auch, und das ist die Chance, aus meinen Fähigkeiten das Beste herauszuholen.«

Ich fand, seine Logik war schwer zu begreifen.

»Aber nach Ihrer Ansicht handelt jeder Offizier so, also warum gerade ich?«

»Theoretisch ist dies der Fall. In der Praxis sieht es jedoch anders aus. Das Fehlen des Positiv-negativ-Urteils wird fast nur innerhalb der Kriegerkaste angewendet. Viele Ihrer Mitkrieger, die den Wert der anderen Kasten kennen und ihnen deshalb den nötigen Respekt erweisen, erhalten trotzdem einen schützenden Abstand aufrecht. Es ist immer eine gewisse Geringschätzung zu spüren, wenn sie mit jemandem aus einer anderen Kaste verkehren müssen. Nicht, daß dieser Charaktezug nur bei den Kriegern vorherrscht. Auch die anderen Kasten haben ihn, die Wissenschaftler eingeschlossen. Ich empfinde es nur besonders quälend bei den Kriegern, da ich in diese Kaste eintreten möchte. Bei unserem Gespräch habe ich diese geringschätzige Atmosphäre nicht gespürt, und deshalb möchte ich unter Ihnen dienen. Nicht, weil ich besondere Vorrechte genießen wollte, sondern weil Sie mich so einsetzen werden, wie Sie Ihre anderen Krieger einsetzen.«

Ich dachte noch einige Augenblicke über seinen Vorschlag nach und drehte mich dann um, um zu gehen.

»Ihr Vorschlag ist mir nicht unangenehm. Wenn die von Ihnen vorausgesagte Beförderung eintrifft, werde ich Ihr Angebot annehmen.«

In der Tür hielt ich noch mal inne.

»Wie ist Ihr Name, Wissenschaftler?«

»Zur«, antwortete er.

Zur war es, und seine Dienstbarkeit erwies sich als ebenso real wie seine Voraussage über meine Beförderung. Er hatte mir nicht nur keinen Grund gegeben, meine Entscheidung zu bereuen, seine Fähigkeiten veranlaßten mich sogar, ihn zu meinem Zweiten Kommandanten zu ernennen, ein Schritt, der keinem der Teammitglieder zu mißfallen schien, nicht einmal Ssah.

»Kommandant!« Zurs Stimme riß mich aus meiner Träumerei.

»Was gibt es, Zur?«

»Könnten Sie einen Moment hierher kommen? Ich habe etwas entdeckt, das Sie sich ansehen sollten.«

So viel zum Verdauungsschlaf. Ich stand auf und ging zu ihm.

8

Ein Schlechtwettereinbruch brachte eine Zeit der Untätigkeit für das Team. Ich befahl den meisten, bis Anfang Frühling in Tiefschlaf zu gehen. Obwohl unsere Standardausrüstung für Notfälle Drogen enthielt, die unsere Körper gegen extreme Temperaturen schützte, sah ich keine Notwendigkeit, sie zu benutzen. Mit der einsetzenden Kälte hatten sich auch die Springer zum Winterschlaf oder zum Sterben zurückgezogen. In ihrer Abwesenheit gab es keine Informationen zu sammeln, und um sie während des Winterschlafs auszurotten, fehlte es uns an Personal und Ausrüstung. Also war es nur natürlich, daß wir die Zeit nutzten, um den so nötigen Schlaf nachzuholen.

Zur und ich blieben länger wach als die anderen. Ebenso Kor, die die erste Wache am Tunneleingang übernehmen sollte. Zur und ich berieten über die Organisation und Analyse der Informationen über die Springer, wovon sich eine ganze Menge angesammelt hatte. Außerdem wollten wir meine eigenen Erkenntnisse analysieren und vervollständigen.

Ich habe keine Schuld, daß ich bei der Übernahme des Auftrags nur über beschränkte Informationen verfügte. Es gab damals viel zu lernen und relativ wenig Zeit, um das Gelernte zu vertiefen. Nach der Entdeckung der zerstörten Stadt und dem darauffolgenden Wissen über die Existenz der Koalition der Insekten stürzten sich alle Wissenschaftler und Techniker in die Arbeit, während die Krieger schliefen. Es wurde jede Anstrengung unternommen, um die Sprache der Erbauer oder der *Ersten*, wie sie auch bezeichnet wurden, zu entziffern. Und umgekehrt diente die Sprache dazu, in die Geheimnisse ihrer Geschichte und Technologie einzudringen. Dieser Prozeß war uns nicht neu. Wie schon erwähnt wurde, war es nicht das erste Mal, daß Tzen einer intelligenten und technisch weiter entwickelten Rasse begegneten.

Die Erforschung der *Ersten* brachte den Tzen einen unschätzbaren Reichtum an neuen Informationen. Es ist schwer zu sagen, was uns mehr faszinierte, ihre Technologie, durch die sie reisen und die Sternsysteme kolonisieren konnten, oder die Erkenntnis, daß sie keinen Krieg oder Gewalttätigkeiten kannten. Nachdem wir das letztere überdacht hatten, wußten wir, weshalb sie so abrupt verschwanden.

Schon bevor wir hinaus in den Weltraum gestoßen wurden, lernten die Tzen aus der Geschichte ihrer Rasse eines der wichtigsten Überlebensprinzipien: nichts besitzen und nichts bauen, bevor man es nicht verteidigen konnte. Was immer du besitzt, und wenn es nur eine Wasserquelle oder das Blut in deinen Adern ist, es gibt immer jemanden oder etwas, das es haben will. Und das einzige Mittel, diesen Feind zu stoppen, bis du selbst.

Die *Ersten* lernten diese Lektion anscheinend nie. Ob sie dachten, daß niemand begehren würde, was sie besaßen, oder daß ihre Partner mit ihrem Anteil zufrieden waren, wurde nie festgestellt. Wie auch immer, als sie das erste Mal den Insekten begegneten und merkten, daß diese intelligent waren, versuchten die *Ersten*, ihr Wissen mit ihnen zu teilen. Sie zeigten den Insekten die Sternenbahnen und die unendliche Zahl der unbewohnten Planeten im Universum, um ihnen damit klarzumachen, daß es keinen Grund gibt, um Futtergebiet Krieg zu führen. Sie zeigten ihnen auch den Umgang mit einigen der interstellaren Transportschiffe, die einfach zu handhaben waren, um ihnen diese neuen Welten zugänglich zu machen.

Die Insekten dachten in einer sehr viel einfacheren Logik. Da sie ein sich stark vermehrendes Volk waren, nahmen sie an, daß es nie genug Welten für alle geben würde. So konnten sie die *Ersten* nur als mögliche Mitbewohner dieser Planeten betrachten. Sie folgten dieser Logik und benutzten die Schiffe, die sie von den *Ersten* mit dem Wissen über die Lage der anderen Planeten bekamen, um einen Angriff zu starten, einen Angriff, der die *Ersten* und ihre Kultur vernichtete. Nachdem sie die Konkurrenz ausgeschaltet hatten, flogen sie wieder in ihr Heimatsystem zurück und vermehrten sich so langsam, wie der Bevölkerungsdruck es diktierte. Dieser Prozeß wiederholte sich ununterbrochen, bis die Tzen auftauchten.

Die *Ersten* waren die Techniker, und die Insekten waren die ersten Eroberer, aber die Tzen sind die ersten Krieger. Unsere Siege ergaben sich nie aus der Hilflosigkeit unserer Gegner. Wir ließen nicht wie die Insekten die Technik bei den *Ersten* zurück. Sie hatten zwar keine Kriegsinstrumente entwickelt, aber viele ihrer Erfindungen konnte man diesem Zweck anpassen.

Nachdem unsere Wissenschaftler entdeckt hatten, daß jedes Ding zwei Funktionen erfüllen konnte, nämlich Schöpfung und Zerstörung, machten sie sich daran, die Technologie der *Ersten* für den Krieg zu benutzen – ihre unendliche Zahl gegen unsere Waffen und militärische Erfahrung.

Die Periode der Vorbereitung für die Krieger war kurz

und hektisch. Wie die meisten Krieger hatte ich die Dringlichkeit unseres Trainings begriffen und mein Augenmerk vor allem auf die Werkzeuge unserer Kaste gerichtet. Wie zum Beispiel auf die neuen Flieger und Waffen. Wir mußten so viel lernen, daß wir meistens nur einen vagen Schimmer mitbekamen.

In unserer jetzigen, mißlichen Lage fand ich immer mehr Verwendung für die Informationen, die ich so leichtsinnig übergangen hatte, und ich war für Zurs Anwesenheit und seine Bibliothek von Informationsscheiben maßlos dankbar. Gelegentlich hatte ich Schwierigkeiten, ihn davon abzuhalten, mir mehr Einzelheiten beizubringen, als ich für nötig hielt.

Doch obwohl ich bemüht war, den Umfang unserer Studien einzuschränken, war ich über die Zeit, die wir brauchten, um das notwendige Material zu behandeln, verblüfft. So wie die Tage und Wochen verrannen, so wuchs mein Respekt vor Zur. Ich hatte ihn immer als etwas Höheres als einen Krieger betrachtet, und durch die flüchtigen Blicke in die Tiefe seines Talents wuchs dieses Bewußtsein noch.

Eines Tages, als wir unsere Studien unterbrochen hatten, um zu ruhen und zu essen, sprach ich ihn darauf an. Noch bei diesem auf jede Mahlzeit folgenden Zustand der Lethargie waren seine Antworten kurz und präzise.

»Es gibt ein Gleichgewicht der Arbeit, Kommandant, das Sie manchmal durchschauen, wie ich glaube. Wissen ist eine mächtige Waffe, aber nur wenn es genutzt wird. Hätte die Koalition der Insekten das Wissen der *Ersten* so genutzt wie wir, dann würden wir wahrscheinlich nicht hier sitzen und essen. Wir Tzen sind nicht so effektiv, weil wir Wissen besitzen, sondern weil wir es anwenden. Die Wissenschaftler suchen und organisieren das Wissen, die Techniker machen es nutzbar, und die Krieger gebrauchen es. Anders betrachtet, hätten meine Informationen ziemlich geringen Wert, wenn Sie als Kommandant nicht bereit wären, sie zu verarbeiten und einzusetzen. Ich sagte es schon, als wir uns das erste Mal trafen: Ich glaube, es gibt viele Offiziere, denen es widerstreben würde, meine Hilfe anzunehmen.«

»Ich stimme Ihnen nicht zu, Zur. Ich fühle mich nicht ungewöhnlicher als andere Offiziere. In allen Phasen des Trainings haben wir uns auf die Wissenschaftler und Techniker verlassen. Warum sollte es im Feld anders sein?«

»Warum, in der Tat? Vielleicht weil man ahnt, daß niemand sich im Kriegshandwerk so gut auskennt wie die Tzen und daß theoretisches Wissen etwas für den Unterricht und nicht für die Praxis ist. Ich sage nicht, daß kein anderer Kommandant meine Hilfe annimmt, aber wieviele hören ähnlich bereitwillig auf meinen Rat oder stellen mir Fragen?«

»Ich nehme an, daß die meisten darauf hören würden. Wenn nicht, wäre unsere Kriegsführung fast schon leistungsunfähig.«

»Vielleicht haben Sie recht, Kommandant«, gab er nach. »Ich gebe zu, daß Ihr Verständnis für die Wissenschaftler und mein Verständnis für die Krieger in dieser Mission gewachsen ist. Es gibt viele kleine Dinge, die mir früher nicht auffielen, Kors Entwicklung zum Beispiel.«

»Was ist mit Kors Entwicklung?«

»Ich nehme an, daß Sie bemerkt haben, daß sie jetzt eine differenzierte Meinung über ihre Teammitglieder hat. Ich schreibe Ihnen diesen Fortschritt zu, denn gerade weil sie sich Ihnen nicht mitgeteilt hat, glaube ich, daß Sie ihr sehr geholfen haben, sich eine Meinung zu bilden.«

Ich hob den Kopf, um ihn scharf anzusehen.

»Es ist charakteristisch für einen erfahrenen Krieger, daß er weiß, was er von seinen Kameraden zu halten hat. Viele betrachten es als lebenswichtig«, sagte ich vorsichtig.

»Ich weiß, Kommandant. Deshalb erwähnte ich, daß diese Entwicklung Kor sehr zugute kommt. Ich sage nur, daß sie in dieser Angelegenheit von außen Hilfe bekam, die es ihr ermöglichte, bessere Fortschritte zu machen, als normalerweise üblich ist.«

»Wenn Sie so wachsam waren, dies zu registrieren, so haben Sie vielleicht auch festgestellt, daß sie ihre meiste Freizeit mit Ahk verbringt«, rief ich aus. »Wenn ich bedenke, daß er mehr Kampferfahrung hat als alle anderen, einschließlich mir selbst, so erscheint es mir nur einleuchtend, daß er Kor in ihrer Entwicklung helfen kann.«

»Ganz meine Meinung, Kommandant. Wie auch immer, ich habe auch festgestellt, daß Sie es waren, der ihn auf diese Idee brachte.«

»Sicher haben Sie auch bemerkt, Zur, daß kein Tzen-Kommandant einem Krieger befehlen kann, sein Wissen und seine Erfahrung mit einem anderen zu teilen.«

»Natürlich, Kommandant. Aber was mir bis zu dieser Mission noch nicht klar war, ist, daß man einen erfahrenen Krieger davon überzeugen kann, daß es in seinem eigenen Interesse ist, einem weniger erfahrenen Tzen in die Geheimnisse des Überlebens im Feld einzuweihen.«

Ich war einige Momente still; dann lehnte ich mich zurück, hielt aber meinen Kopf gesenkt.

»Ich wäre unfähig als Kommandant, wenn ich mich nicht um die maximale Leistungsfähigkeit eines jeden Kriegers bemühen würde, ganz gleich mit welchen Methoden.«

»Das ist es, was ich von Ihnen gelernt habe, Rahm. Und deshalb bereue ich auch nicht, mich unter Ihr Kommando gestellt zu haben.«

9

Ich habe mich als Krieger und Kommandant noch nie hilfloser gefühlt als in dem Augenblick, in dem ich gezwungen war, untätig zuzusehen, wie Ahk starb.

Es war Anfang Frühling, und wir wußten nicht, wann die Springer erwachen würden. Deshalb weckte ich Ssah und Ahk aus dem Tiefschlaf. Wir mußten Späher aussenden, um festzustellen, ob die Springer schon aktiv waren, damit wir gegebenenfalls die anderen wecken konnten.

Ssah und Ahk waren mit dem strikten Befehl hinausgegangen, jeden Feindkontakt zu vermeiden, während ich als Wächter am Eingang zurückblieb. Sie brachen kurz vor der Morgendämmerung auf, um die Chance, einem Springer zu begegnen, möglichst klein zu halten, denn die Springer traten selten vor Mittag ans Tageslicht.

Da ich als Wache lange Stunden bewegungslos bleiben mußte, blieb mir nichts anderes übrig, als zu denken. Meine Gedanken drehten sich komischerweise darum, wie gut das Team in der außergewöhnlichen Situation überlebt hatte. Wir hatten das Ausgeschlossensein und die darauffolgende Bruchlandung gut überstanden. Außerdem hatten wir, obwohl nur zu sechst, über ein Jahr in feindlichem Gebiet ausgehalten. Wir hielten es nicht nur aus, sondern trugen noch alle möglichen Informationen für das Empire zusammen, ohne ein Teammitglied zu verlieren.

Mir kam der Gedanke, Zur zu fragen, ob er eine seiner Informationsscheiben für mich erübrigen konnte, um meinen Bericht als Kommandant darauf zu notieren. Außer den Informationen über den Feind gab es hier noch wichtige Überlebungstaktiken zu lernen. Nachdem ich zu diesem Schluß gekommen war, begann ich, meine Gedanken nach den verschiedenen Punkten zu ordnen: wie ich das Team seit unserer Landung geführt hatte und nach welchen Methoden ich die Stärke jedes einzelnen zu nutzen verstand; die Punkte, die ich bestehen lassen und die, die ich ändern wollte …

Meine Gedanken wurden durch den schrillen Schrei eines Springers unterbrochen. Ich konzentrierte meine Sinne und lauschte intensiv, konnte aber nichts mehr hören.

Ich war überrascht festzustellen, daß die Sonne schon bald unterging. Während ich den ganzen verflixten Tag das Terrain beobachtete, war ich so in Gedanken vertieft, daß ich das Zeitgefühl verloren hatte. Es war Zeit, daß die Späher zurückkamen.

Noch ein Schrei ertönte. Jetzt war ich hellwach. Ich konnte nicht sehen, woher der Schrei kam, von irgendwo aus den Bergen, die unsere Höhle umschloß, irgendwo aus der Nähe des Waldstreifens, wo Ssah und Ahk sich befinden mußten. Die Aktivität der Springer und der Zeitpunkt der Rückkehr der Späher fiel nicht zufällig zusammen. Das hieß, wir bekamen Ärger.

»Zur … Zur … Zur … Zur …« sendete ich verzweifelt in die Höhle.

Ich brauchte eine quälend lange Zeit, um ihn zu erreichen.

»Hier ist Zur!« antwortete endlich eine wache Stimme.

»Probleme am Wald … möglicherweise unsere Späher. Ich gehe nachsehen … wecken Sie die anderen, und kommen Sie nach.«

Während ich den letzten Satz sendete, war ich schon auf den Beinen und rannte. Noch ein Schrei zerriß die Luft, als ich den ersten Hügel hinunterraste. Ich verdoppelte mein Tempo und stürmte den Berg hoch und tauchte in das nächste Tal.

Plötzlich erinnerte ich mich wieder an mein Training.

Danach mußte ich anders handeln. In einer Krise blind und kopflos durch die Gegend zu rennen, so benimmt sich ein panisches, bald totes, nichtintelligentes Wesen, aber kein Tzen-Krieger. Ich zwang mich anzuhalten und preßte meine Faust zusammen, als wieder ein Schrei durch die Luft schnitt. Ich brauchte Informationen – Informationen, die ich dem Team senden und nach denen ich meine Handlungen richten konnte.

Ich wendete und schleppte mich den Berg hinauf, den ich gerade so schnell heruntergelaufen war. Auf diesem Kamm ragte eine Felsengruppe in den Himmel, die wir manchmal als Ausguck benutzt hatten. Sie würde mir nun sehr dienen.

Ich kletterte auf einen der Felsen und suchte die Baumreihe ab. Ich konnte eine undeutliche Bewegung erkennen und zwang mich, meine Augen, trotz der unvermeidlichen Kopfschmerzen, auf die teleskopische Sicht zu konzentrieren.

Es war Ahk. Ich sah ihn kurz, als er sich atemlos unter einen Baum duckte. In der einen Hand hielt er einen Klappspeer, in der anderen eine flexible Stahlpeitsche. Dann verschwand er mit einem Satz hinter dem Baumstamm, und ein Springer knallte auf den Platz, den er gerade verlassen hatte. Das Insekt stand mit dem Rücken zu Ahk, einen Moment verdutzt durch den Aufprall.

Bevor er in Deckung gehen konnte, kam Ahk hinter ihm in Sicht. Seine Peitsche blitzte zweimal in der untergehenden Sonne, und das Insekt flog auf die Seite, zwei seiner Beine fehlten. Ahk rannte wieder die Baumreihe entlang. Er wußte, daß die Springer ihn in offenem Gelände einholen würden, und nutzte seine Beweglichkeit. Ich sah einige zuckende Kadaver, die die Wirksamkeit seiner Taktik bestätigten. Es mußten ihre Todesschreie gewesen sein, die mich alarmiert hatten.

Ich wunderte mich, wieso er sich nicht einfach im Wald versteckte, um seine Verfolger abzuschütteln. Ich sah acht von ihnen, eine kleine Meute, die ihm den Weg abschneiden wollte. Plötzlich fiel er flach hin, als ein anderer Springer aus dem Schatten des Waldes auf seinen erschöpften Körper sprang. Darum lief er die Baumreihe entlang! Die Springer drangen nun auch in den Wald ein!

Er erhob sich auf ein Knie, warf den Speer nach dem drohenden Springer und nagelte ihn am Boden fest.

Plötzlich lag er unten. Ein anderer Springer war ihm in den Rücken gefallen, während er warf.

Ein plötzlicher Schmerz durchfuhr meine angespannten Augen. Dann sah ich das Insekt fliehen, und Ahk war wieder auf den Füßen. Einen Moment verstand ich gar nichts mehr, dann bemerkte ich, was er getan hatte. Während er unter dem Springer lag, löste er einen anderen Klappspeer aus, indem er den Druck der aufspringenden Enden benutzte, um die Kreatur abzuwerfen.

Er rannte wieder und strauchelte, als zwei weitere Springer aus den Tiefen des Waldes in Sicht kamen. Wie viele von ihnen gab es? Und wo war Ssah?

Ich begann nach ihr zu suchen, wandte meine Aufmerksamkeit aber wieder Ahk zu. Ein Springer hatte ihn geschnappt, als er die Richtung ändern wollte. Seine mächtigen Kiefer legten sich um Ahks Taille und hoben ihn in die Luft. Er ließ den Speer sinken, seine Hand griff nach hinten, und das Insekt fiel um, rollte im Todeskampf. Der Säuregürtel!

Ahk ging weiter, hatte aber anscheinend große Schmerzen. Er hatte schreckliche Wunden an den Seiten, die sein Vorwärtskommen stark behinderten. Die anderen Springer sahen das auch und verdoppelten ihre Anstrengungen, ihn zu fangen.

Ahk erkannte seine ausweglose Situation und versuchte eine letzte verzweifelte Anstrengung. Die Peitsche schoß hervor, aber diesmal nicht auf die Insekten. Sein Ziel war ein Ast, der über ihm herausragte. Die Peitsche schlang sich um den Ast und hielt fest. Mit einem Schwung war er oben und wollte sein Gewicht mit der Kraft seiner Arme nachziehen.

Zu spät! Ein Springer hatte seine Beine erwischt und zerrte daran, um ihn zurück auf den Boden zu bekommen. Ahk versuchte trotz des zusätzlichen Gewichts, sich weiter hochzuziehen, ließ dann aber mit einer Hand los, um nach einer Waffe zu tasten. Ein anderer Springer kletterte an seinem Kameraden hoch und bohrte seinen Kiefer in den Nacken des Kriegers. Ahk schrie kurz, dann fiel sein Kopf, vom Körper getrennt. Sein Körper hing noch einen Moment an der Peitsche, dann stürzte er schwer in die unter ihm versammelte Meute.

Ich beobachtete nicht, wie sie sich auf ihr Opfer stürzten. Ich ließ meine Blicke weiter wandern. Während ich Ahks Aufstieg verfolgt hatte, war mir noch etwas anderes aufgefallen.

Ich sah Ssah, keine zehn Meter von dem Vorfall entfernt, in einem Baum hockend. Und mehr noch, ich sah den unbenutzten Handbrenner in ihren Händen.

10

Wir streiften zu dritt durch die Dämmerung vor Tagesanbruch. Kor, Zur und ich unternahmen diese Mission, während wir Ssah und Mahz als Wächter zurückgelassen hatten.

Diese Verteilung der Pflichten war kein Zufall. Bei diesem Unternehmen war es sicher, daß es zum Kampf kommen würde, und das erforderte Zusammenarbeit und gegenseitiges Vertrauen, wenn wir den Feind angreifen wollten. Zur und Kor hatten mich beide, voneinander unabhängig, gebeten, sie bei keiner Mission zusammen mit Ssah einzuteilen. Und auch ich mußte mein Widerstreben eingestehen, ihr zu vertrauen. Vom ganzen Team hatte nur noch Mahz Kontakt zu Ssah. Leider wurde er deshalb genauso gemieden wie Ssah.

Die Meinung des Teams über Ssah war nie sehr hoch gewesen, aber nach dem Tod Ahks fiel sie auf den Nullpunkt. Wirklich, wir hatten einen Punkt erreicht, an dem ich meine Autorität als Kommandant einsetzen mußte, um die Duelle für die Dauer unseres Aufenthaltes auf diesem Planeten zu verbieten. Dieser Befehl löste verständlicherweise großen Protest aus, aber ich hielt an meinem Entschluß fest. Ein Duell in unserer Situation, ganz gleich warum und wie es ausging, würde uns nur schwächen, und wir konnten es uns nicht leisten, noch ein Mitglied zu verlieren. Sie hatten zwar das Recht eines jeden Kriegers, gegen meine Befehle zu protestieren, aber ich erinnerte sie daran, daß es sich um einen direkten Befehl in einer Kampfzone handelte. Sie konnten sich bei meinen Vorgesetzten beschweren, wenn wir wieder ins Empire zurückgekehrt waren. Aber bis dahin hatten sie sich an meine Befehle zu halten. Widersetzte sich ein Mitglied, so war ich berechtigt, mit ihm zu tun, was ich für richtig hielt, eingeschlossen ihn zu töten. Ich hatte deswegen keine Folgen zu erwarten und konnte jedem Mitglied befehlen, mir dabei zu helfen. Es gibt keinen bekannten Fall dieser Art in der Geschichte der Kriegerkaste, aber das Gesetz existierte, und ich konnte jederzeit darauf zurückgreifen.

Es war vielleicht ein Mißbrauch der Regeln, der, wenn

man sie anwendete, zu einer Debatte über die Auffassung von Autorität und Befehlsgewalt gegenüber dem persönlichen Recht führte. Ich jedoch hielt das für in sich logisch und gerecht. Meine eigene Interpretation der Regeln hatte mich in diese Situation gebracht, und bei den Schwarzen Sümpfen, eine persönliche Interpretation würde mich wieder herausbringen.

Das Verhör mit Ssah nach Ahks Tod war eine der frustrierendsten und unbefriedigsten Unterredungen, die ich in meiner ganzen Laufbahn als Krieger geführt hatte. Nach dem Vorfall kehrte ich nicht sofort in die Höhle zurück, sondern wartete am Fuß des Berges, bis Ssah kam. Der erste Verlust eines Tzen unter meinem Kommando und die physische Anstrengung durch die dauernde Fokussierung meiner Augen auf Fernsicht hatten mich dermaßen mitgenommen, so daß ich nicht gerade gute Laune hatte, als sie kam.

»Erklären Sie«, sagte ich, so ruhig ich konnte.

»Erklären, Kommandant?«

»Wir haben gerade ein Mitglied verloren, Ssah. Als Kommandant möchte ich wissen, warum, damit wir in Zukunft derartige Zwischenfälle vermeiden können. Sie waren mit Ahk zur Zeit seines Todes in gleicher Mission unterwegs und sind somit die beste Quelle für Informationen über diesen Unfall, und jetzt erklären Sie!«

Sie schien noch verwirrt, fing aber an, ihre Geschichte zu erzählen.

»Ahk und ich gingen heute morgen hinaus, um nach Springer-Aktivitäten zu spähen. Wir durchstreiften verschiedene Gebiete, hatten aber bis zum Abend nichts entdeckt. Weder ein Einzelgänger noch eine Gruppe. Wir waren auf dem Rückweg zur Höhle, als wir hinter uns das Geräusch einer Gruppe von Springern hörten, die rasch näherkamen. Da wir strikten Befehl hatten, Feindkontakt zu vermeiden, versuchten wir, uns in überhängenden Ästen zu verstecken. Ob Ahk ausrutschte oder die Entfernung unterschätzte, weiß ich nicht, aber er verfehlte den ersten Sprung. Und bevor er es zum zweitenmal versuchen konnte, kam der erste Springer in Sicht und entdeckte ihn. Um meine Position nicht zu verraten, versuchte er, sich seinen Verfolgern durch Flucht zu entziehen. Seine Bemühungen schlugen fehl, und nachdem die Springer verschwunden waren, kletterte ich hinunter und machte mich auf den Weg zur Höhle. Bevor ich die Höhle erreichte, kamen Sie und belästigten mich mit dieser ziemlich ungewöhnlichen Befragung.«

Ich starrte sie vollkommen ruhig an, und sie begann ihren Kopf spöttisch hin und her zu werfen.

»Funktioniert Ihr Handbrenner?«

»Ja.«

»Warum haben Sie Ahk keinen Feuerschutz gegeben, als die Springer ihn packten?«

»Es hätte gegen einen direkten Befehl verstoßen.«

»Was für einen direkten Befehl?«

Sie hielt ihren Kopf fragend auf mich gerichtet.

»Ihren Befehl, Kommandant. Bevor wir gingen, gaben Sie uns den Befehl, jeden Feindkontakt zu vermeiden und uns nur zur Selbstverteidigung auf einen Kampf einzulassen. Ich war nicht in dieser Situation, und das Feuer zu eröffnen, wäre eine glatte Zuwiderhandlung Ihres Befehls gewesen.«

Ich überlegte, bevor ich weiter fragte.

»Sie behaupten also, wenn ich keinen Befehl gegeben hätte, Feindkontakt zu vermeiden, hätten Sie Ahk Feuerschutz gegeben?«

Sie mußte über die Antwort erst nachdenken.

»Nein, ich hätte das Feuer noch zurückgehalten.«

»Erklären Sie!«

»Seit unserer Landung erwies sich immer wieder, daß die Handbrenner bei jedem Kampf mit den Springern ein entscheidender Faktor sein können. Deshalb konnte ich es nicht verantworten, die Energie meines Brenners für ein einzelnes Individuum zu opfern. Vielmehr fand ich es richtiger, die Energie aufzusparen für den Fall, daß das ganze Team in eine kritische Situation gerät. Zweitens hielt ich es für wichtiger, unseren Bericht zurück zum Team zu bringen. Mich in einen unnötigen Kampf einzulassen, hätte die Übergabe dieses Berichts gefährdet.«

»Aber Ihr Bericht enthielt keine Angaben über Springer-Aktivitäten, ein Faktor, der sich durch den Angriff der Springer als falsch erwies.«

»Im Gegenteil, Kommandant. Der Angriff gab uns erst etwas zu berichten. Durch meine Tatenlosigkeit überlebte ich, um Springer-Aktivitäten in diesem Gebiet zu melden.«

Das Verhör drehte sich im Kreis, aber ich gab nicht nach.

»Ich möchte noch etwas klären. Sie behaupteten vorhin, Sie hielten das Feuer zurück, um Energie zu sparen. Ist es nicht richtig, daß die Anzahl der Springer so gering war, daß Sie sie mit minimalem Energieverbrauch hätten auslöschen können?«

»Es ist wahr, Kommandant. Aber während des Kampfes waren sie überall verteilt, so daß ich unmöglich feststellen konnte, wie viele es waren. Das sah ich erst, als sie zu Ahks Körper kamen, um zu fressen. Zu dieser Zeit war Ahk längst tot und ich noch immer unentdeckt, so daß es dumm gewesen wäre, wenn ich mich bemerkbar gemacht hätte.«

Ich versank wieder in Schweigen, aber sie fuhr fort.

»Wenn ich mir ein paar ungebetene Bemerkungen zu diesem Verhör erlauben darf, Kommandant. Ihre Haltung in dieser Sache verwirrt mich. Sie kritisieren mich wiederholt wegen rücksichtslosen und unabhängigen Handlungen, und Sie selbst gaben mir den Rat, mich mehr am Team zu orientieren und weniger meinen eigenen Wünschen und Motivationen nachzugehen. In dieser Situation jedoch habe ich mich strikt an Ihre Befehle gehalten und im besten Interesse des Teams gehandelt, und Sie behandeln mich mehr wie einen Verbrecher als einen Krieger. Ich kann mir nicht helfen, aber Fragen, wie Sie sie stellen, sind keine Fragen nach Informationen. Ich glaube, Sie suchen jemanden, der Ihre eigene Inkompetenz als Kommandant ausbaden soll.«

Es war an diesem Punkt, als ich feststellte, daß wir uns kein Duell leisten konnten, wenn ich auch im Nachhinein nicht besonders zufrieden war mit diesem Entschluß.

Es war jedoch an der Zeit, meine Gedanken der Aufgabe zuzuwenden, die vor uns lag. Wir hatten eine Unmenge von Daten über die Springer zusammengetragen. Wir wußten einiges über ihre Anatomie, ihre Brutgewohnheiten, ihren Lebenszyklus und ihren Tod. Es fehlte nur noch eine Information, die für das Empire unbedingt notwendig war. Und danach suchten wir heute. Die Aufgabe bestand darin, die militärischen Fähigkeiten der Springer abzuschätzen.

Bis heute hatten wir nur eine Taktik erlebt, und zwar die, die die Insekten beim Kämpfen und Jagen anwendeten. Sie hetzten ihre Opfer, indem sie auf ihre Beweglichkeit, Kraft und zahlenmäßige Übermacht vertrauten. Wir wollten testen, ob sie einen detaillierten Plan entwerfen und danach vorgehen konnten.

Obwohl die Sonne noch nicht aufgegangen war, gab es mehr als genug Licht für unsere Aufgabe. Ich signalisierte den anderen anzuhalten, und sie kamen zu mir. Ich kauerte mich hin und schuf vor mir auf dem Boden eine ebene Fläche. Dann fing ich an, mit meiner Kralle Diagramme zu zeichnen.

»Benutzen wir diese Gelegenheit, um unseren Plan noch einmal durchzugehen, damit es auch sicher keine Verwirrungen gibt. Der Plan ist gefährlich genug, so daß wir jedes unnötige Risiko vermeiden müssen.«

Sie studierten intensiv das Diagramm.

»Hier oben ist irgendwo der Fluß. Die Schlüsselpunkte sind die Untiefen.«

Ich zeigte die angegebene Position.

»Zur und ich warten hier, und Kor geht noch mindestens tausend Meter flußabwärts. An diesem Punkt soll sie versuchen, die Aufmerksamkeit einer Gruppe Springer auf sich zu lenken. Wenn sie erspäht wird, soll sie sie in den Fluß locken und flußabwärts gehen.«

Ich zeigte wieder den Punkt auf meiner Bodenskizze.

»Wir wissen, daß der Fluß an dieser Stelle für die Springer zu tief zum Durchwaten ist und zu breit, um vom Ufer aus anzugreifen. Die kritische Frage ist, teilen die Springer ihre Gruppe auf und senden einen Teil in die Sümpfe und Untiefen. Wenn sie …«

»Kommandant!«

Ich wurde durch einen telepathischen Ruf von Kor unterbrochen. Ich sah sie fragend an.

»Tun Sie, als ob Sie sich weiter mit der Skizze beschäftigen, aber beobachten Sie unauffällig die Umgebung«, sendete Kor.

Ich tat es und sah den Grund für ihre Sorge. In einem ungewöhnlichen Anfall von frühmorgendlicher Aktivität schlichen die Springer im Schatten um uns herum. Es war offensichtlich, daß sie uns nicht nur erspäht hatten, sondern daß wir das Objekt ihres Hinterhalts waren.

11

Die Situation hatte sich mit der Plötzlichkeit eines Schlangenbisses geändert. Wir waren die Gejagten und nicht mehr die Jäger.

Später blickte ich mit Bewunderung und Dankbarkeit auf die Reaktion meiner Teamkameraden zurück. Sie gerieten weder körperlich noch geistig in Panik. Nicht einmal ein ärgerlicher Schlag mit dem Schwanz verriet uns, während wir warteten. Sie überfielen mich nicht mit Fragen, sondern gaben mir einige wertvolle Minuten Ruhe, in denen ich nachdenken konnte, was zu tun war. Später erinnerte ich mich, wie das passieren konnte, aber jetzt war ich dabei, unsere Lage abzuschätzen.

Auf den ersten Blick sah es aus, als ob es über hundert Springer wären, aber bei genauerem Hinsehen waren es nicht mehr als fünfzig. Immer noch mehr als genug, um die Situation hoffnungslos erscheinen zu lassen; aber nicht so hoffnungslos, wie man auf den ersten Blick annehmen konnte.

Vielleicht war es sogar gut, daß die Springer uns diese Falle stellten. Wie ich schon sagte, wollten wir es auf dieser Expedition auf einen Kampf ankommen lassen und waren deshalb gut gerüstet. Der einzige Unterschied war, daß wir uns an das neue Gelände anpassen mußten. Bei unserem Training wurde öfter betont, daß es den Untergang des Empires bedeute, wenn Tzen sich nicht mehr an Feindgelände anpassen konnten. Es schien, als hätten wir Gelegenheit, diesen Grundsatz zu testen. Ich studierte das Terrain vorsichtig.

Wir befanden uns am Ausläufer des letzten Hügels unserer Gebirgskette, in einem Gebiet offenen Graslandes mit vereinzelten großen Büschen. Ungefähr hundert

Meter auf der linken Seite hörten die Büsche auf und gingen in freies Grasland über. Zweihundert Meter vor uns verlief die Baumreihe unterhalb der Senken am Fluß entlang. Rechts ging das von Büschen durchsetzte Grasland weiter, das nur durch eine geographische Besonderheit gekennzeichnet war. Der Kamm des Berges, den wir heruntergekommen waren, ragte scharf aus dem öden Grasland. Der Berg lief nicht in einem sanften Abhang aus, die Natur hatte statt dessen ein steil abfallendes Kliff gebildet.

Die Bäume am Fluß waren unsere größte Chance, und natürlich hatte der Feind an dieser Seite seine Hauptmacht konzentriert, die volle Hälfte seiner Truppe. Der Rest der Gruppe war gleichmäßig auf das Grasland zur Rechten und den Abhang hinter uns verteilt.

Alle Fragen, die wir bezüglich ihrer militärischen Fähigkeiten hatten, waren angesichts dieser Aufstellung beantwortet. Wir konnten ihren Plan durchschauen. Sie versperrten uns den Weg zum Fluß, um uns in das offene Land zu treiben. Waren wir einmal dort, so machten sie durch ihre überlegene Beweglichkeit der Affäre ein schnelles Ende. Es war anscheinend Ironie des Schicksals, daß wir in diesen Hinterhalt geraten waren, während wir testen wollten, ob sie intelligent genug waren, einem Flüchtigen den Weg abzuschneiden.

Ich faßte einen Entschluß.

»Folgt mir«, strahlte ich aus. »Tut so, als ob wir sie nicht gesehen hätten, aber haltet eure Waffen bereit.«

Ich stand auf und ging nach rechts, parallel zur Baumreihe. Zur und Kor folgten und schlenderten dermaßen locker dahin, daß ich Angst hatte, es würde unseren Plan verraten. Obwohl Tzen Überraschungsangriffe vorziehen, sind wir keine hinterlistige Rasse. Deshalb dachte ich, unsere plumpen schauspielerischen Anstrengungen würden direkt durchschaut.

Es schien, als ob meine Befürchtungen grundlos waren. Die Springer griffen nicht an und zeigten auch sonst in keiner Weise, ob sie vermuteten, daß ihre Beute sich aus dem Staub machen wollte. Vielleicht waren sie noch weniger hinterlistig als wir.

Unser Täuschungsmanöver hatte jedoch nicht den gewünschten Effekt. Ich hatte gehofft, wenn wir tiefer in ihre Falle liefen, würden sie einen Teil der Truppe vom Fluß abziehen, um uns vollständig einzukreisen. Wenn wir weit genug liefen, wäre der Flügel an der Baumreihe so geschwächt, daß es uns leicht gefallen wäre, ihn zu durchbrechen. Unglücklicherweise bewegte sich die Reihe am Fluß keinen Zentimeter.

Meine Teammitglieder waren so gut vorbereitet, wie sie es immer waren. Zur hatte die flexible Keule starr gemacht und köpfte unnötigerweise die Blumen, an denen wir vorübergingen. Kor rollte einen Stahlball auf der Klinge ihres Schwerts rauf und runter, während sie versuchte, ahnungslos auszusehen.

Bei der Baumreihe durchzubrechen, wäre bei der jetzigen Stellung der Springer tollkühn. Die Gruppe am Fluß würde einfach vorwärts gehen und uns in das offene Gelände treiben. Währenddessen fingen uns die anderen zwei Gruppen in einem Gebiet ohne irgendwelchen Schutz ab. Wir mußten den schweren Weg gehen.

Ich nahm müßig die zusammengerollte Peitsche von der Schulter. Seit ich sie umgeändert hatte, konnte ich sie nicht mehr Peitsche nennen. Ich hatte einen von Kors Stahlbällen an der Spitze befestigt, und das Gewicht des Balles, kombiniert mit dem Schwung der Peitsche, konnte Steine pulverisieren. Es war keine Peitsche mehr, es war ein Käferkiller.

»Brecht auf mein Kommando zum Kliff hin aus ... Fertig ... drei ... zwei ... eins ...«

Gleichzeitig schwenkten wir ein und machten uns zum Kliff auf die Beine. Während wir rannten, ließen wir ungefähr zweieinhalb Meter Platz zwischen uns, um Bewegungsfreiheit für die Waffen zu haben. Wir waren weder eine schnelle noch eine besonders eindrucksvolle Formation, aber einmal in Bewegung konnte uns nichts mehr aufhalten.

Einige kostbare Sekunden gab es keine Bewegung in den Reihen der Feinde. Anscheinend hatten sie Schwierigkeiten zu verstehen, daß wir sie gesehen hatten und vor ihnen davonliefen. Dann hörten wir hinter uns eine Serie von Quietschern und Zwitschern, und die Springer gingen zur Aktion über.

Zwischen uns und dem Kliff waren etwa ein Dutzend Feinde. Normalerweise wären wir schnell mit ihnen fertig geworden, doch als wir unsere Köpfe leicht drehten, konnten wir die Masse hinter uns sehen, die schnell aufholte. Wenn wir überleben wollten, mußten wir die Springer auf unserem Weg schnell erledigen.

Ich zog meinen Handbrenner. Die übriggebliebene Energie war zu schwach gewesen, um Ahk zu helfen, aber auf kurze Entfernung mußte sie reichen, um uns heute zu retten. Ein Springer stürzte über einen Busch auf Zur. Der zerschmetterte seinen Kopf mit der Keule, und der Springer starb mit einem Schrei.

Drei weitere Gegner tauchten vor mir auf. Ich verbrannte den zweiten, fing den Anführer mit dem Käferkiller und briet den dritten in der Luft. Ein Klappspeer zischte an mir vorbei hinter einen Busch. Als ich vorbeirannte, sah ich einen wartenden Springer, der sich krümmte und wand.

Ein weiterer tauchte knapp zwei Meter vor mir auf, als wäre er aus dem Boden geschossen. Ich verbrannte ihn und sprang über seinen toten Körper. Ich landete in einer

Senke, die ich nicht gesehen hatte, und zwischen drei anderen Springern. Ich verbrannte den einen und holte den anderen mit dem Griff der Peitsche aus der Luft. Aber der dritte senkte seinen Kiefer in meinen verdammten Arm und hing da. Ich versuchte zu laufen und meinen Arm freizukriegen, aber ich wurde zum Anhalten gezwungen. Da erschien Kor. Sie zerschmetterte von hinten den Kopf des Insekts mit ihrer gewappneten Faust, während sie seine Kiefer mit dem Schwert von meinem Arm löste. Es war sehr schmerzhaft, aber ich war damit beschäftigt, einen anderen Springer zu verbrennen, der über den Rand der Senke geklettert war, so daß ich keine Zeit hatte, lange über den Schmerz nachzudenken.

Dann waren wir frei und rannten. Das Kliff war nur noch ein paar Meter entfernt. Aber da sahen wir zwei Springer stehen, die anscheinend auf uns warteten, und die Meute hatte uns beinahe eingeholt.

»Kor, säubern Sie das Kliff, Zur, mit mir … !«

Mein zweiter Kommandant und ich fuhren herum und stellten uns der rasenden Meute, während Kor zum Kliff hinüber hastete. Wir gingen langsam rückwärts auf das Kliff zu, immer damit beschäftigt, uns das Pack vom Hals zu halten. Hoffentlich hatte Kor die anderen zwei erledigt.

»Sauber, Kommandant!«

Wir stürzten die letzten zwei Meter vorwärts und drehten uns dann wieder dem Feind zu. Mit Zur zur Rechten, Kor zur Linken und dem Kliff im Rücken, senkte ich den Kopf und zischte in das Gesicht der Springer.

Diese zögerten einen Moment; aber dann stürzten sie sich in einer einzigen Woge auf uns. Wir rannten jetzt nicht mehr, und ihre Leiber begannen sich um uns herum zu stapeln.

Ich hängte den Käferkiller über die Schulter und verbrannte ein Insekt; dann öffnete ich einen Klappspeer und durchbohrte den zweiten Springer. Den dritten fing ich mit dem Käferkiller, den ich von der Schulter riß. Ich sah, wie Zur einen Springer mit dem Säurepfeil erledigte, und einer fiel durch Kors Stahlball, während ich mir zwei mit dem Käferkiller vornahm.

»Gefangen!« sagte Zurs ruhige Stimme neben mir.

Ich sah, wie Zur und ein Springer jeder an einem Ende von Zurs Keule zogen. Gleichzeitig versuchte Zur zwei andere mit dem Nadler abzuwehren.

»Erledigt!« schrie ich und brannte den, der an der Keule zog, nieder. Plötzlich spürte ich, wie sich Kiefer in meine Wade bohrten. Es war ein Springer, den ich totgeglaubt hatte. Er war aufgesprungen und attackierte mein Bein. Ich wollte ihn verbrennen, mußte aber erst einen anderen erledigen, der durch die Luft geflogen kam. Der, der an meinem Bein hing, warf mich zu Boden.

»Gefangen!« signalisierte ich.

»Erledigt«, sagte eine Stimme, und Kor war da. Sie hieb mit ihrem Schwert auf den Springer ein und holte einen aus der Luft. Da sah ich einen anderen sie von hinten angreifen; er wollte ihre ungünstige Position ausnutzen, aber ich schoß zwischen ihren Beinen hindurch und erwischte ihn.

Ich kam wieder auf die Füße. Der Handbrenner gab seinen Geist auf, und ich hatte gerade noch Zeit, einen Klappspeer zu öffnen. Ich stieß zu, und ein weiterer Feind fiel. Ich war wieder voll bewaffnet, den Käferkiller in der einen und das Schwert in der anderen Hand.

Dann fielen sie etwas zurück, und wir hatten eine kurze Ruhepause. Ich war müde und ein wenig verwirrt. Entweder hatte ich mein Gefühl für den Kampf verloren, oder es gab mehr Springer, als ich geschätzt hatte. Ich überflog das Gelände.

Ich sah eine Gruppe der Insekten an der Baumreihe

und eine andere auf dem Grasland. Sie sprangen alle in unsere Richtung. Entweder hatten sie nach Verstärkung geschickt, oder die Kampfgeräusche hatten sie alarmiert.

»Überprüft eure Waffen«, sendete ich.

»Ich habe noch acht ... nein ... sieben Säurepfeile«, verbesserte Zur sich und spießte einen Springer auf, der sich von hinten anschleichen wollte.

Aus einer häßlichen Wunde an seinem Oberarm tropfte ständig Blut, und ich merkte plötzlich, daß wir alle drei verschiedene Wunden abbekommen hatten. Meine Wade begann zu klopfen, aber ich ignorierte es. Ich öffnete mein Klappmesser und wollte es nach einem Springer werfen.

Aber bevor ich dazu kam, schoß der Strahl eines Handbrenners von der Spitze des Kliffs und machte dem Springer und noch einigen anderen ein Ende. Die Feinde um uns gingen zu Boden, als der Strahl wieder und wieder hervorschoß.

Ich brauchte nicht nachzusehen. Es war Ssah.

12

Die Rückkehr der Empire-Flieger kam nicht überraschend. Wir hatten ihre Spähflieger mit zunehmender Regelmäßigkeit beobachtet und wußten, daß die Invasion bevorstand. Wir begannen folglich mit unseren Vorbereitungen.

Die Flieger waren leicht genug, um sie zu zweit zu tragen. Allerdings auf einer ebenen Fläche. Leider waren sie nicht für einen Start konstruiert, aber wir brauchten sie nur in einen freien Fall zu überführen, dann waren sie wieder flott. Also mußten wir sie an einen höheren Punkt der Höhle tragen oder ziehen. Schließlich war diese Aufgabe gelöst, und fünf Flieger standen am Rande eines Vorsprungs unter der Decke der Höhle. Ich hatte mehr als einmal Grund, die Richtigkeit dieses Entschlusses, die Flieger da hinaufzutragen, zu bezweifeln.

Wir spekulierten, daß alle oder ein Teil der Truppen zu Fuß das Grasland durchstreiften, um die Springer zu jagen. Wir wären dann mit diesen Truppen zusammengetroffen, ohne daß wir unsere Flieger wieder flott kriegen mußten. Aber ich überlegte mir, daß wir den Truppen als Hilfe aus der Luft vielleicht besser dienen konnten. Die Wespen waren zwar lange ausgestorben, aber ich wollte sichergehen, daß wir die Luftüberlegenheit behielten, für die wir so lange gekämpft hatten. Und dann gab es immer noch die Möglichkeit, daß unsere Spekulationen falsch waren. Ich hatte nicht den Wunsch, noch länger hierzubleiben, nur weil wir zu faul waren, unseren Transport aus eigener Kraft zu erreichen.

Wir verbrachten viel Zeit damit, die Warmblüter freizulassen, die wir als Essensvorrat eingepfercht hatten. Das erwies sich als größere Aufgabe, als ursprünglich geplant war. Wir mußten sie in einiger Entfernung der Höhle freilassen, um keine Springer anzulocken, denn davon hatten wir erstmal genug. Womit wir aber nicht gerechnet hatten, war das Widerstreben der Warmblüter zu gehen. Anscheinend wollten sie lieber eingesperrt und gefüttert werden, als frei herumzulaufen und sich das Futter selbst zu suchen. Sie ärgerten sich maßlos über unsere Versuche, sie in ihre natürlichen Lebensgewohnheiten zurückzubringen. Sie liefen uns immer wieder zur Höhle nach, selbst wenn wir sie mit Steinen bewarfen. Wirklich, einige waren so stur, daß sie sogar ihre Artgenossen jagten und in einiger Entfernung unbemerkt folgten. Sie waren ziemlich gerissen in dieser Taktik, und es war nicht ungewöhnlich für einen Tzen, daß er mit mehr Warmblütern zur Höhle zurückkam, als er sie verlassen hatte.

Sie wurden zur Plage, und wir zogen die Möglichkeit in Betracht, sie zu töten. Eine schwache Lösung für eine Rasse wie die unsere, die nur tötete, um zu essen oder sich zu verteidigen und natürlich um die Ehre zu verteidigen. Wir berieten diese Möglichkeit und verwarfen sie. Wir waren Tzen. Wir töteten nichts, das uns einfach nur ärgert. Es würde sich eine andere Lösung finden.

Bevor wir eine gute Lösung gefunden hatten, trafen die Flieger ein. Zur Zeit ihrer Ankunft bewachte ich den Höhleneingang. Ich hatte noch nie einen Angriff aus der Sicht des Verteidigers gesehen und war von seiner Plötzlichkeit überrascht. Vor einem Augenblick war der Himmel klar, und jetzt war die Luft mit Fliegern überfüllt. Ich hatte keine Chance, das Näherkommen der Flieger irgendwie zu bemerken; sie waren plötzlich da und verdeckten den Himmel durch ihre Vielzahl.

Ich sah Schwärme von Fliegern, wie wir sie benutzten, aber meine Aufmerksamkeit wurde von riesigen schwarzen Fliegern gefesselt, die ich noch nie gesehen hatte. Ich beobachtete auch Ketten von glasklaren Kugeln, die sie fallenließen, als sie über das Gras langglitten. Neugierig konzentrierte ich meine Augen auf diese Kugeln, während sie fielen. Bald konnte ich in jeder Kugel einen Tzen-Krieger erkennen. Anscheinend waren die schwebenden Kugeln aus einem ähnlichen Material wie die Gel-Kissen unserer Flieger. Das war eine neue Methode, Bodentruppen abzusetzen.

Ich untersuchte noch einmal die Umgebung und ging dann zurück in die Höhle.

»Beladet die Flieger«, sagte ich zu dem Team.

Sie brauchten keine weiteren Erklärungen. Wie ich schon

sagte, erwarteten wir die Ankunft der Flotte. Sie packten ihr persönliches Gepäck und kletterten zu ihren Fliegern.

Bevor ich in meinen stieg, hielt ich inne, um die Höhle ein letztes Mal zu betrachten. Die letzten Warmblüter waren schon lange frei und die Pferche abgerissen. Es gab kein Zeichen unserer Besetzung mehr.

Plötzlich merkte ich, daß die anderen startbereit in ihren Fliegern saßen und auf mich warteten.

»Feuer frei«, gab ich durch und stieg auch ein.

Gleichzeitig schossen vier Heißstrahler heraus, und noch bevor sie voll da waren, begann die Höhlenwand zu schmelzen. Als ich meinen Flieger fertig hatte, war schon ein großes Loch in der Wand, und Sonnenlicht erhellte wieder die Höhle. Ich aktivierte auch meinen Heißstrahler und unterstützte damit die Bemühungen der anderen. Ich erlaubte länger zu feuern als nötig war, um eine möglichst große Öffnung zu haben. Es war schon lange her, daß wir zum letzten Mal geflogen waren, und es war zweifelhaft, daß wir präzise Manöver fliegen konnten.

»Feuer einstellen!«

Wir saßen einige Momente bewegungslos, bis wir sicher waren, daß alle Felsbrocken heruntergefallen waren, die sich durch das Brennen gelöst hatten.

»Einer nach dem anderen ... Wartet, bis der Flieger vor euch durch den Eingang geflogen ist, bevor ihr folgt.«

Ich setzte den Fuß auf den Bodenhebel, um die Maschine zu starten. Während ich fühlte, wie sich die Energie umwandelte, wurde ich nach vorne gedrückt. Ich glitt von dem Vorsprung und fiel dem Boden zu. Sofort übernahm ich die Kontrolle und spreizte die Flügel, fing Luft und wandelte meinen steilen Fall in ein sanftes Höhersteigen um. Noch ein paar Korrekturen, und ich war draußen im Sonnenlicht.

Ich flog langsam eine hochsteigende Spirale und wartete schwebend über dem Höhleneingang auf die anderen. Als sie, einer nach dem anderen, erschienen und aufstiegen, um mich zu treffen, überfiel mich ein leichtes Gefühl des Stolzes. Wir hatten über ein Jahr in feindlichem Gebiet überlebt, waren noch im Besitz unserer ganzen Ausrüstung und hatten nur ein Mitglied verloren. Dann dachte ich an Ahk, und das Gefühl flachte ab.

Ich wollte gerade Signal zum Formieren geben, da merkte ich, daß noch eine andere Formation ganz in der Nähe arbeitete. Ich schaltete mein Funkgerät ein, um sie von unserer Anwesenheit zu unterrichten.

»Identifikation!« sendete der andere Team-Kommandant.

»Kommandant Rahm und Überlebende vom letzten Angriff auf diesen Planeten. Wir fordern Genehmigung, uns Ihrem Kommandanten für die Dauer dieser Mission anzuschließen.«

Einige Augenblicke war es still.

»Überlebende des letzten Angriffs?«

»Bestätigt.«

»Dann sind Sie nicht informiert ... ?«

Wieder war es lange ruhig. Zu ruhig.

»Klarstellung«, verlangte ich.

»Die Schwarzen Sümpfe wurden zerstört.«

Ich schwankte unter der Wucht dieser Neuigkeit. Geschockt wie ich war, wollte ich es nicht glauben. Aber gleich danach überfiel mich eine maßlose Wut. Die Schwarzen Sümpfe!

Wir hatten alle gewußt, daß dies passieren konnte. Darum brachten wir das Empire in Kolonieschiffen unter, bevor wir in den Krieg zogen. Trotzdem war die Realität ein Schlag unter den Gürtel. Die Schwarzen Sümpfe! Die Schwarzen Sümpfe waren der Ursprung und die Ruhestätte unserer Rasse. Wir kamen von den Schwarzen

Sümpfen und wollten zurück zu den Schwarzen Sümpfen. Sie waren Teil unseres Erbes und Teil des Empires. Mit der neuen Technologie waren sie eines der beständigsten Elemente unserer Kultur. Die Schwarzen Sümpfe zerstört!

Mich überkam eine kalte Entschlossenheit. Vorher kämpften wir gegen die Insekten, weil wir mehr oder weniger mußten; jetzt war es eine Blutfehde. Wir würden tun, was wir konnten, um sie zu vernichten. Alle.

Plötzlich wurde mir bewußt, wie lange wir hier schon untätig schwebten. Der andere Kommandant hatte respektvolles Schweigen bewahrt, während wir versuchten, mit dem Schock fertig zu werden.

»Kommandant!« sendete ich ruhig.

»Ja.«

»Wir haben viele Daten gesammelt, die für das Empire und diesen Angriff wichtig sind. Ich fordere so schnell wie möglich ein Treffen mit dem Flaggschiff für meinen Zweiten Kommandanten, um diese Informationen dem Planetarischen Kommandanten zur Begutachtung zu übergeben.«

»Rahm«, Zurs Stimme erreichte mich. »Ich ...«

»Sie befolgen meine Befehle!« schnauzte ich zurück und unterbrach so seinen Protest.

»Genehmigung erteilt. Ich veranlasse ein sofortiges Treffen.«

»Weiter erbitte ich die Genehmigung, meine Truppe bei dem Angriff auf die Springer führen zu dürfen.«

»Genehmigt. Ich vertraue auf Ihre Klugheit.«

»Mir nach ... fertig ... drei ... zwei ...«

Wir wendeten unsere Flieger und hielten auf das Grasland zu. Ich flog tief, gefährlich tief. Wir mußten um Büsche herumkurven, während wir vorwärts und rückwärts rangierten und Springer verfolgten und verbrannten, wo wir sie fanden.

Die Schwarzen Sümpfe zerstört! Ich signalisierte dem Team, sich zu einem neuen Angriff zu formieren. In unseren Attacken lag ein Wahnsinn, den die anderen Teams nicht zeigten. Wir wußten im Gegensatz zu ihnen, daß wir gegen ein Zeitlimit kämpften.

Wir wollten so viele der verhaßten Käfer wie möglich töten, bevor Zur das Flaggschiff erreichte. Uns war klar, daß diese Mission abgeblasen wurde, wenn unsere Informationen bei dem Planetarischen Kommandanten ankamen. Als Zur und ich die Daten auswerteten, stellten wir fest, daß eine Aktion wie diese gegen die Springer erfolglos sein würde.

13

» … haben eine entwickelte, sich ineinanderschiebende Eilage, wie an diesem Punkt der Zeichnung zu erkennen ist.«

Der Planetarische Kommandant hielt inne, als das Licht auf dem Bildschirm mit der Springerzeichnung aufflammte.

Wir befanden uns im Konferenzraum des Flaggschiffes. Ich und meine Teammitglieder waren zu beiden Seiten des Bildschirmes an der Wand aufgereiht, Helden zur Besichtigung. Der Planetarische Kommandant erfüllte eine nicht beneidenswerte Aufgabe; er mußte den Formationskommandanten erklären, warum die Mission abgebrochen wurde, noch bevor sie richtig angefangen hatte.

»Da es anscheinend keine Eikammern oder zentralen Nester gibt, nahmen wir bisher an, daß die Springer ihre Nachkommen entweder lebend gebären oder die Eier bis kurz vor der Reife austragen und die Jungen direkt nach dem Legen schlüpfen. Unsere Taktik, alle Springer zu töten, war demnach die wirkungsvollste.«

Er unterbrach, um auf mein Team zu sehen.

»Die Erfahrungen aus erster Hand von Kommandant Rahm und seinem Team haben gezeigt, daß unsere Annahmen falsch waren. Die Springer legen ihre Eier einzeln und vergraben sie tief in der Erde. Die genaue Zeit vom Legen bis zum Schlüpfen ist unbekannt, beträgt aber weit mehr als ein Jahr. Es existiert noch die Möglichkeit, daß sie schlafen, bis sie durch den telepathischen Befehl eines Erwachsenen geweckt werden.«

Er sah die versammelten Kommandanten direkt an.

»Das heißt, auch wenn wir jeden lebenden Feind vernichten, die Eier bleiben und schlüpfen in unbekannten Intervallen auf eine unbestimmt lange Zeit. Die einzige Möglichkeit, dies zu verhindern, wäre, eine große, stehende Garnison hier zu stationieren, die die Jungen jagt und tötet, bevor sie dazu kommen, wieder Eier zu legen. Aber, auch wenn diese Taktik erfolgreich sein könnte, so haben wir nicht die Möglichkeit, auf dieser Mission eine Garnison dieses Ausmaßes hier zu stationieren. Deshalb habe ich, als Planetarischer Kommandant, beschlossen, jede Aktion einzustellen, bis wir einen wirksamen Plan haben. Dieser Entschluß wurde vom Höchsten Kommando bestätigt, und alle werden diesem Befehl folgen.

Zum Glück sind die derzeitigen Verlustraten des Feindes auf dieser Mission viel zu hoch, deshalb können wir Tzen auf dem Planeten zurücklassen. Wir werden ihnen Vorräte und Waffen geben, damit sie bis zu unserer Rückkehr überleben. Wir haben beim Höchsten Kommando sichergestellt, daß bei den nächsten Flügen Platz für sie gelassen wird, so daß sie eine große Chance haben, zum Empire zurückzukehren.«

Er blickte langsam durch den Raum.

»Noch Fragen?«

Es gab keine mehr. Er wandte sich zu mir.

»Wollten Sie noch etwas sagen, Rahm?«

Ich ging und nahm seinen Platz vor der Versammlung ein.

»Ich möchte die versammelten Kommandanten auf die großen Dienste meines Zweiten Kommandanten, Zur, hinweisen. Wir verdanken ihm die zusammengetragenen Informationen sowie unser aller Überleben. Das alles war nur möglich, weil Zur ein Mitglied der Wissenschaftlerkaste war, bevor er in die Kriegerkaste eintrat. Ich möchte den Kommandanten vorschlagen, dies in Zukunft zu bedenken, wenn ihr Kriegerstolz sie veranlaßt, die Dienste eines Kriegers zurückzuweisen, der nicht in der Kriegerkaste aufgewachsen ist. Weiter möchte ich dem Höchsten Kommando einen Vorschlag einreichen, der besagt, daß das Trainingsprogramm der Kriegerkaste erweitert wird und das Anfangswissen der Wissenschaftler einschließt. Auch Informationsscheiben mit den wichtigsten Daten über den zu bekämpfenden Feind und den Zielplaneten sollten jedem Krieger zur Verfügung gestellt werden, der eine solche Mission unternimmt.«

Ich drehte mich zu Ssah um, bevor ich fortfuhr.

»Weiter möchte ich Ssahs Dienste vor allen Versammelten anerkennen. Ihre schnelle Auffassungsgabe und Reaktion in einer besonderen Situation rettete dem halben Team das Leben und gewährleistete, daß unser Bericht das Empire erreichte.«

Damit wandte ich mich wieder dem Planetarischen Kommandanten zu.

»Ich glaube, mit der Teilnahme an dieser Besprechung ist unser Beitrag an dieser Mission beendet. An dieser Stelle möchte ich ein Mitglied meines Teams öffentlich und formell für unfähig erklären. Es handelt sich um

Ssah. Ihre falschen Handlungen, die Nichtrettung eines Teammitglieds aus einer verhängnisvollen Situation, die andauernde Gefährdung des Teams durch ihre nur auf sich selbst gerichteten Handlungsweisen … alle diese Gründe trugen dazu bei, daß ich Ssahs Verhalten für untragbar und für einen Tzen und Krieger unwürdig halte. Ich fordere die versammelten Kommandanten auf, meine formelle Erklärung über die Unfähigkeit meines Teammitgliedes Ssah zu bezeugen.«

Der Planetarische Kommandant blickte Ssah an.

»Ssah, möchten Sie jetzt erwidern?«

»Ich bestreite die Beschuldigungen, die Kommandant Rahm gegen mich erhoben hat. Ferner möchte ich dagegenhalten, daß der Kommandant durch seine Unfähigkeit, Befehle zu formulieren, und seine unzulänglichen Führungsqualitäten diese Situation selbst verschuldet hat.«

Der Planetarische Kommandant drehte sich wieder mir zu.

»Rahm, wünschen Sie, daß diese Angelegenheit durch ein Kriegsgericht oder in einem Zweikampf geregelt wird?«

»Zweikampf.«

»Welche Waffen wählen Sie?«

»Duellstäbe.«

»Möchten Sie selbst kämpfen oder einen Stellvertreter berufen?«

Ich hatte mich lange mit dieser Frage beschäftigt, da ich wußte, daß sie gestellt würde. Ich wußte auch, daß Zur und Kor gerne für mich kämpfen würden und zweifellos größere Chancen hatten zu gewinnen, aber dieses Duell mußte ich selbst ausfechten.

»Ich werde selbst kämpfen.«

Der Kommandant schaute auf Ssah.

»Ssah?«

»Die Bedingungen von Rahm stellen mich absolut zufrieden. Ich kämpfe auch selbst.«

»Sehr gut. Ihr trefft euch in genau einer Stunde. Wir werden einen angemessenen Platz finden und euch benachrichtigen. Ich werde das Duell selbst einleiten.«

Und so stand ich eine Stunde später in einer der Fliegerhallen und wartete auf Ssah. Ich stand mit den Duellstäben in der Hand und mit dem Kopf nach unten, Gesicht zur Wand und meinem Rücken zum Raum; genau wie es die Tzen-Duelletikette vorschrieb.

Die Duellstäbe der Tzen sind eine verblüffend einfache Waffe. Zusammengesetzt ist es ein anderthalb Inches dicker und vier Fuß langer metallischer Stab mit einem spitzen Ende. Er ist aus verschiedenen Teilen zusammengesetzt, die nahtlos ineinander passen und die man nach Belieben auseinandernehmen und in die Tasche stecken kann. Durch dieses Auseinandernehmen und Zusammensetzen wurde diese Waffe erst so raffiniert.

Es war in erster Linie eine Stoßwaffe, aber man konnte sie auch auf verschiedene andere Arten benutzen. Zum Beispiel kann man sie als Schwert in die Hand nehmen oder mit zwei Händen, wie einen kurzen Stock, oder wie einen Speer werfen. Zerlegt man den Stab in zwei Teile, hat man zwei Waffen. Obwohl die möglichen Kombinationen begrenzt waren, waren sich die Tzen uneinig, welches die beste Methode war, den Duellstab zu benutzen.

Wir warteten mit dem Rücken zueinander und mit gesenkten Köpfen, um die Versuchung, einen Blick auf die Vorbereitungen des Gegners zu werfen, zu verringern. Man durfte die Taktik, die einen erwartete, erst sehen, wenn man sich gegenüberstand.

»Fertig.« Als Herausforderer sprach ich zuerst.

»Fertig.« Ssahs Stimme kam vom anderen Ende des Raumes.

»Dreht euch um und seht euren Gegner an.«

Wir taten es, und der Planetarische Kommandant ging und schloß die Tür hinter sich. Seine Aufgabe war beendet. Er hatte sich davon überzeugt, daß keiner von uns andere Waffen oder Hilfen mitgebracht hatte, oder daß einer die abgewandte Stellung des Gegners ausgenutzt hatte. Ab hier lag es nun an uns.

Ssah hielt den zugespitzten Teil ihres Stabes und einen langen Stab aus den übrigen zusammengesetzten Teilen. Dadurch hatte sie eine Stab- und Dolchkombination.

Ich hatte beides geahnt, ihren doppelten Waffengebrauch und ihre stillschweigende Absicht zu einem Nahkampf. Ich teilte meinen Stab in zwei Hälften. So hatte ich zwei kurze Stäbe, einen mit einem spitzen Ende.

Ich begann behutsam auf sie zuzugehen. Anstatt mir entgegenzukommen, schlich sie seitwärts zu einer Wand. Ich zögerte, verwirrt über ihre Taktik, und in diesem Moment sprang sie auf einen der Simse, die an der Wand entlangliefen. Sie stand da und sah mich erwartungsvoll an.

Ich bedachte Ssahs Position. Offensichtlich wollte sie an einem Ort kämpfen, wo die Fußfreiheit sowie der Platz, um die Waffen zu schwingen, eingeschränkt war. Sie stand mit dem Gesicht zur Wand, ihren Dolch zwischen sich und der Wand und den Speer frei zum Wurf.

Ich nahm ihre Herausforderung an und begab mich zum anderen Ende des Simses. Als ich ihr gegenüberstand, tauschte ich die Waffen, so daß der spitze Stab zwischen mir und der Wand und das stumpfe Ende an der Außenseite war.

Wir starrten uns an. Keiner war bereit, den ersten Stoß zu tun. Ich rechnete damit, daß ihre Jugend und Rücksichtslosigkeit sie anfangen lassen würden. Und ich irrte mich nicht.

Sie sprang vorwärts und schlug mit dem Stab nach

meinem Kopf. Ich blockte mit dem stumpfen Ende ab. Ich kreuzte meinen Arm vor dem Körper, um ihre Rückhand abzublocken. Gleichzeitig stieß ich den spitzen Stab nach ihrer Brust. Direkt nach dem Stich führte ich einen schnellen Rückhandschlag auf ihren Kopf aus. Sie parierte den Stoß, während sie sich duckte, um dem Angriff auf ihren Kopf zu entgehen. Dann stieß sie mit dem langen Stab nach meinem Knie.

Gegen diese Attacke war ich schutzlos. Ich hatte nicht erwartet, daß sie den langen Stab benutzen würde. Und so landete der Angriff voll auf meinem Knie und ließ es vor Schmerz fast explodieren.

Ich trat ungeschickt zurück und schlug mit dem stumpfen Ende nach ihrem ausgestreckten Arm. Sie wehrte diesen Schlag leicht ab, aber ich hatte trotzdem den gewünschten Erfolg. Ssah wurde davon abgehalten, den eben erzielten Vorteil weiter auszunutzen.

Ich hatte Schwierigkeiten. Mein verwundetes Knie schwächte meine Fußarbeit in einer Situation, in der es ohnehin nur beschränkte Bewegungsfreiheit gab.

Ich rüstete mich zum nächsten Angriff. Da bemerkte ich, daß Ssah in einiger Entfernung stand und geduldig darauf wartete, bis ich den nächsten Schritt tat. Sie legte es darauf an, daß ich den Kampfverlauf bestimmte und mein ohnehin lädiertes Bein noch mehr schädigte.

Ich überlegte, ob ich auf den Boden der Halle zurückkehren sollte, aber dann fiel mir ein, daß sie mich bei jedem Schritt zurück mit kleinen Angriffen reizen und mich vielleicht niederwerfen und so den Kampf beenden würde, bevor ich festen Boden unter den Füßen hatte.

Ich konnte auch auf den Boden springen, entschied mich aber dagegen. Die Wucht des Aufpralls würde mein Knie noch mehr schwächen; ich mußte ihre Taktik weiter mitmachen.

Ich ging langsam vorwärts und war überrascht, daß Ssah stehenblieb. Ich hatte damit gerechnet, daß sie zurückweichen würde, damit ich mich mehr anstrengen mußte. Ich entschloß mich zu einer verzweifelten Taktik, den Kampf zu ändern, bevor er zu einem Wettrennen ausartete. Ich trat bewußt in die Reichweite ihres Stabes und hoffte, sie zu einem langen Angriff zu reizen, bei dem ich ihr den Stab aus der Hand schlagen konnte.

Sie ergriff diese Gelegenheit nicht. Statt dessen machte sie einen kleinen Satz und sprang vom Sims herunter. Der Sprung überraschte mich so, daß ich ihre Drehung erst sah, als es zu spät war. Sie drehte sich ein paarmal in der Luft und nutzte die Zentrifugalkraft zu einem mörderischen Schlag mit dem Stab auf mein Bein, bevor sie fiel.

Der Schlag kam in einem so flachen Winkel, daß ich keine Gelegenheit hatte, ihn abzuwehren. Der Stab krachte auf mein verwundetes Knie, und ich fühlte, wie sich mein Bein bog. Ich kämpfte um das Gleichgewicht, verlor es und fiel. Im letzten Moment sah ich Ssah, die mit aufwärtsgerichtetem Dolch unter mir wartete. Ich fing mit meinem gesunden Bein den Fall ab und wandelte den Schwung in einen Kopfsprung um.

Ich hatte keine Zeit abzurollen und krachte voll mit Armen und Kopf auf den Boden. Ich hatte fürchterliche Schmerzen, aber keine Zeit, darüber nachzudenken. Ich wußte, Ssah würde sich, noch bevor ich auf die Füße kam, mit gezücktem Dolch auf mich stürzen. Und sie würde mich sofort töten.

Ich versuchte erst gar nicht aufzustehen. Statt dessen rollte ich herum und stieß mit meiner spitzen Waffe blind hinter mich in die Richtung, in der ich gelandet war und in der ich Ssah zum letzten Mal gesehen hatte.

Sie war über mir in der Luft, mit gezücktem Dolch. Meine Waffe traf sie in den Hals, und ich fühlte sie voll auf meine Schulter krachen. Ich zog die Waffe weg und rollte auf die Seite.

Sie versuchte sich zu erheben. Mein Stab stand zu beiden Seiten ihres Halses heraus. Sie drehte sich mit haßerfüllten Augen in meine Richtung, aber ich verharrte bewegungslos in einiger Entfernung. Endlich brachen ihre Augen, und sie sank nach vorne.

Ich wartete noch einige Minuten. Dann, beruhigt, daß sie wirklich tot war, humpelte ich zur Tür und trat auf den Korridor.

Der Planetarische Kommandant wartete hier.

»Es ist zu Ende«, teilte ich ihm mit.

Er nickte und begann die Tür zu versiegeln. Als er fertig war, hörten wir, wie sich die Hallentür öffnete und Ssahs Körper auf den Boden des Planeten unter uns fiel.

Wir hatten uns schon vor dem Duell auf diese Art der Bestattung geeinigt. Wer von uns auch siegen würde, jeder würde mit dem Körper des anderen auf die gleiche Weise verfahren. Normalerweise bevorzugten Tzen in den Schwarzen Sümpfen, in ihrem Schlamm, begraben zu werden. Dort vermischten sich ihre verwesenden Körper mit dem Schlamm und Wasser ihrer Vorfahren.

Die Insekten hatten diesem Brauch ein Ende gemacht. Ihre Schiffe hatten Schwärme von Aquatiks in die Sümpfe gebracht. Die Aquatiks sind die einzigen allesfressenden Mitglieder der Koalition, und sie vermehrten sich abnormal schnell, sogar für Insekten.

Die Schwarzen Sümpfe gibt es nicht mehr, sie sind leblos und leer nach diesem verheerenden Angriff. Deshalb begruben wir Ssahs Körper auf diese unkonventionelle Art. Wenn es die Schwarzen Sümpfe nicht mehr gab, so spielte es wirklich keine Rolle, wo unsere Hüllen blieben.

ZWEITER TEIL

1

Ich wartete.

Zum ersten Mal begann ich, die Probleme des Befehlens zu verstehen. Das Problem besteht nicht darin – wie bei einem Soldaten von Rang oder einem Fliegerkommandanten –, wie man den Befehl eines Vorgesetzten ausführt; nein, es geht darum, wie man die Zeit überbrückt, während man auf seine Untergebenen wartet, die die Befehle ausführen. Da ich ein Tzen bin, ist es für mich besonders schwierig. Bevor ich diesen Auftrag übernahm, hatte ich noch nie mit dem Phänomen der ›überflüssigen Zeit‹ Bekanntschaft gemacht. Ich hatte immer gekämpft, trainiert oder geschlafen. Ich war nicht gewöhnt, nichts zu tun. Ich fand diese Art, die Zeit zu verbringen, nicht gerade vorteilhaft. Es war einfach nicht effizient genug.

Logischerweise hatte ich aber keine andere Wahl. Ich wurde für mehrere Tage geweckt, um mit Krah, dem Schiffskommandanten, die Pläne zu entwerfen. Jetzt waren die Pläne fertig, und ich hatte Befehl gegeben, die Abteilungsleiter der Expeditionsmannschaft zu einer letzten Besprechung zu wecken. Aber ich fand, ich hatte die Zeit unterschätzt, die sie brauchten, um nach dem Tiefschlaf wieder klar zu denken. Das war ganz eindeutig ein Fehler meinerseits. Ich hätte mich besser an meine eigene Erholungsperiode erinnern sollen, um mich dann danach zu richten. Ich hatte es nicht getan, aber ich wollte keine Energie damit verschwenden, mich über diesen Irrtum aufzuregen. Aber ich wollte es mir merken, damit es nicht noch einmal vorkam.

Ich wartete.

Ich hätte die Zeit mit Krah verbringen können, aber dann hatte ich mich dagegen entschieden. Sie war natürlich ein Techniker. Ich hatte herausgefunden, daß die Techniker, als Kaste, gesprächiger waren als die Krieger. Seit meinem Erwachen versuchte sie schon, mich in eine Konversation über die Mission zu verwickeln, und meine fehlende Aufmerksamkeit hatte sie nur dazu veranlaßt, ihre Anstrengungen zu verdoppeln.

Um mögliche Reibereien mit ihr zu vermeiden, entschloß ich mich, alleine zu warten. Meiner Meinung nach hatte Krah so viele Informationen über die Mission, wie nötig waren, um ihre Pflicht zu erfüllen. Erklärungen oder Diskussionen darüber hinaus wären unwirksam.

Horc betrat den Konferenzraum und setzte sich ohne ein Wort oder einen Gruß. Vielleicht hatte ich die Techniker zu hart beurteilt, indem ich Krah als Beispiel anführte. Als Oberhaupt der Techniker auf dieser Expedition wäre Horc möglicherweise das bessere Vorbild. Er war der kleinste der Abteilung, ein Fuß kürzer als Krah mit ihren sechs Fuß, und zeigte nichts von Krahs Neigung zur Weitschweifigkeit. Auf der anderen Seite könnte man ihn wieder als völlig untypisch bezeichnen. Er hatte eine Stellung aufgegeben, in der er die Arbeit von fünfzig Technikern geleitet und koordiniert hatte, um diesen Auftrag als Kopf eines Drei-Tzen-Feld-Teams anzunehmen. Ich würde dieser inkonsequenten Logik nachgehen, wenn sich die Gelegenheit dazu bot.

Wir schauten beide auf, als Tzu hereinkam, das Oberhaupt der Wissenschaftler. Es kam mir vor, als wäre die Erholungszeit direkt proportional zu der Größe der einzelnen Individuen. Horc, der zuerst wieder zu sich gekommen war, war nur fünf Fuß groß; während Tzu, die sieben Fuß groß war, sich vor den Kriegerführern erholt hatte. Ich machte mir in Gedanken eine Notiz, damit ich diesen Lehrsatz mit den Wissenschaftlern besprach. Wenn er sich bewahrheitete, könne man die Weckzeiten der Individuen staffeln und so die untätige Wartezeit vermeiden.

Als Kopf des Drei-Tzen-Wissenschaftlerteams war Tzus Arbeit, nach meiner, vielleicht die schwierigste; doch Tzu schien diese Last überraschend gut zu tragen. Dies war für sie und ihr Team – überhaupt für die Wissenschaftlerkaste – der erste Versuch, in einer Kampfzone ihre Pflicht zu erfüllen. Ich fragte mich, ob ihre Gelassenheit kontrolliert war oder ob sie sich einfach nicht bewußt waren, was sie unternahmen.

Zur betrat den Raum als letzter, begleitet von Mahz. Das Team, das er führte, bestand aus der vollen Zahl von sechs Kriegern, und das berechtigte ihn, seinen Zweiten Kommandanten zu der Besprechung mitzubringen. Hätte man mich gefragt, so hätte ich Zurs Wahl, Mahz anstatt Kor zu seinem Zweiten Kommandanten zu bestimmen, angezweifelt. Zur hatte mich jedoch nicht nach meiner Meinung gefragt, und ein Teamführer ist völlig unabhängig in Dingen, die sein Team betreffen. Wie es sich herausstellte, war seine Wahl, von welcher Logik sie auch beeinflußt wurde, eine sehr kluge. Mahz erfüllte seine neue Rolle weit besser, als ich erwartet hatte.

Ich wartete noch etwas, um noch einmal nach dem Befinden des Stabes zu sehen. Alle Augen waren klar, keiner schien träge oder in anderer Weise Nachwirkungen des Schlafes zu haben. Wir konnten anfangen.

»Ich möchte diese Besprechung ungezwungen eröffnen. Die Pläne, die ich mit jedem einzelnen von Ihnen durchgesprochen habe, haben sich nicht geändert, auch unsere Situation ist die gleiche geblieben. Dieses Treffen dient zur letzten Überprüfung der Pläne, bei der alle Mitglieder des Stabes anwesend sind, damit jeder die Pflichten und Befugnisse des anderen kennt.«

Ich wartete auf Reaktionen. Es kamen keine. Wieder spürte ich die unbequeme Last der Führung und Verantwortung. Niemand hatte an die Möglichkeit gedacht, daß etwas anders laufen könnte, als ich es geplant hatte.

»Wir sind zur Zeit in der Umlaufbahn eines Planeten, von dem wir glauben, daß es der Heimatplanet der Koalition der Insekten ist. Unsere Mission ist, einen natürlichen Feind der Springer zu finden und einen Weg zu suchen, auf dem dieser Feind in größeren Mengen auf Springerbewohnte Planeten transportiert werden kann, um sie teilweise oder ganz auszurotten.«

Ich überlegte, ob nicht besser Tzu den nächsten Teil der Besprechung übernehmen sollte, entschied mich dann aber dagegen. Ich war der Befehlshaber dieser Mission, und ich würde mich daran gewöhnen müssen, Autorität über andere zu haben, auch über andere Kasten. Ich fuhr fort.

»Die Aufzeichnungen der *Ersten* über diesen Planeten sind leider unvollständig. Die Koalition landete ihre Attacke, noch bevor die Nachforschungen abgeschlossen waren, und der Faktor, daß die *Ersten* überrannt wurden, gibt uns Anlaß, die Richtigkeit ihrer Beobachtungen zu bezweifeln.

Was wir durch Beobachtungen auf unserem eigenen und anderen Planeten wissen, ist, daß es ein natürliches Gleichgewicht der Bevölkerung zwischen lebenden Organismen gibt. Jedes lebende Wesen hat einen natürlichen Feind in seiner nächsten Umgebung. Das Höchste Kommando ist deshalb überzeugt, daß es auf diesem Planeten unter uns irgendwo einen natürlichen Feind der Springer gibt, der die Insektenbevölkerung in Grenzen hielt, bis die

Ersten ihnen die Möglichkeit gaben, sich auf anderen Welten auszubreiten. Wir müssen diesen Feind finden, wie auch einen Weg, ihn zu transportieren, und vor allem müssen wir sichergehen, daß er dem Empire nicht noch mehr schadet als die Springer, die wir vernichten wollen.«

Ich bemerkte, daß ich weitschweifig wurde. Möglicherweise hatte mich das Zusammensein mit Krah mehr beeinflußt, als mir bewußt war. Ich zwang mich, mit der Tagesordnung fortzufahren.

»Um diese Mission durchzuführen, haben wir eine Mannschaft, in der die Mitglieder aller drei Kasten vertreten sind, so daß wir die besten Mittel des Empires zur Verfügung haben, um dieses Problem zu lösen. Wir werden von einer befestigten Basis auf der Planetenoberfläche aus arbeiten. Da das Schiff während unserer Mission in der Umlaufbahn des Planeten bleibt, geht die Mehrzahl der Mannschaft in Tiefschlaf, der Rest geht auf Wache. Das heißt, unsere Wiederaufnahme nach Beendigung des Auftrages ist gesichert, aber während der Mission können wir nicht auf Hilfe vom Schiff rechnen.«

Ich schaute lieber nicht auf den nächsten Punkt der Besprechung; wenn ich Schwierigkeiten mit dem Team befürchtete, dann war es hier.

»Das Wissenschaftlerteam unter Tzu wird den größten Teil dieser Mission zu erledigen haben, untersuchen, analysieren, Vorschläge zu dem Zielorganismus vorlegen. Horc, Sie und Ihr Technikerteam werden die Basis aufbauen. Sie werden sie mit allen Schikanen planen, die nötig sind, damit die Mission erfolgreich verläuft. Das Kriegerteam unter Zur, mit Mahz an seiner Seite, ist für die Sicherheit dieser Mission sowie für den Feuerschutz verantwortlich, unabhängig davon, was für ein Plan gerade durchgeführt wird.«

»Frage, Kommandant?«

»Ja, Tzu?« Es wäre auch zuviel gewesen, zu hoffen, daß man meine Autorität nicht herausfordern würde.

»Auf dem vorliegenden Plan sind die Krieger für die Sicherheit, besonders aber für die Überwachung der Landzone verantwortlich. Ich schlage vor, daß ein Wissenschaftler an dieser Landung mit teilnimmt.«

»Erklären Sie, bitte.«

»Die Krieger sind gut auf unmittelbare und offensichtliche Gefahr trainiert. Ich finde jedoch, daß es im Interesse der Mission ist, einen Tzen in der Landezone zu haben, der auf wissenschaftliche Beobachtung von möglichen Gefahren trainiert ist.«

»Zur wird die Landungsgruppe führen, und er wurde in wissenschaftlichen Beobachtungen ausgebildet.«

»Ich würde lieber einen Tzen schicken, der erfolgreich als Wissenschaftler ausgebildet wurde.«

Ich funkelte Zur an, der teilnahmslos verharrte.

»Ich habe diesen Punkt notiert und werde ein solches Mitglied einbeziehen.«

»Kommandant?«

»Ja, Horc?« Die Techniker würden auch nicht gehen, bevor sie gehört worden waren.

»Ich möchte um die Genehmigung bitten, die Techniker vor den Wissenschaftlern und Kriegern zu wecken, damit sie die Festungsanlagen noch einmal überprüfen können, bevor die Landungsgruppe abgesetzt wird. Dadurch könnten wir gewährleisten, daß die Mission ohne Verzögerung und Unterbrechung durchgeführt werden kann.«

Mein Kopf sank nachdenklich etwas tiefer, während ich mir eine Antwort überlegte. Ich wollte dieses Gezänke in seinem frühesten Stadium stoppen, bevor es mir aus der Hand glitt.

»Sie haben mir Ihre Zeitforderungen für eine letzte

Überprüfung schon mitgeteilt. Ich habe Ihre Forderungen mit der Zeit, die die Krieger brauchen, um den Landeplatz zu untersuchen, verglichen, und festgestellt, daß Sie genug Zeit haben, Ihre Pflichten zu erfüllen, wenn die Landungsgruppe abgesetzt wurde.«

»Aber was ist, wenn wir bei der Überprüfung einen Fehler entdecken?«

»Dann schlage ich vor, daß Sie ihn abstellen. Ich vertraue in die Fähigkeiten Ihres Teams, einen möglichen Fehler zu beseitigen, unabhängig, ob die anderen Teams geweckt werden oder nicht.«

»Gewiß, Kommandant. Aber wenn wir einen Fehler entdecken und die Reparatur längere Zeit beansprucht, dann könnte die Landungsgruppe länger ohne Versorgung bleiben, als in dem Plan vorgesehen ist.«

»Ich bin in früheren Diskussionen mit dem Technikerteam zu der Überzeugung gekommen, daß die Möglichkeit eines solchen Fehlers dermaßen gering ist, daß sie praktisch gar nicht existiert. Hat sich Ihr Urteil darüber geändert, Horc?«

»Nein, Kommandant.«

»Dann möchte ich Sie noch daran erinnern, daß die Hälfte der Landungsgruppe über ein Jahr auf einem feindlichen Planeten ohne Ausrüstung und Versorgung überlebt hat – sogar ohne Energiequellen. Deshalb nehme ich an, daß sie in der Lage sind, ein paar Tage die Stellung zu halten, falls die Versorgung wirklich aussetzen sollte.«

»Gut.«

»Das gibt mir allerdings Grund, selbst eine Frage zu stellen. Tzu, ändert Ihr Entschluß, einen Wissenschaftler mit der Landungsgruppe zu schicken, etwas an der Zeit für Ihre letzten Vorbereitungen?«

»Nein, Kommandant, dieser Faktor war in unseren Berechnungen enthalten.

Aber da ich nun schon das Wort habe«, fuhr sie fort, »möchte ich noch einmal auf die bestehende Regel hinweisen, daß kein Mitglied außer den Wissenschaftlern oder nur in Begleitung eines Wissenschaftlers das Labor betritt. Die Chemikalien können für jemanden, der nicht damit umgehen kann, gefährlich sein.«

»Das gleiche gilt natürlich auch für die Arbeitsräume der Techniker«, hakte Horc nach.

»Ich habe das notiert.«

»Frage, Kommandant«, unterbrach Zur.

»Ja, Zur?«

»Sie sagten, die Krieger haben unbeschränkte Autorität in Dingen, die die Sicherheit betreffen. Gilt diese Autorität auch für Mitglieder, die nicht der Kriegerkaste angehören?«

Zur fragte, ob er das Recht hatte, einen Wissenschaftler oder Techniker zu töten. Ich überlegte mir die Antwort erst einige Augenblicke, bevor ich sprach.

»Wie in jeder Mission ist die erste Pflicht eines Tzen die gegenüber dem Empire. Jeder Tzen, ob Krieger oder nicht, ist berechtigt, gegen einen anderen Tzen vorzugehen, wenn dieser seiner oder ihrer Meinung nach den Erfolg der Mission gefährdet. Jedoch sollte jeder daran denken, bevor er einen solchen Schritt unternimmt, daß er sich vor einer Untersuchungskommission verantworten muß.«

Ich drehte leicht meinen Kopf, um alle Mitglieder des Stabes in meinem Blickfeld zu haben.

»Wird die Mission durch eine rücksichtslose, unvorsichtige oder selbständige Handlung gefährdet, so hat der schuldige Tzen die Konsequenzen zu tragen. Ich möchte jedoch nicht sehen, daß eine solche Aktion unternommen wird, nur weil ein Tzen in einer anderen Kaste und deshalb lästig ist. Eine andere Ansicht zu haben, ist ebenfalls kein Grund zu einer Beleidigung oder einem Angriff.

Diese Mission ist ein Experiment mit verschiedenen Maßstäben. Erstens ist es der erste gemeinsame Einsatz, bei dem alle drei Kasten vertreten sind. Zweitens haben wir einige Teammitglieder der neuen Zucht, die etwas besitzen, das Farbsicht genannt wird, eine Fähigkeit, Dinge zu sehen, die wir anderen nicht sehen können. Drittens ist dies die erste längere Mission auf dem Heimatplaneten des Feindes.

Ich will nicht versuchen, die Schwierigkeiten der ersten zwei Punkte zu unterschätzen. Wir sind uns allen der schmerzhaften Spannungen bewußt, die auftreten, wenn wir mit Teammitgliedern zusammenarbeiten, deren Logik sich von unserer eigenen unterscheidet. Ich gebe zu, daß ich die neue Farbsicht nicht verstehen und deshalb die Vorteile und Schwierigkeiten, die sie mit sich bringt, nicht beurteilen kann. Als Krieger weiß ich jedoch, daß wir keinen Zwei-Fronten-Krieg führen können. Wir können nicht gleichzeitig gegen die Insekten und gegeneinander kämpfen. Wenn wir unseren persönlichen Differenzen erlauben, uns über den Kopf zu wachsen, ist diese Mission gestorben.«

Ich blickte wieder in die Runde.

»Gibt es noch weitere Fragen?«

»Hier, Kommandant.«

»Ja, Mahz?«

»Wenn die Wissenschaftler die Hauptlast der Mission tragen, warum haben wir dann einen Krieger als Kommandanten?«

Ich war gleichzeitig ärgerlich und froh, daß diese Frage gestellt wurde.

»Da ich keine bessere Erklärung habe, würde ich sagen, weil es das Höchste Kommando angeordnet hat.«

»Kommandant«, unterbrach Tzu. »Mit Ihrer Genehmigung habe ich vielleicht eine logischere Erklärung.«

»Genehmigung erteilt, Tzu.«

»Der Kommandant ist sehr großzügig in seinen Strukturanalysen. Das Schlüsselwort der Krieger heißt Wirksamkeit. Wenn sie ein Problem erörtern oder Prioritäten setzen, so fragen sie zuerst: Ist es auch effizient? Das Schlüsselwort der Wissenschaftler lautet Interesse. Wir fragen zuerst: Welches ist das interessanteste Ding in der Nähe, das wir untersuchen können? Dieses Verhalten ist im Labor erfolgreich, aber es kann nicht bei einem speziellen Feldproblem angewandt werden. Nach meiner Ansicht wurde das Kommando einem Krieger übergeben, damit sichergestellt ist, daß wir unsere Bemühungen auf die Dinge konzentrieren, auf die wir sie konzentrieren sollen. Wenn das nicht so wäre, liefen wir Gefahr, uns in ein neues Gestein oder Pflanze zu verlieren, ob diese nun wichtig für unser Problem wäre oder nicht.«

»Da wir schon mal bei der Beseitigung von Unklarheiten sind«, unterbrach Horc, »die Techniker haben auch ein Schlüsselwort. Dieses Wort heißt brauchbar. Ich bin davon überzeugt, daß wir alle noch offenen Diskussionspunkte vor Ort regeln können. Zur Zeit haben wir ein brauchbares Team und einen brauchbaren Plan. Sollen wir beides nicht in Bewegung setzen?«

Da keiner widersprach, beendeten wir die Sitzung und starteten die Mission.

2

Wir warteten in der Befestigung.

Warten schien die größte Aufgabe in meiner neuen Position zu sein. Wenn ich das im voraus gewußt hätte, vielleicht hätte ich die Beförderung nicht angenommen; nicht, daß ich wirklich die Wahl hatte. Ich war der einzige Kommandant, der eine Einheit über eine ausgedehnte Zeit auf einer Insekten-bewohnten Welt erfolgreich geführt hat. Also war ich die logische Wahl, um diese Mission zu leiten. Dennoch schätzte ich das Nichtstun nicht.

Der Faktor, daß die Wissenschaftler- und Technikerteams meine Passivität teilten, trug auch nicht zur Beseitigung meines Mißmutes bei. Das Landungsgebiet zu sichern, dauerte länger als geplant, aber es war noch nicht genug Zeit vergangen, um einen Bericht zu verlangen. Die letzten Überprüfungen waren abgeschlossen, und die anderen Teams warteten, wie ich selbst, ungeduldig, bis sie handeln konnten. Wie auch immer, ungeduldig oder nicht, Krieger oder nicht, sie waren immer noch Tzen, und sie beklagten sich nicht.

Wir lagen alle auf Gel-Kissen und warteten auf das ›Klar‹-Signal der Landungsgruppe. Ich benutzte das Kissen, das ursprünglich dem dritten Wissenschaftler dienen sollte, der mit der Landungsgruppe abgesetzt worden war. Ich mußte feststellen, daß dies ein merklicher Fortschritt gegenüber dem ursprünglichen Plan war.

Nach diesem Plan hatte ich die Wahl zwischen dem kärglich gepolsterten Sitz des Kanoniers im drehbaren Turm oder den Fässern mit dem Gel, die auf der Seite lagen,um Artgenossen darin zu beherbergen. Ich wählte die dritte dieser Möglichkeiten. Jede der drei war jedoch besser, als mit dem vorausgefahrenen Team abgesetzt zu werden. Ich fühlte mich bis zur Bedeutungslosigkeit verblassen, wenn ich das Herabsinken eines Fliegers mit dem Sturz einer Fallblase vergleiche, an dem ich mich einst gezwungen sah, teilzunehmen. Obwohl erwiesen war, daß Fallblasen die wirksamste Art waren, Truppen abzusetzen, war meine Reaktion auf sie dermaßen stark, daß ich noch einige Minuten nach der Landung bewegungsunfähig war. Deshalb schlossen wir in unsere Pläne meine Landung mit der Befestigung ein.

»Landegebiet gesichert, Kommandant.« Zurs Stimme strahlte in mein Gehirn.

Unwillkürlich berührte ich das Verstärker-Kopfband, als ich antwortete.

»Zur, Sie haben Ihr Zeitlimit überzogen. Erklären Sie bitte.«

»Wir mußten das Gebiet erst von einem Wespennest befreien.«

»Wespen?«

»Es war eine andere Art als die der Koalitionswespen, die wir vernichtet haben, aber der Wissenschaftler, Zome, hielt sie für eine potentielle Bedrohung.«

»Verstehe. Gibt es sonst noch etwas zu berichten?«

»Nein, Kommandant. Wir sind bereit, Ihre Landung zu decken.«

»Sehr gut. Halten Sie sich bereit.«

Ich lenkte meine Aufmerksamkeit auf die Techniker.

»Horc!« sendete ich.

»Ja, Kommandant«, Horcs Stimme meldete sich.

»Die Landegruppe hat den Platz gesäubert und das Zeichen gesetzt. Übernehmen Sie den Start- und Landeprozeß. Krah soll bei Ihnen bleiben und Ihre Befehle entgegennehmen.«

»Verstanden, Kommandant.«

Zuletzt wandte ich mich den Wissenschaftlern in nächster Nähe zu.

»Bereiten Sie sich auf die Landung vor. Die Landgruppe hat unseren Landeplatz untersucht.«

»Wie lange haben wir noch bis zum Start, Kommandant?« fragte Tzu.

»Ich schätze …«

Die Befestigung löste sich vom Boden des Transports und begann, der Oberfläche des Planeten entgegenzufallen.

»Ich nehme die Frage zurück, Kommandant.«

Das war auch gut so. Ich war nämlich nicht sicher, ob ich die Antwort vollenden konnte. Als ich meine Vorliebe für die Methode einer Landung darlegte, wollte ich damit nicht andeuten, daß ich die Aussicht, in der Befestigung abgesetzt zu werden, genoß. Ich empfand es eher als eine dürftige Verbesserung gegenüber dem Landen in einer Fallblase. Aber der freie Fall ist für mich in keinem Fahrzeug ein erfreuliches Ereignis. Ich nahm mir vor, mich zu erkundigen, ob wir nicht Schiffe haben könnten, die die Truppen an Land bringen, anstatt sie von der Umlaufbahn herabzuschicken. Die Befestigung war ein Meisterstück der Konstruktion, ich sagte es schon, und wenn sie sich auf dieser Mission bewährte, sollte sie als Modell für ähnliche Installationen in der Zukunft dienen. Der Hauptkörper der Befestigung ist eine Halbkugel mit zehn Meter im Durchmesser, und auf der Halbkugel war ein Schießturm montiert. Die Halbkugel war hohl und durch eine Wand geteilt; sie trennte das Wissenschaftlerlabor von dem Arbeitsraum der Techniker. Die ganze Konstruktion war auf eine Scheibe montiert, die zwanzig Meter im Durchmesser und drei Meter in der Dicke maß. Diese Scheibe enthielt die Unterkünfte der Krieger und die Waffen und gab der Station Schutz, wenn auch nur in nächster Nähe. Wie ich schon sagte, war sie aerodynamisch unstabil, und sie hatte ein Reibungsverhalten wie nackter Fels.

Unsere Landung beschrieb Horc als »nicht gerade ein Gleitflug ... mehr ein kontrollierter Fall.« Das beruhigte mich ein bißchen, während wir auf den Aufprall warteten. Der einzig angenehme Faktor, an den ich mich noch klammern konnte, war, daß die Techniker auch an Bord waren und daß sie letzten Endes Vertrauen in ihr Werk haben mußten.

Ich fühlte, wie das Gel-Kissen gegen mich gedrückt wurde, dann nach einer kleinen Pause eine weitere Druckwelle. Ich schloß daraus, daß Horc Außenmaschinen benutzte, wahrscheinlich ähnlich denen, die unsere Flieger antrieben, um unseren Fall zu bremsen. Die Wellen kamen häufiger und dauerten länger, bis sie zu einem ununterbrochenen Druck wurden, als ob wir in einem 1,5-g-Schwerkraftfeld wären.

Ich entspannte mich.

Ich hätte daran denken sollen, daß Techniker und Wissenschaftler weniger an körperliche Arbeit gewohnt waren als Krieger. Also waren die Landungen dementsprechend sanfter als die, die ich bis jetzt kannte. Diese Illusion verflog schlagartig, als wir mit einem markerschütternden augenzerquetschenden Krachen aufsetzten.

Es war einen Moment still, während wir unsere durchgeschüttelten Gedanken und Körper ordneten.

Tzu unterbrach die Stille.

»Kommandant«, begann sie zögernd.

»Das war eine Bruchlandung!« unterbrach Rahk. Er war einer der zwei Wissenschaftler, die an Bord waren, ein neuer Zögling, farbsichtig und sehr freimütig. »Trauen Sie den Technikern zu, daß ...«

»Es ist genug, Rahk«, sagte Tzu, um den Wortschwall ihres Untergebenen zu stoppen. »Ihre Stellungnahme, Kommandant?«

Bevor ich Zeit hatte zu antworten, öffnete sich die Luke zu der angrenzenden Abteilung, und Ihr schlingerte in unser Gesichtsfeld. Sie war das jüngste Mitglied des Technikerteams, ebenfalls ein neuer Zögling und ebenfalls sehr freimütig.

»Vielleicht interessiert es Sie«, informierte sie uns, »daß dies, nach dem Anzeigen der Instrumente, die sanfteste Landung war, die dieses Fahrzeug je gemacht hat. Hätte man uns erlaubt, etwas mehr mit den Kontrollvorrichtungen zu üben, damit wir mehr Praxis bekommen, und etwas mehr Zeit, um ein paar feinere Änderungen in der Konstruktion vorzunehmen, wären wir wahrscheinlich in der Lage gewesen, das Schiff so sachte aufzusetzen, wie es die anderen Kastenmitglieder offenbar gewöhnt sind.«

»Eigentlich«, sagte ich, bevor Rahk eine Gelegenheit hatte, weiterzusprechen, »war die Landung innerhalb unserer Toleranzgrenze. Machen Sie sich keine Sorgen um die Widerstandsfähigkeit der Krieger oder Wissenschaftler.«

»Mich um die Bequemlichkeit der anderen Kasten zu sorgen, gehört nicht zu meinen Pflichten, Kommandant.«

»Ihr!«

Selbst aus der nächsten Abteilung war der Zorn in Horcs Stimme nicht zu überhören.

»Horc fragte«, fuhr Ihr hastig fort, »ob Sie in der Station bleiben, während wir die Festung befestigen.«

Bevor ich etwas antworten konnte, war sie verschwunden. Ihr wurde, glaubte ich, zu einem Problem. Horc hatte mich davor gewarnt, daß sein jüngstes Mitglied keine anderen Kasten mochte, besonders die Kriegerkaste nicht; aber ich hatte nicht damit gerechnet, daß Ihrs Gefühle so offensichtlich waren.

Ich warf einen verstohlenen Blick auf die zwei Wissenschaftler, um zu sehen, wie sie reagierten. Sie waren still, aber ich sah am Leuchten ihrer Augen, daß sie sich telepathisch unterhielten. Ich beobachtete ihre jeweiligen Stellungen und vermutete, daß Tzu Rahk für seinen vorhergehenden Ausbruch einen Verweis erteilte. Ich wandte hastig die Augen ab und tat so, als ob ich mir über diese

Situation nicht bewußt wäre. Tzu war ein Tzen. Sie konnte und sollte ihr eigenes Team im Griff haben.

Wir konnten die Kaltstrahler arbeiten hören, die am Boden der Befestigung montiert waren, während wir uns ausruhten. Ich lenkte meine Aufmerksamkeit auf die Szenerie außerhalb der Kuppel, gespannt auf den ersten flüchtigen Blick auf diesem neuen Planeten.

Obwohl ich nicht gerade begeistert über die Landung in diesem oder einem anderen Freien-Fall-Fahrzeug war, jetzt, da ich unten war, konnte ich meine Bewunderung für diese Konstruktion nicht unterdrücken. Die Kuppel bot Ein-Weg-Sicht über das umliegende Gebiet. Das heißt, man konnte hinaus-, aber nicht hineinsehen. Das konnte ein entscheidender Vorteil in einer feindlichen Umgebung sein.

Die Befestigung sank beständig. Ich konnte jetzt das umliegende Gebiet sowie die Arbeiten der Landegruppe erkennen. Weder der Wissenschaftler Zome noch Zur waren zu sehen, aber der größte Teil des Kriegerteams war voll in Sicht; sie waren in Abständen um die Befestigung verstreut. Sie hielten die Waffen schußbereit und blickten kaum zu uns herüber. Statt dessen beobachteten sie den Himmel und hielten nach einer möglichen Gefahr Ausschau, während wir uns in der verwundbarsten Phase unserer Mission befanden. Obwohl die Aufstellung der Krieger wie zufällig aussah, erkannte ich Zurs Handschrift. Zur hielt nichts davon, die Wachen in regelmäßigen Abständen ruhig stehen zu lassen. Er postierte sie so, daß es praktisch keinen blinden Punkt gab und kein Flecken Unterholz und keine Bodensenke ungeschützt blieb. Wenn Zur unsere Verteidigung übernahm, konnte ich getrost ausruhen … das heißt, sofern ein Krieger überhaupt ausruhen kann.

Ich war leicht überrascht, Eehm, den dritten Techniker, draußen an der Befestigung arbeiten zu sehen. Sie mußte die Festung direkt nach dem Aufsetzen verlassen haben. Anscheinend nahm Horc an Zurs Besessenheit mit einem Aufmarsch von arbeitsamen Truppen Anteil. Eehm rollte geschäftig die Leitung auf, die unsere Außenalarmanlage bilden sollte. Sie war in ihre Arbeit vertieft und ignorierte alles andere. Das konnte gut und schlecht sein. Es war gut, daß sie sich nicht ablenken ließ, und sie vertraute den Kriegern ihren Schutz an. Es war schlecht, weil man in feindlichem Gebiet seine Umgebung niemals völlig ignorieren sollte.

Das Heulen der Kaltstrahler verstummte. Die unterste Fläche der Scheibe war nun mit dem Grund verbunden. Die Befestigung war gesichert.

»Wir stehen nicht waagerecht!« Rahk starrte auf ein kleines Instrument, das auf dem Boden nehmen seinem Gel-Kissen stand.

Ich fragte mich nicht mehr, was oder woher es kam. Wissenschaftier gehen mit Instrumenten um wie Krieger mit Waffen.

»Ich hoffe, es beeinträchtigt nicht ernsthaft die Ausführung Ihrer Pflicht?« fragte ich.

»Wir sind es gewöhnt, mit den Fehlern der Techniker zu leben«, versicherte mir Tzu.

»Kommandant!« Horcs Kopf tauchte in der Luke auf. »Könnte ich Sie einen Moment sprechen?«

Er streifte die Wissenschaftler mit seinen Blicken. Falls er das Instrument auf dem Boden gesehen hatte, ließ er sich jedenfalls nichts anmerken.

»Behalten Sie bitte Ihre Plätze ein, wir erledigen das in ein paar Minuten.«

Er war verschwunden, bevor sie etwas sagen konnten. Techniker waren anscheinend besonders geschickt in der Ausführung taktvoller Rückzüge. Ich erhob mich und folgte ihm.

»Hier herunter, Kommandant.« Seine Stimme drang aus der Waffenkammer zu mir hoch.

Ich stieg die Rampe hinunter und fand ihn, wie er sich bückte, um eine Luke im Boden aufzuriegeln.

»Die Wissenschaftler entdeckten anscheinend sofort, daß wir aus dem Gleichgewicht sind.« Er sagte es, ohne von seiner Arbeit aufzusehen.

»Sie haben es gehört?«

»Ich brauchte es nicht zu hören. Ich sah es auf dem Q-Anzeiger auf dem Boden.«

»Auf dem was?«

»Dem Q-Anzeiger. Die Wissenschaftler benutzen dieses Instrument, um das Gleichgewicht zu prüfen. Die Techniker haben es für sie gebaut, und natürlich benutzen sie es, um unsere Arbeit zu kritisieren.«

»Finden Sie es schwierig, mit den Wissenschaftlern zusammenzuarbeiten?«

»Nicht schwieriger als mit den Kriegern.« Er unterbrach seine Arbeit und blickte mich direkt an. »Sehen Sie, Kommandant, als Krieger sind Sie von den anderen Kasten relativ isoliert. Aber die Techniker haben durch ihre Arbeit mit beiden, den Wissenschaftlern und den Kriegern, zu tun. Wäre ich gefragt worden, so hätte ich einen Techniker als Kopf dieses Unternehmens eingesetzt, und zwar nur auf Grund seiner Fähigkeit, mit anderen Kasten auszukommen.«

Er wandte sich abrupt seiner Arbeit zu. Ich fand die Art der Techniker, eine Unterhaltung immer kurz vor einer unbestimmten Zurückweisung zu beenden, langsam ärgerlich.

Er hob den Lukendeckel heraus und legte ihn beiseite. Er steckte seinen Kopf in das tintenschwarze Loch, und seine Hand wanderte zu einem kastenförmigen Gerät, das auf seinem Rücken an einem Gürtel befestigt war. Ich war überrascht, als plötzlich das grelle, blendende Licht eines Kaltstrahlers die Waffenkammer erfüllte.

Horc knurrte und zog seinen Kopf aus der Luke, während der Strahler erlosch.

»Das hatte ich befürchtet. Der sechste Strahler funktioniert nicht.«

Während der sprach, löste er die Kiste von seinem Gürtel und begann Skalen einzustellen und Schieber zu verstellen.

»Hier, Kommandant«, sagte er und drückte mir die Kiste in die Hand.

»Wenn ich Zeichen gebe, drücken Sie den linken Schalter.«

»Ich? Was ist denn mit Ihr?«

»Ihr ist damit beschäftigt, das Kontrollfeld auseinanderzunehmen. Deshalb benutzen wir die Fernsteuerungsanlage. Es ist nicht schwer, Kommandant. Sie müssen nur auf den Schalter drücken, wenn ich Ihnen das Zeichen gebe.«

Damit rutschte er durch die Luke und war verschwunden.

Ich fühlte mich sehr unwohl, als ich mit diesem sonderbaren Gegenstand in der Hand wartete. Die unzähligen Schieber und Hebel waren fremdartig für mich.

Ich paßte auf, daß ich es richtig hielt und keinen der Schalter berührte. Ich drehte die Anlage, um sie näher zu untersuchen.

Diese Aktion wurde von einem zischenden und blitzenden Gebrüll beantwortet, das aber von unten kam. Die Kaltstrahler waren aktiviert.

Das erste Mal in meiner Laufbahn fror ich. Horc war noch unten bei den Strahlern! Meine Neugier hatte in der Kiste etwas ausgelöst! Ich hatte eines meiner Teammitglieder getötet!

So abrupt sie aufgeflammt waren, stoppten die Strahler

wieder. Einen Herzschlag später kroch Horc aus dem Loch und fing an, den Lukendeckel wieder festzuschrauben.

»Wir sind im Gleichgewicht, und jeder Tzen, der das bestreitet, soll ...«

Er brach ab und sah mich zum ersten Mal an.

»Stimmt etwas nicht, Kommandant?«

Ich zwang meine Stimme, ruhig zu bleiben.

»Sie haben kein Signal gegeben.«

»Ach so! Das war keine böse Absicht. Das Problem erwies sich als nicht so schwierig, wie ich erwartet hatte, und ich kroch in eine energiefreie Zone und reparierte die Strahler mechanisch. Ich hatte den Eindruck, Sie sträubten sich, die Kontrolle zu betätigen, und so tat ich es selbst.«

»In Zukunft, Horc«, sagte ich in einem unwirschen Tonfall, »wenn Sie oder jemand von Ihrem Team etwas unternehmen, so vergewissern Sie sich, daß Ihr Rat befolgt wird. Wir befinden uns in einer Kampfzone, und Verständigungsfehler können sich katastrophal auswirken.«

»Ich werde mich daran erinnern, Kommandant.« Er bückte sich wieder, um seine Arbeit zu beenden.

Ich beschloß, es dabei zu lassen. Wenn ich weitermachte, bemerkte Horc vielleicht noch, daß mein Ärger mehr Erleichterung war als das Beharren auf einer korrekten Ausdrucksweise.

»Wenn ich hier nichts mehr tun kann, gebe ich den Wissenschaftlern das ›Klar‹-Zeichen. Sie warten wahrscheinlich begierig, mit ihrer Arbeit zu beginnen.«

»Natürlich, Kommandant.«

»Kommandant, die Landungsgruppe versucht, Sie zu erreichen.«

Ich war gerade auf der Rampe, als ich auf halbem Wege Ihr begegnete. Ich rannte an ihr vorbei die Rampe hoch. Jetzt, da ich nicht mehr auf Horcs Arbeit konzentriert war, konnte ich Zurs Signal ausmachen.

»Rahm hier, Zur«, sendete ich.

»Kommandant, wir haben hier ein Problem, das Ihre Aufmerksamkeit erfordert.«

Ich wollte ihm sagen, daß er warten solle, während ich den Wissenschaftlern die Genehmigung zum Arbeitsbeginn geben wollte, aber da sah ich, daß sie schon dabei waren, hin-und herzulaufen, um ihr Laboratorium für die Mission vorzubereiten.

»Erklären Sie das Problem, Zur.«

Ich konnte Zur durch die Kuppel sehen, aber er mich nicht.

Er stand inmitten einer kleinen Besprechungsgruppe. Mahz und der Wissenschaftler Zome standen an seiner Seite.

»Wir haben einen Techniker verloren.«

3

»Wie starb der Techniker, Kommandant?«

»Diese Information brauchen Sie nicht, um Ihre Pflicht zu erfüllen, Kommandant.« Mein Kopf schmerzte von dem ungewohnten Gebrauch des Verstärkerbandes. »Bitte schicken Sie einfach nur einen Ersatz, so schnell wie es geht.«

»Ich muß Ihr Gesuch leider abschlagen, Kommandant«, antwortete Krahs Stimme. »Ich habe kein überflüssiges Personal.«

»Vielleicht haben Sie recht, Krah. Vielleicht schätzen Sie aber auch die Situation falsch ein.« Ich bemerkte, daß mein Kopf vor Ärger tiefer sank, eine nutzlose Geste, da Krah immer noch in der Umlaufbahn flog und mich deshalb nicht sehen konnte.

»Also, die Situation ist folgende. Ich bin der Kommandant dieser Mission, eingeschlossen der Besatzung des Schiffes. In dieser Eigenschaft ersuche ich Sie nicht, ich befehle Ihnen, einen Ersatz für den toten Techniker zu schicken. Weiter möchte ich bemerken, daß Sie mit zwei Mitgliedern überbesetzt sind. Dies wurde von mir und dem Höchsten Kommando bewußt geplant. Wissen Sie auch, warum?«

Krah antwortete nicht, aber ich wußte, daß sie noch zuhörte, und fuhr fort.

»Wir haben diese Entscheidung getroffen, damit ich freie Hand habe, Sie im Duell zu töten, falls diese Situation eintrifft. So haben wir immer noch einen Techniker mehr zur Verfügung. Deshalb schlage ich vor, Sie schicken sofort diesen Techniker herunter. Sie haben dann immer noch ein Mitglied zuviel in Ihrer Crew. Unterlassen Sie das, so heißt das nicht nur, daß das Schiff weiterhin normal funktioniert, es heißt, daß es dann ohne Sie funktioniert. Haben Sie verstanden? Oder fühlen Sie sich wirklich in der Lage, einen erfahrenen Krieger-Kommandanten im Duell zu schlagen?«

Es war lange Zeit still, bevor Krahs Antwort kam.

»Ich werde sofort einen Ersatz aussuchen und hinunterschicken.«

»Sehr gut. Und, Krah ...«

»Ja, Kommandant?«

»Ich schlage vor, Sie wählen die Vertretung sehr sorgfältig aus. Falls wir einen Techniker bekommen, der genauso unfähig und die Zusammenarbeit mit ihm genau so schwer ist, so bin ich geneigt zu glauben, daß dies ein Sabotageversuch Ihrerseits ist.«

»Verstanden, Kommandant. Krah meldet sich ab.«

Ich nahm das Verstärkerband ab und musterte kalt die nähere Umgebung. Trotz meiner amtlichen Überheblichkeit gegenüber Krah war ich mit dem Fortschritt der Mission nicht sehr zufrieden. Bei meinem letzten Unternehmen hatte ich nur einen Tzen innerhalb eines Jahres verloren, obwohl wir auf einem feindlichen Planeten gelandet waren. Nun hatten wir trotz Plan und Ausrüstungen einen Tzen verloren, noch bevor wir mit der Errichtung des Basiscamps fertig waren.

Ich ließ den Zwischenfall noch einmal an mir vorüberziehen, um festzustellen, ob es ein Fall von zu großer Selbstsicherheit war.

Der Techniker, Eehm, hatte die Leitung für die Alarmanlage gelegt. Sie war so beschäftigt mit ihrer Arbeit, daß sie rückwärts in einen großen Fleck von Vegetation lief. Die Wissenschaftler bezeichneten dieses buschähnliche Gestrüpp als ›unbekannt‹.

Tja, jetzt kannten wir es ... oder besser, einiges darüber. Die Wissenschaftler bestanden darauf, es nicht zu zerstören, bis sie Gelegenheit hatten, es vollständig zu untersuchen und zu testen. Wir wußten, daß es bei direktem Kontakt mit den Stengeln Dornen verschoß, die mit einem Nervengift gefüllt waren, das ähnlich dem der Handnadler wirkte, die einige unserer Krieger benutzten.

Eehm starb mit beängstigender Geschwindigkeit, aber nicht qualvoll. Sie hatte keinen Ton von sich gegeben, Techniker oder nicht, vorsichtig oder nicht, sie war noch ein Tzen, und wir befanden uns auf feindlichem Gebiet.

Ich ging die Situation noch einmal durch. Nein, es war kein Fall von Vermessenheit, einfach nur Unvorsichtigkeit. Ich beschloß, Horc zu sagen, daß er die Techniker warnen sollte. Sie sollten vorsichtiger sein. Aber dann verwarf ich diesen Entschluß wieder. Er hatte es bereits gesagt – und in wesentlich überzeugenderen Beispielen, als ich es jemals könnte.

»Horc!« strahlte ich in die Befestigung.

»Ja, Kommandant?«

»Der Ersatz für den Techniker wird heruntergeschickt. Falls er sich als ungeeignet erweist, erstatten Sie mir bitte sofort Bericht.«

»Gut, Kommandant. Die Alarmanlage ist jetzt fertig. Haben Sie Interesse, mich bei der Überprüfung zu begleiten?«

Ich überlegte, diese Aufgabe Zur zuzuschreiben. Es würde eine langweilige Arbeit werden; und technische Arbeiten als Teil der Verteidigung fielen in seinen Zuständigkeitsbereich.

»Selbstverständlich. Können Sie sehen, wo ich mich befinde?«

»Ich kann. Ich treffe Sie gleich, Kommandant.«

Ich hatte mich doch entschieden mitzugehen. Horc hatte speziell mich aufgefordert, an der Inspektion teilzunehmen. Das konnte zwei Gründe haben. Horc war ein Techniker, und deshalb reagierte er vielleicht besonders sensibel auf kasteninnere Rivalitäten. Wenn es bei der Arbeit der Techniker etwas zu kritisieren gab, zog er es bestimmt vor, diese Kritik von mir zu hören. Dies beruhte auf dem stillschweigenden Einverständnis über meine Objektivität als Kommandant in dieser Mission. Er dachte, ich würde nicht einfach einen Fehler finden, nur um sein Team schlechtzumachen, wie es vielleicht der Kopf des Kriegerteams tun würde. Es konnte aber genausogut sein, daß er nur etwas besprechen wollte.

Er erschien, und es sah aus, als würde er direkt aus dem Boden der, jetzt getarnten, Befestigung springen. Obwohl ich seinen präzisen Standort kannte, war ich kaum in der Lage, ihn zu entdecken. Ich merkte mir, daß ich Horc darauf ansprechen mußte, bevor unsere Überprüfung zu Ende ging.

»Hier entlang, Kommandant«, sendete er.

Ich ging auf seine Seite und kauerte mich hin. Als ich genau hinsah, konnte ich nur die ultrafeine Leitung ausmachen, die am Boden entlanglief.

Ohne etwas zu sagen, erhob er sich und ging neben der unsichtbaren Linie her. Ich folgte ihm, nicht sehr erpicht darauf, die Leitung zu beobachten. Stehend konnte ich sie nicht sehen, so begnügte ich mich damit, die Anlage zu kontrollieren, während wir über das Gelände schlingerten.

Die Alarmleitungen waren für mich noch ein Wunder. Sie können ein Objekt orten, das so klein wie ein Sandfloh ist, wenn es das Abtastfeld kreuzt. Sie melden nicht nur den Durchbruch, sie geben auch die Größe, Gewicht und Körpertemperatur sowie die Geschwindigkeit und die Laufrichtung des Objekts an die Befestigung durch. Normalerweise erschienen diese Informationen auf einem Bildschirm, und eine Wache analysierte sie. Wurden wir angegriffen, brauchte man nur auf einen Schalter zu drücken, und diese Daten wurden direkt zu dem Schießturm geleitet, der auf der Spitze der Befestigung montiert war. Der Schießturm konnte dann automatisch das Feuer auf den Eindringling eröffnen und so lange schießen, bis die Gefahr vorüber war. Kurz, war diese Anlage eingeschaltet, wurde alles vernichtet, das auf dreihundert Meter an die Befestigung herankam.

Es war ein gewaltiger Fortschritt gegenüber unserem letzten Aufenthalt auf einem bewohnbaren Planeten.

»Kommandant!«

»Ja, Horc?« strahlte ich zurück.

»Wären Sie verletzt gewesen, wenn ich Zur gebeten hätte, mich auf diese Inspektion zu begleiten?«

»Nein. Ich hätte ihm diese Aufgabe übertragen, wenn Sie nicht mich danach gefragt hätten.«

»Ich hätte mich direkt an ihn gewendet, aber ich dachte, Sie betrachten es vielleicht als ein Übergehen Ihrer Autorität.«

So viel zu meinen Theorien.

»Wenn wir beide einverstanden sind, schlage ich vor, wir kehren zur Befestigung zurück, und Sie und Zur führen diese Inspektion durch.«

»Einverstanden, Kommandant.«

»Eine Frage noch, Horc. Ist das System betriebsfähig?«

»Ja, das ist es.«

»In diesem Fall«, ich sprach jetzt zum ersten Mal laut, »glaube ich, ist das Gelände sicher genug, um laut zu sprechen.«

Horc blickte mich fragend an.

»Brauchen Sie nicht erst die Zustimmung der Krieger, bevor Sie das System für betriebsfähig erklären?«

»Horc, Sie sind genau so ein Tzen wie jeder Krieger. Ihr Leben hängt ebenso wie unseres von der Zuverlässigkeit des Systems ab, vielleicht noch mehr. Wenn Sie sagen, das System funktioniert, so ist das alle Sicherheit, die ich brauche. Die Inspektion durch die Krieger ist mehr ein Höflichkeitstausch zwischen Kasten als eine erforderliche Prüfung.«

Für einige Momente war er still.

»Letztendlich beginne ich doch noch zu verstehen, Kommandant«, sagte er schließlich, »warum Sie als Führer dieser Expedition gewählt wurden.«

Ich wußte nicht, was ich zu dieser Feststellung sagen sollte, und so wechselte ich das Thema.

»Ich wollte Sie auf die Tarnung der Befestigung ansprechen, Horc. Können Sie mir in Begriffen, die ein Krieger verstehen kann, erklären, wie Sie diesen Effekt erzielen?«

»Es ist nur eine andere Anwendung des Flexi-Stahls. Das gleiche Material benutzen wir für die Flügel Ihrer Flieger. Alle äußeren Oberflächen der Befestigung sind doppelt verlegt. Der Außenbelag besteht aus Flexi-Stahl, der sich zusammenzieht und die Bogen und Furchen und unebenen Flächen bildet, die in das umliegende Gebiet übergehen; dann noch einen nachgemachten Baumstumpf mit herausstehenden Wurzeln, um den Schießturm zu verdecken, und schon haben Sie Ihre Tarnung.«

»Und wir können nur von drinnen nach draußen sehen?«

»Ja.«

»Wie machen Sie es, daß die unebene Außenfläche nicht die Sicht beeinträchtigt?«

Er dachte einige Augenblicke nach.

»Ich kann versuchen, es zu erklären, aber ich fürchte, ich werde einige technische Begriffe dazu brauchen.«

»In diesem Fall ziehe ich die Frage zurück. So lange es funktioniert, haben Sie keine Beschwerden von mir zu befürchten. Jedenfalls ist es die unauffindbarste Tarnung, die ich bis jetzt gesehen habe, vielmehr nicht gesehen habe.«

»Vielleicht.«

Etwas in seiner Stimme ließ mich aufhorchen.

»Sie scheinen unzufrieden zu sein. Gibt es einen Defekt, den ich nicht bemerkt habe?«

»Ich bin nicht sicher«, antwortete er. »Ich bräuchte mehr Informationen, bevor ich Sie um Rat frage, aber vielleicht ist es besser, Sie schätzen die Situation direkt ab. Es hat mit der Bemerkung eines unserer farbsichtigen Mitglieder zu tun.«

»War es Hif oder Sirk?« unterbrach ich ihn.

»Hif, aber ich überprüfte ihre Beobachtung mit Sirk, und sie stimmten überein. Es schien, als habe er das Problem auch gesehen, traute sich aber nicht, in den Bereich der Techniker hineinzureden.«

»Was haben sie entdeckt?«

»Hif und Sirk zufolge paßt die Befestigung nicht zu der Umgebung.«

Ich sah mir die Befestigung genau an, bevor ich antwortete.

»Normalerweise würde ich sagen, nach meinen eigenen Beobachtungen haben sie unrecht, aber ich muß gestehen, ich verstehe diese Farbsicht nicht ganz, die die neuen Zöglinge haben.«

»Nicht nur Sie, wie ich Ihnen versichern kann. Es ist ein genetisches Experiment der Wissenschaftler. Es basiert auf den Daten, die bei den *Ersten* gefunden wurden. Wir sollen im Einsatz herausfinden, ob es einen praktischen Nutzen für das Empire hat.«

»Aber was ist es?«

»Sie können damit Dinge sehen, die wir nicht sehen ... um genau zu sein, sie können damit die gleichen Dinge wie wir sehen, aber auf eine andere Weise.«

»Das habe ich bis jetzt auch verstanden.«

»Vielleicht kann ich es Ihnen an einem Beispiel verdeutlichen, das ich selbst einmal gesehen habe«, schlug Horc vor.

»Es standen drei Blöcke auf einem Tisch; ein dunkler und zwei hellere. Wir wurden gefragt, ob wir die drei Blöcke unterscheiden könnten. Alle Tzen bezeugten, daß ein Block dunkel, während die zwei helleren identisch seien. Dann wurde ein farbsichtiger Tzen in den Raum gebracht, und ihm wurde die gleiche Frage gestellt. Er antwortete, daß jeder Block eine andere Farbe hätte. Den dunkleren bezeichnete er mit ›Erde‹ und die zwei anderen mit ›Himmel‹ und ›Blatt‹.«

»Ich möchte wissen, was das beweist.«

»Es geht noch weiter«, fuhr er fort. »Der Vorführer nahm den mit ›Himmel‹ bezeichneten Block heraus und markierte ihn mit einem ›x‹ auf der Unterseite. Der farbsichtige Tzen mußte die Augen schließen, und die Blöcke wurden alle vertauscht. Jedesmal identifizierte er den mit ›x‹ markierten Block, obwohl die ›x‹-Seite unten war.«

»Hatte er wirklich die Augen geschlossen?«

»Manchmal mußte er den Raum verlassen, während die Zeugen die Blöcke vertauschten. Er fand trotzdem immer sofort den ›x‹-Block heraus. Er konnte auf diesem Block etwas sehen, das wir nicht sehen konnten.«

Ich dachte darüber nach.

»Was nützt diese Fähigkeit dem Empire?«

»Das ist eines der Dinge, die wir auf dieser Mission testen sollen, und ich glaube, wir haben unser erstes Beispiel gefunden. Die zwei farbsichtigen Mitglieder behaupten, unsere Befestigung habe eine andere Farbe wie die Umgebung hier. Die Festung ist ›Stahl‹, während die Felsen um uns ›Sand‹ sind. Folglich wird sie jeder farbsichtigen Kreatur sofort auffallen.«

Ich fiel wieder in tiefes Schweigen.

»Weiß irgendwer, ob die Insekten farbsichtig sind?« fragte ich endlich.

»Nicht daß ich wüßte. Vielleicht sollten Sie die Wissenschaftler danach fragen, aber ich glaube nicht, daß sie wissen, nach was sie suchen sollen.«

»In diesem Fall, glaube ich, sollten wir diese Angelegenheit bevorzugt behandeln. Sagen Sie Hif und Sirk Bescheid, mir Bericht zu erstatten. Am besten sofort. Fragen Sie auch Tzu, ob sie an dem Treffen teilnehmen kann. Zuletzt informieren Sie Zur. Er soll seine Krieger in volle Alarmbereitschaft versetzen, bis ich eine Gelegenheit finde, mich mit ihm zu beraten.«

»Jawohl, Kommandant, aber ...«

»Ja, bitte?«

»Finden Sie es klug, mit so wenigen Informationen etwas zu unternehmen?«

»Horc, wir sind dreizehn. Auf jeden von uns kommen ein paar Millionen Feinde, wir sind ihnen ausgeliefert. Wir haben wenig Informationen, und nicht trotzdem, sondern deshalb müssen wir handeln. Und zwar sofort. Wir brauchen ein paar Antworten, und wir brauchen sie schnell. Wenn wir sie nicht bekommen, müssen wir vielleicht die Befestigung aufgeben.«

4

Die Antwort auf die Frage, ob die Springer farbsichtig waren oder nicht, kam so schnell und einfach, daß es fast schon unnatürlich erschien. Wir hatten keinen Einfluß auf unsere Entdeckung oder Nichtentdeckung. Aber, wie es manchmal in einem Kampfgebiet vorkommt, ergab sich die Lösung von selbst, ohne daß wir etwas dazu taten.

Wir waren kaum alle zu unserer Besprechung versammelt, als die Alarmanlage eine kleine Gruppe von zwanzig Springern meldete, die in unser Gebiet drangen. Es wurden direkt Befehle zu den Mitgliedern gestrahlt, die sich außerhalb der Befestigung befanden, um sie über diese Situation zu unterrichten, damit sie in Deckung gingen. Der Rest von uns versammelte sich in der Technikerseite des Turmes und beobachtete, während Zur die drehbaren Schwergeschosse bediente.

Das Grüppchen war jetzt zehn Meter innerhalb der Anlage. Sie bewegten sich langsam; anscheinend waren sie auf der Jagd. Plötzlich sahen wir zwei unserer Teammitglieder direkt in ihrem Weg stehen, aber wir strahlten ihnen Warnungen zu, und sie konnten sich in Sicherheit bringen, lange bevor sie entdeckt worden wären.

Wir folgten der Gruppe so lange es ging mit den Augen. Als wir sie aus dem Blickfeld verloren, verfolgten wir sie mit dem Verteidigungsnetz weiter. Zu keiner Zeit ließen sie sich anmerken, daß sie unsere Befestigung entdeckt hatten.

Es gab einige Debatten, ob dieser Ausflug in unser Gebiet zufällig war oder ob unsere Landung beobachtet wurde und sie uns wirklich suchten. Aber in einem Punkt waren wir uns alle einig, wie auch immer ... die Springer waren nicht farbsichtig. Hif und Sirk versicherten uns, daß wir von einem farbsichtigen Wesen sofort entdeckt würden, doch bis jetzt hatte uns niemand gesehen.

Das Problem der Farbe mußte weiter untersucht werden, aber im Moment war es nicht mehr von größter Wichtigkeit.

Dies löste jedoch eine andere Debatte aus, und zwar, welcher Punkt statt dessen von größter Wichtigkeit war. Die Wissenschaftler hatten die Springer zum ersten Mal in ihrem natürlichen Element gesehen und waren begierig, mit ihrer Arbeit zu beginnen.

»Wir müssen ein Team haben, das dieser Gruppe folgt«, drängte Tzu. »Je mehr Informationen aus erster Hand wir sammeln, desto eher können wir diese Mission beenden.«

»Nicht, bevor wir die Aufnahmen von der nächsten Umgebung fertiggestellt haben. Das wurde Ihnen in Ihren Besprechungen erklärt. Tzu, wir unternehmen keine wissenschaftliche Expedition, bevor unsere Scouts nicht ihre Arbeit abgeschlossen haben.«

»Aber, Kommandant, dies ist nicht der erste Kontakt des Empires mit diesem Planeten. Wir haben drei Hauptfeldzüge geführt: einen gegen die Wespen, gegen die Aquatiks und die fehlgeschlagene Aktion gegen die Springer. Sicher haben wir genügend Notizen in unserem Datenspeicher, mit denen wir etwas anfangen können.«

»Es ist wahr, daß wir Informationen in unserem Speicher haben, Tzu«, gab ich zu. »Überholte Informationen. Als Kommandant will ich nicht unnötig die Mission oder das Leben der Mitglieder riskieren, indem ich veraltete Daten benutze, wenn ich aktuelle bekommen kann.«

»Aber mein Team ist ungeduldig, es will an die Arbeit gehen. Wir glauben nicht, daß Inaktivität eine Tätigkeit ist, die dem Empire dient.«

»Das geht allen so; es scheint, als müßten wir auf dieser Mission lernen, mit der Untätigkeit umzugehen. Ich schlage vor, Sie lassen Ihr Team die unbekannten Pflanzen innerhalb der Alarmanlage untersuchen. Wir haben schon ein Mitglied durch eine Pflanze verloren, die Ihr Team nicht untersuchte, da es anscheinend keine Zeit dafür hatte.«

Es war, zugestandenermaßen, eine unfaire Kritik, aber Tzu schien dagegen unempfindlich zu sein.

»Sehr gut, Kommandant. Aber ich möchte noch einmal betonen, wie wichtig es ist, die Feldexpeditionen zum frühesten Zeitpunkt durchzuführen. Direkte Beobachtungen ermöglichen uns, unsere Bemühungen auf das vielversprechendste Objekt zu richten, anstatt alles zu untersuchen und zu hoffen, daß wir unser Zielobjekt durch Zufall finden.«

Ich verabschiedete mich, da es zu diesem Thema anscheinend nichts mehr zu sagen gab. Ich fand Horc, der im Labor der Techniker arbeitete. Ich hätte telepathischen Kontakt mit ihm aufnehmen können, aber bei diesem Gespräch wollte ich ihm direkt gegenüberstehen.

»Ist der Bildschirm jetzt fertig, Horc?« fragte ich.

»Gleich, Kommandant«, antwortete er, schaute aber nicht von seinen Apparaturen auf. »Die Waffeneinheiten sind fertig, wenn Sie sie verteilen wollen.«

»Ich glaube, dafür ist gesorgt. Ist der neue Techniker akzeptabel?«

»Krahn? Sie ist durchaus akzeptabel. Sie verrichtet ihre Arbeit höchst wirksam, aber das wird von jedem Teammitglied erwartet, spätestens am jetzigen Punkt der Mission.«

Er arbeitete ohne Unterbrechung weiter. Ich zögerte und überlegte, wie ich zum nächsten Thema übergehen könnte. Ich wußte nicht so recht wie, und so griff ich zur gründlichsten Methode.

»Könnte ich für einen Moment Ihre ungeteilte Aufmerksamkeit beanspruchen, Horc? Es gibt etwas, das ich mit Ihnen besprechen wollte.«

»Sicher, Kommandant.«

Er legte seine Werkzeuge beiseite und sah mich direkt an, mit durchdringendem Blick, und ich fühlte mich plötzlich unwohl.

»Horc, Sie haben heute ein Teammitglied verloren. Bis jetzt war ich nicht in der Lage, privat mit Ihnen darüber zu sprechen. Das war eine, wenn auch vielleicht entschuldbare, Nachlässigkeit meinerseits als Kommandant. Um das nachzuholen, habe ich mir jetzt Zeit genommen, mit Ihnen darüber zu sprechen. Hat der Unfall Sie oder Ihr Team in irgendeiner Weise beeinflußt?«

»Nein, Kommandant. Außer der Zeit, die ich brauchte, um das neue Teammitglied zu instruieren, wie ich Ihnen schon sagte, hatten wir nichts weiter zu besprechen.«

»Ich spreche jetzt von Ihren Gefühlen zu dem Vorfall. Ich möchte wissen, ob Sie irgendeine Verstimmung gegenüber den Kriegern hegen, weil sie vielleicht nicht genügend Schutzmaßnahmen getroffen haben oder …«

»Erlauben Sie mir, etwas über die Techniker zu sagen, Kommandant«, unterbrach mich Horc. »Vielleicht klärt es unsere Haltung. Der Tod ist den Technikern nicht fremder als den Kriegern oder den Wissenschaftlern. Arbeitsunfälle sind für uns ein alltägliches Ereignis; sie kommen öfter vor. Unsere gegenwärtige Arbeit besteht darin, praktische und sichere Anwendungen für fremde Konzepte und Maschinen zu finden, und bei diesem Prozeß werden viele verletzt oder getötet. Ein Beispiel: Wußten Sie, daß wir mehr als zweihundert Techniker bei der Verbesserung Ihrer Flieger verloren?«

»Nein, davon wußte ich nichts«, gab ich zu.

»Wenige außerhalb unserer Kaste wissen davon. Glauben Sie nicht, ich beklage mich. Es ist unsere Pflicht, genau wie gegen den Feind zu kämpfen Ihre Pflicht ist. Ich wollte Ihnen nur sagen, daß es nicht das erste Mal ist, daß wir ein Teammitglied verlieren. Der größte Unterschied zwischen Ihrer Situation und unserer besteht darin, daß wir nie eine Kampfkameradschaft entwickelten.«

»Eine was?«

»Eine Kampfkameradschaft. Wir haben selten Gelegenheit, im Gegensatz zu den Kriegern, mit einem Mitglied zusammenzuarbeiten, das einem das Leben rettete.«

»Der letzte Krieger, der mir im Kampf das Leben rettete, hieß Ssah. Ich tötete ihn unmittelbar nach Abschluß der Mission in einem Duell.«

»Ich verstehe«, sagte Horc, anscheinend ernüchtert. »Offenbar habe ich meine persönlichen Theorien überschätzt und damit die Krieger unterschätzt.«

»Die Krieger reagieren sehr negativ auf einen unnötigen Tod, besonders, wenn er durch Unvorsichtigkeit oder Unfähigkeit hervorgerufen wurde.«

»Darin gleichen sie den Technikern. Um auf die ursprüngliche Frage zurückzukommen, wenn Eehms Tod auf Unvorsichtigkeit beruht, so war es ihre eigene. Deshalb trauern wir nicht um sie, noch hegen wir Groll gegen die Krieger.«

»Sehr gut. Dann betrachten wir dieses Thema als abgeschlossen. Ich möchte mich entschuldigen, daß ich Sie von der Arbeit abhielt, aber ich wollte diesen Vorfall so schnell wie möglich bereinigen.«

»Keine Ursache, Kommandant. Wir sind mit den Bildschirmen planmäßig vorangekommen. Wenn Sie Bescheid geben wollen, die Flieger fertigzumachen, sind die Schirme bis zum Start fertig.«

»Ausgezeichnet. Die Wissenschaftler haben es eilig, den Auftrag auszuführen.«

»Kann ich dazu etwas sagen, Kommandant?«

»Bitte.«

»Wir Techniker hatten mit den Wissenschaftlern mehr Kontakt als ihr Krieger. Sie sind sehr unternehmungslustig und haben viele Möglichkeiten, aber sie sind trotz ihrer Klugheit häufig etwas kurzsichtig. Ich habe Ihnen erklärt, warum ein Techniker diese Mission leiten sollte. Dazu möchte ich noch etwas bemerken. Ich glaube, der Erfolg der Mission ist unter der Obhut eines Kriegers sicherer als unter der eines Wissenschaftlers. Meiner Meinung nach sollten Sie mehr Vertrauen in Ihr eigenes Urteilsvermögen setzen als in das Fremder.«

»Das hatte ich mir auch vorgenommen, Horc. Aber ich werde mich an Ihren Rat erinnern.«

Ich streifte einen der Armschirme über und nahm noch zwei mit, dann suchte ich Zur. Besprechungen waren ja gut und schön, aber es war Zeit, diese Mission in Angriff zu nehmen.

Zur und ich beobachteten die zwei startenden Flieger. Die Armschirme waren nun an alle Teammitglieder verteilt, und die Bildschirme funktionierten wie versprochen.

Mahz und Vahr flogen die Maschinen. Ich wollte Kor anstelle Vahrs damit beauftragen, aber Vahr war ein erfahrener Krieger, der schon beim Feldzug gegen die Wespen gekämpft hatte, und Kor wurde zur Verteidigung der Befestigung gebraucht.

»Sollen wir sie auf dem Bildschirm weiterverfolgen, Kommandant?« schlug Zur vor.

Obwohl unsere Armspeicher alle Daten, die an den Bildschirm durchgegeben wurden, überwachen konnten, war der große Schirm doch besser, um alles zu beobachten. Ich signalisierte mein Einverständnis, zur Festung zurückzukehren.

Verglichen mit den Maschinen, die Mahz und Vahr flogen, waren unsere Flieger, die wir gegen die Wespen einsetzten, roh und ungeschlacht. Die neuen Flieger waren so geändert, daß man damit senkrecht starten und landen konnte. Ein Umstand, der unsere Bruchlandung und unsere behelfsmäßige Starttechnik auf der letzten Mission überflüssig gemacht hätte. Aber was für unsere jetzige Aufgabe wichtiger war, die neuen Flieger waren alle mit drei Außenaufnahmegeräten ausgestattet. Diese beobachteten das Gelände, das der Flieger überquerte, und gaben diese Eindrücke direkt an die Bildschirm-Datenbank weiter. Dort wurden sie gespeichert, oder man konnte sie direkt verfolgen. Die Armspeicher-Schirme ermöglichten, das ganze Gebiet zu beobachten oder eine besondere Stelle vergrößert herauszuholen. Das lieferte jedem Teammitglied eine dreidimensionale Landkarte des Gebiets, wenn die Daten eingegeben wurden.

Horc und Tzu standen schon vor dem Bildschirm, als Zur und ich eintrafen. Das war einer der Vorteile eines Tzen-Kommandanten. Wenn wirklich etwas Wichtiges passierte, brauchte man nicht erst eine Besprechung einzuberufen. Der Stab fand sich selbst am Schlüsselpunkt ein.

Wir vier beobachteten still, wie sich die Landkarte auf dem Bildschirm formte. Soweit war sie mit unseren bestehenden Daten identisch, aber es war gut, die Bestätigung zu bekommen.

»Horc!« sagte ich, die Stille unterbrechend.

»Ja, Kommandant?«

»Diese Schlucht«, ich tippte auf die Stelle auf dem Schirm. »Wir brauchen irgend etwas, damit wir sie überqueren können.«

»Eine Bogenbrücke?«

»Ein Kabel wäre besser. Und eine Absprungrampe für die Gleiter. Wir brauchen etwas, das wir überqueren können, die Springer aber nicht.«

»Verstehe, Kommandant. Wir beginnen damit, sobald wir einen Techniker hinausschicken können, um sich die Sache anzusehen.«

»Helfen ein paar zusätzliche Nahaufnahmen auch?«

»Es wäre auf jeden Fall günstig.«

Ich schob mein Verstärkerband zurecht.

»Mahz!« sendete ich.

»Ja, Kommandant!«

»Sie nähern sich gerade einer Schlucht ... Wenn Sie Ihre Aufklärungsflüge beendet haben, könnten Sie ein paar Nahaufnahmen von den Rändern der Schlucht machen?«

»Bestätigt, Kommandant!«

Ich wollte das Band wieder abnehmen, da sah ich, daß Tzu etwas auf ihrem Armspeicher überprüfte.

»Stimmt etwas nicht, Tzu?«

»Ich bin nicht sicher, Kommandant, aber es ist bestimmt interessant. Sehen Sie hier diese Felsenbildungen ... und hier?«

»Die großen Felsen, und die kleinen, die um sie gehäuft sind?«

»Ja, richtig. Fällt Ihnen nichts daran auf?«

Ich untersuchte sie eine Zeitlang.

»Sie haben anscheinend eine besondere Gestaltung. Jeder große Felsen ist von kleineren Steinen oder Büschen umgeben. Warum? Sind es irgendwelche Markierungszeichen?«

»Ich bin mir nicht sicher. Aber sehen Sie sich das hier an.«

Sie drehte den Arm, um ihren Speicher zu zeigen.

»Das ist das gleiche Gebiet, aber die Daten sind noch vom letzten Feldzug. Diese Gebilde sind da, aber unterschiedlich viele, und an anderen Plätzen.«

Ich verglich die Angaben ihres Speichers mit den Angaben des Bildschirmes. Sie hatte recht. Die Gebilde hatten sich wirklich verändert.

»Haben Sie ähnliche Daten von den zwei anderen Missionen?« fragte ich.

Sie schlug das Inhaltsverzeichnis nach und studierte es.

»Keine Daten von der Mission gegen die Aquatiks ... Sie beschäftigen sich mit den Körpern im Wasser ... aber ... ja, hier ist es.«

Sie gab die Daten in den Speicher und streckte den Arm aus.

»Das ist das gleiche Gebiet während des Feldzugs gegen die Wespen.«

Wir betrachteten es gemeinsam. Die Felsengebilde waren anders angeordnet als die zwei, die wir schon gesehen hatten.

»Zur!«

»Ja, Kommandant?«

»Sehen Sie sich das an.«

Während er zu uns kam, fütterte ich meinen Armspeicher mit den Daten über den Springerfeldzug, so daß wir alle drei Ausgaben auf dem Bildschirm hatten.

»Sehen Sie diese Felsengebilde? Es scheint, als ...«

»Kommandant!«

Mahzs Stimme strahlte in meinen Kopf und unterbrach unsere Besprechung.

»Hier ist Rahm, Mahz.«

»Kommen Sie an Ihren Bildschirm, erwarte direkte Instruktionen!«

»Kommandant!« schrie Horc.

»Tzu, Zur, kommt!«

Wir hingen um den Bildschirm. Was ins Bild kam, war ein riesiger Ameisenhügel.

Die Ameisen! Die letzten Mitglieder der Koalition nach den Springern. Wir wußten, daß sie auf diesem Planeten vertreten waren, aber keine unserer Unterlagen deutete auf ihre Aktivität in diesem Gebiet hin. Dieser Berg war eine neue Konstruktion, die seit unserer letzten Mission errichtet worden war. Sie war weniger als acht Kilometer von unserer Befestigung entfernt!

5

Die Entdeckung der Ameisenhügel versetzte unser Team verständlicherweise in ziemliche Unruhe.

Alle Teammitglieder wurden informiert, daß sie sich sofort in Alarmbereitschaft zu begeben hatten. Mahz und Vahr instruierte ich jedoch, ihren Aufklärungsflug wie geplant zu beenden. Wie immer unser zukünftiger Plan auch lautete, wir brauchten Informationen über das umliegende Terrain.

Zur übergab Kor das zeitweilige Kommando über die Verteidigungsgruppe und traf mit dem Rest des Stabes zu einer Sitzung zusammen, um dieses unerwartete Ereignis zu besprechen und weiter zu planen.

Tzu, die für die Wissenschaftler sprach, hatte eine sehr klare Meinung, nicht nur über das zu besprechende Thema, auch wie es zu besprechen war. Jedenfalls erwartete ich das.

»Aber, Kommandant, die Aktivitäten, die wir empfehlen, sind der einzig logische Entschluß in dieser Situation.«

»Die Art unserer Aktionen und die Diskussion darüber müssen warten, bis wir die nötigen Berichte des Stabes gehört haben.«

»Wenn ich noch etwas bemerken darf, Kommandant, Zeit ist in unserer Situation von größter Wichtigkeit«, argumentierte Tzu, und ihr Schwanz schlug ungeduldig.

»Ich weiß. Zu wichtig, um sie unnötig mit der Diskussion über Besprechungsverfahren zu vergeuden.«

»Aber ...«

»Außerdem möchte ich noch bemerken, wenn wir Ihrem ursprünglichen Zeitempfinden gefolgt wären und die Springer verfolgt hätten, so hätten wir entweder den Ameisenhügel nie entdeckt oder wir wären unbewußt hineingestolpert. Jetzt schlage ich Ihnen noch einmal vor, Sie berichten Ihren Teil zu diesem Informationstreffen und bewahren Ihre wertvollen Vorschläge für später auf.«

»Gut, Kommandant. Wünschen Sie einen detaillierten Bericht?«

»Fassen Sie nur kurz zusammen. Wie Sie schon sagten, ist die Zeit der wesentlichste Faktor. Sprechen Sie über die Punkte, die unsere jetzige Situation betreffen.«

Sie war einige Momente still, um ihre Gedanken zu ordnen; dann begann sie.

»Die Ameisen sind die vierte Art der Koalition der Insekten. Unsere Studien stimmen mit den Überlieferungen der *Ersten* überein, daß sie die intelligentesten Mitglieder der Koalition sind und deshalb auch die gefährlichsten.

Wir vermuten, sie sind in der Lage, einfache mechanische Pläne auszuarbeiten, und sie besitzen eine klar strukturierte Gesellschaft. Mit aller Wahrscheinlichkeit sind sie Drahtzieher hinter der Entstehung der Koalition.«

»Frage.«

»Ja, Horc.«

»Operieren sie noch mit Maschinen? Und wenn ja, auf welchem Stand stehen sie?«

»Unbekannt. Wir glauben, sie waren fähig, primitive Sternenschiffe zu fliegen, nachdem die *Ersten* die Kontrollvorrichtungen für sie geändert hatten. Die immer noch andauernde Verbreitung der Insekten im Universum beweist, daß einige dieser Maschinen immer noch benutzt werden. Ob dies jedoch die ursprünglichen Schiffe oder Verbesserungen davon sind, ist unbekannt. Deshalb schlagen die Wissenschaftler vor …«

Sie brach ab, als ich ihr in die Augen sah und den Kopf tiefer sinken ließ. Sie hielt meinem Blick für einen Moment stand; dann fuhr sie fort.

»Obwohl sie zur Futtersuche an die Oberfläche kommen, sind sie Kreaturen, die vorwiegend unter der Erde leben. Der größte Teil ihrer Zivilisation ist in unterirdischen Höhlen untergebracht, die durch ein System von Tunneln miteinander verbunden sind. Diese Siedlungsnester erstrecken sich, mit diversen Installationen, über einen Radius von ungefähr zwanzig Kilometern bei einer Tiefe von etwa zwei Kilometern.

Körperlich sind sie etwas größer als die Springer. Sie erreichen nicht selten eine Länge von fünf Metern. Vielleicht sollte ich noch erwähnen, daß sie wegen ihrer unterirdischen Existenz nicht sehr gut sehen. Sie jagen an der Oberfläche anscheinend bei Tag und Nacht. Ihre größte natürliche Waffe sind ihre kraftvollen Kiefer, und sie gelten als starke, bösartige und zähe Kämpfer.«

»Sie erwähnten ihre Zivilisation. Was wissen wir darüber?« stellte ich eine Zwischenfrage.

»Das bißchen, was wir wissen, ist nicht bestätigt. Ihre Zivilisation ist, ähnlich der unseren, in Jäger und Konstrukteure gegliedert. Der größte Unterschied zwischen uns und ihnen besteht darin, daß sie eine Fortpflanzungskaste haben. Wir bezogen übrigens all diese Informationen von den *Ersten*.«

»Welches sind ihre verwundbarsten Stellen? Körperliche, natürlich?«

»Unbekannt, Zur. Von ihrer Erscheinung schließen wir auf eine ähnliche Körperbeschaffenheit wie die der Wespen. Aber das ist bestenfalls eine Vermutung.«

»Wie schnell graben sie ihre Tunnels?« fragte Horc.

»Unbekannt.«

»Wie viele Ameisen bewohnen ein Nest?« fragte Zur.

»Unbekannt. Aber wir glauben, die Zahl geht in die Tausende.«

»Ist der Ameisenhügel, den wir gesehen haben, ein neues Nest oder eine neue Wohnung für eine alte Siedlung?«

»Unbekannt, Kommandant.«

Es war lange Zeit ruhig.

»Wenn es keine weiteren Fragen gibt ... «, begann ich.

»Es gibt noch eine Information, die für unsere Pläne wichtig sein könnte, Kommandant.«

»Sprechen Sie, Tzu.«

»Sie besitzen eine Methode, mit der sie Informationen durch sich selbst weitergeben können. Ob dies durch direkten Kontakt, telepathisch oder genetisch geschieht, ist unbekannt. Dieses charakteristische Merkmal der Ameisen blieb sogar den *Ersten* trotz ihrer Bemühungen, es zu ergründen, ein Geheimnis.«

Die Stille dauerte diesmal länger, während wir diese Information verdauten.

»Horc«, sagte ich schließlich, »welchen Einfluß hat die Anwesenheit der Ameisen auf die Wirksamkeit unseres Abwehrsystems?«

»Das Abwehrsystem wurde geplant, um Wesen wie die Springer, die an der Oberfläche leben, zu entdecken und zu zerstören. Gegen Oberflächenjäger ist es nach wie vor höchst wirksam, aber gegen Grabungen ist es total wirkungslos«, antwortete er.

»Ist Ihr Team in der Lage, das System dementsprechend umzuändern?«

»Es gibt zwei Möglichkeiten, die wir untersuchen sollten. Die eine wäre, die Geräusche, die beim Graben entstehen, abzuhören. Die andere wäre ein Gerät, das unterirdische Hohlräume ausmacht. Es ist jedoch zweifelhaft, daß ein solches Gerät bei einer Tiefe von zwei Kilometern wirksam ist. Mit der Ausrüstung, die wir zur Verfügung haben, können wir höchstens einen Schutz von einem viertel- bis halben Kilometer garantieren.«

»Wie lange dauert es, bis diese Vorrichtungen installiert sind?«

»Wir müssen sie erst einmal planen, bevor ich Ihnen genaue Angaben über Konstruktions- und Installationszeit machen kann. Ich kann Ihnen das morgen um die gleiche Zeit sagen. Bis dahin müßten Sie sich gedulden.«

»Sehr gut. Zur, wie schätzen Sie die Verteidigungsmöglichkeiten unserer Krieger ein?«

Zur zögerte nicht, sondern stürzte sich eifrig auf seine Analysen.

»Die Mission gegen die Wespen brachte uns die unbeschränkte Luftübermacht. Die Mission gegen die Aquatiks garantierte uns, nicht mehr im Wasser kämpfen zu müssen. Bleiben nur noch die Oberflächen-Kreaturen, die Springer, und die unterirdische Bedrohung durch die Ameisen. Da wir nun die Festung verteidigen und halten und keinen Gegenangriff ausführen sollen, bin ich sicher, daß wir die Festung gegen jeden Angriff halten können, der von der Oberfläche kommt. Was allerdings die Möglichkeit eines unterirdischen Angriffs betrifft, so müssen wir uns auf die Geräte verlassen, die die Techniker zu unserer Verteidigung improvisieren. Die Krieger sind nicht in der Lage, die Sicherheit der Befestigung oder der Besatzung im Falle eines solchen Angriffs zu garantieren.«

»Das verstehe ich nicht, Zur«, warf Horc ein. »Ich dachte, es gehöre zu den Pflichten der Krieger, daß sie fähig sind, gegen alles, zu jeder Zeit und an jedem Ort zu kämpfen. Statt dessen erklären Sie uns gerade, daß die Krieger im Falle eines unterirdischen Angriffs hilflos und ganz auf die Vorrichtungen der Techniker angewiesen sind.«

»Sie haben recht, was Ihre Bemerkungen über die Pflichten eines Kriegers angeht, Horc«, antwortete Zur. »Jedoch ist es die Pflicht eines Krieger-Kommandanten, genaue Angaben über die Fähigkeiten seines Teams zu machen. Wir sind weder physisch noch mechanisch für einen solchen Kampf ausgerüstet. Bisher hat noch kein Tzen unter meinem Kommando für einen unterirdischen Kampf trainiert. Aber ich kann Ihnen versichern, falls man uns auf diese Weise angreift, so werden die Krieger kämpfen, wie es sich für ihre Kaste gehört. Aber ich wäre in meinen Pflichten als Kommandant sehr nachlässig, wenn ich ihre Wirksamkeit garantieren würde. Nicht fundierte Garantien bringen nur den Kommandanten in Verwirrung und natürlich auch die anderen Mitglieder des Stabes. Möglicherweise wirken sich diese Versicherungen verheerend aus, wenn sie sich als falsch erweisen.«

»Frage, Zur.«

»Ja, Tzu?«

»Sie behaupten, vorsichtige Angaben über die Fähigkeiten Ihres Teams zu unterbreiten. Statt dessen garantieren Sie anmaßend, daß sie stark genug sind, um mit einer unbekannten Armee, mit unbekannten Waffen fertig zu werden. Ist das nicht schon eine Form von unhaltbarer Garantie?«

Zur sah mich an, aber ich hielt mich zurück und gab ihm so die unausgesprochene Autorität, für die Krieger zu sprechen.

»Die Faktoren, die Sie anführten, Tzu, sind unbekannt, wie Sie schon sagten«, begann er. »Die Krieger befassen sich nicht, im Gegensatz zu den Wissenschaftlern, mit dem Unbekannten; wir befassen uns mit Realitäten. Müßten wir in unsere Berichte für etwas Unbekanntes ›Annahmen‹ einfügen, so würden wir nie in einen Kampf ziehen, denn ein Erfolg gegen etwas, das man nicht kennt, kann nicht garantiert werden. Sie, Tzu, führten gerade eine unbekannte Armee mit unbekannten Waffen an. Was wir tatsächlich wissen: Wir stehen einer Streitmacht gegenüber, die körperlich den Insekten ähnelt, die wir in der Vergangenheit erfolgreich bekämpften. Das spielte sich allerdings auf der Oberfläche ab. Hingegen erfordert ein unterirdischer Kampf gegen unbekannte Waffen oder Geräte eine veränderte Kriegführung. Ich muß meinen Bericht auf solche Fakten aufbauen, und nur dadurch kann meine Einheit für die Sicherheit sorgen, solange der Angriff vom Land erfolgt. Ändern sich die bekannten Fakten, so muß ich meine Berechnungen und Pläne auch ändern. So lange, bis alles stimmt. In der Vergangenheit haben Sie mir die Befähigung zum Wissenschaftler abgesprochen. Wenn Sie damit sagen wollen, daß es Ihnen widerstrebt, meine Eignung als Krieger ...«

»Zur!« unterbrach ich ihn. Sein Kopf sank gefährlich tief. »Beenden Sie Ihren Bericht.«

»Also gut, Kommandant. Es gibt anscheinend noch einen mißverstandenen Punkt, den ich gerne klären würde. Als ich erwähnte, uns auf einen unterirdischen Kampf einzulassen, so meinte ich damit unsere Fähigkeit, den Feind in seinen Tunnels abzuhören und anzugreifen. Da die Tzen selbst Oberflächenbewohner sind, müssen wir den Feind dazu bringen aufzutauchen und den eigentlichen Kampf an die Oberfläche verlegen. Wenn wir das schaffen, lösen sich unsere Sorgen wegen eines unterirdischen Kampfes in Luft auf.«

Ich beobachtete die Versammlung. Sie warteten still. Es gab keine zusätzlichen Fragen mehr.

»Sehr gut. Wir haben nun die einzelnen Berichte der Teams gehört und können jetzt zu den Vorschlägen der Stabsmiglieder bezüglich unserer weiteren Unternehmungen kommen. Tzu, ich glaube, Sie hatten dazu etwas zu sagen?«

»Ich möchte mich für meine Ungeduld entschuldigen, Kommandant. Sie haben recht. Nachdem ich die Teamberichte gehört habe, erweisen sich meine Vorschläge als überflüssig.«

»Dann berichten Sie weiter, Tzu.«

»Gut, Kommandant. Alle unsere Pläne hängen von den ungenügenden Informationen über die Ameisen ab. Offensichtlich müssen wir unsere Hauptaufgabe jetzt auf das Studium der Ameisen verlagern. Dieses Studium dient zwei Zwecken: Erstens liefern wir dem Empire lebenswichtige Informationen für den späteren Feldzug gegen die Ameisen, und zweitens bekommen wir die nötigen Daten, um zu entscheiden, ob wir diese Mission fortsetzen oder nicht.«

»Vielen Dank, Tzu. Und hier sind meine Befehle.«

Ich drehte meine Augen, so daß ich alle Stabsmitglieder ansehen konnte.

»Unser erstes Anliegen ist, die Verteidigung der Befestigung zu sichern. Horc, zwei Angehörige Ihres Teams sollen die Pläne und Installationen ausarbeiten, und zwar für beide Typen von unterirdischen Aufklärungsvorrichtungen, wie Sie sie vorschlugen. Ein dritter Mitarbeiter Ihres Teams beginnt, an den Plänen für die Überquerung der Schlucht zu arbeiten.

Zur, Ihr Team steht so lange unter Alarmbereitschaft, bis die Ortungsgeräte installiert sind. Die einzige Ausnahme von diesem Befehl ist ein nicht vorgesehener Beobachtungsflug über das Gebiet mit den rätselhaften Felsverschiebungen. Vermeiden Sie jeden Kontakt mit den Ameisen und besonders mit dem Ameisenhügel, bis die Verteidigungsanlagen in Ordnung sind.

Tzu, währenddessen beenden Sie Ihre Untersuchungen der unbekannten Pflanzen innerhalb der Verteidigungsanlage. Außerdem erwarte ich einen Bericht der Wissenschaftler zu den wandelnden Felsengruppen.«

Ich machte eine Pause, und als ich fortfuhr, blickte ich streng auf Tzu.

»Wenn die Ortungsgeräte installiert sind, werden wir die Mission wie geplant fortsetzen.«

Tzu wollte sprechen; dann aber änderte sie ihren Entschluß und schwieg.

»Aus Rücksicht auf die Wissenschaftler werden die Techniker zwei weitere Kameras konstruieren und diese neben dem Ameisenhügel befestigen. Die Aufnahmen werden in der Datenbank gespeichert, und später können die Wissenschaftler oder das Empire die Aufzeichnungen auswerten. Ich wiederhole jedoch noch einmal: Die gegenwärtige Mission ist unsere Hauptaufgabe.

Ich möchte das Team erinnern, daß die nächste Mission die nächste Mission ist. Unser vordringliches Anliegen aber ist der gegenwärtige Auftrag ... und zwar gegen die Springer. Als wir diesen Auftrag bekamen, war sich das Höchste Kommando der Anwesenheit der Ameisen auf diesem Planeten bewußt; nun, wir wurden nicht beauftragt, Daten über sie zu sammeln. Wir wurden beauftragt, einen natürlichen Feind der Springer zu finden. Wenn möglich, ohne ein Leben zu verlieren – aber die Sicherheit des Teams war nie unser erstes Anliegen. Wir sind ausgezogen, um diesen natürlichen Feind zu finden, und die Ameisen sind nur ein weiteres Hindernis bei der Erfüllung dieses Auftrags.

Das waren meine Befehle ... und die Befehle des Höchsten Kommandos ... ich glaube, ich werde niemandem erklären müssen, was passiert, wenn diese Befehle wissentlich mißachtet werden.«

6

Falls den Wissenschaftlern meine Befehle nicht paßten, so zeigten sie es jedenfalls nicht. Statt dessen machten sie sich mit bewundernswerter Energie an ihre Aufgabe.

Die Pflanzen innerhalb der Alarmanlage wurden eine nach der anderen untersucht und schienen alle harmlos zu sein, bis auf die Ausnahme, die einen unserer Techniker kurz nach unserer Landung tötete. Für eine Weile verlor ich mich in Hoffnungen, daß wir mit ein bißchen Glück den natürlichen Feind der Springer in einer dieser Pflanzen finden würden. Diese Hoffnung verflüchtigte sich, als mir die Wissenschaftler ihren Bericht überreichten. Die Pflanze war für Tzen tödlich, aber nicht für die Springer. Da es nicht das war, das wir brauchten, suchten wir weiter.

Die wandelnden Geröllblöcke blieben weiterhin ein Rätsel, ein Faktor, der mich zunehmend ärgerte. Es überraschte mich, daß ich mich ärgerte, denn ich bin kein besonders neugieriger Tzen. Ich dachte über diese Reaktion nach und kam zu dem Schluß, daß meine wachsende Neugier das Resultat meines andauernden Kontaktes mit den Wissenschaftlern war. Meine Diskussionen mit ihnen waren nur ein Versuch, ihre Ungeduld zu zügeln, aber dabei stellte ich fest, wie viele unbeantwortete Fragen es noch gab.

Nachdem ich die Quelle meiner unwillkommenen Gefühle entdeckt und analysiert hatte, verwarf ich sie. Ich bin ein Krieger und kein Wissenschaftler. Ich habe mich mit den vor mir liegenden Problemen zu befassen und nicht mit Spekulationen über das Unbekannte. Die wandelnden Felsen hatten zu warten, bis wir zusätzliche Daten zusammentragen konnten, und diese wiederum mußten warten, bis die Verteidigung gesichert war.

Warten! Bei dieser Mission hatte ich so lange gewartet, daß man eine Lebensspanne damit füllen könnte. Da es anscheinend stimmte, daß das Zusammensein mit den Wissenschaftlern meine Neugier anstachelte, hatte ich jetzt mit einem anderen wichtigen Faktor, der Zeit, zu tun, und zwar der ungenutzten Zeit. Untätige Zeit endet in Faulheit, und Faulheit endet in übertriebenem Denken. Ich begann mich zu wundern, wie weitschweifig dieses Problem war. Wenn der Tiefschlaf nur noch für Weltraumreisen benutzt wurde, würden die Tzen mehr und mehr mit dem Problem der untätig verbrachten Zeit konfrontiert. Wenn die anderen genau wie ich ihre Zeit mit Denken ausfüllten, welche Folgen hätte das für das Empire?

Ich machte diesem Gedankengang ein Ende. Ich probierte es noch mal. Ich bin ein Krieger und kein Wissenschaftler. Sollen die Wissenschaftler die Folgerungen und Anstöße zu neuen Entdeckungen suchen. Ich wollte mich auf konkrete Probleme konzentrieren. Nun, das größte

Problem im Moment war ... war, wie man mit der untätigen Zeit fertig werden sollte!

Plötzlich wurde es mir bewußt: Während die Wissenschaftler und Techniker geschäftig an ihren Aufträgen arbeiteten, befanden sich die Krieger in einem Zustand dauernder Untätigkeit! Und wenn ich an meine eigenen zweifelhaften Reaktionen darauf dachte, so konnte das ein schwerwiegendes Problem werden.

Ich suchte nach Zur, der meinen Argwohn teilte.

»Vielleicht haben Sie recht, Kommandant. Mahz und ich besprachen diesen Punkt schon früher. Aber wir waren uns nicht sicher, ob wir Ihnen unsere Befürchtungen mitteilen sollen oder nicht.«

»Wie zeigt es sich?«

»Es drückt sich in Fragen aus, die nicht wichtig für die direkte Aufgabe sind. Das, und überlange, wortreiche Diskussionen. Als ehemaliger Krieger, Kommandant, muß ich mir Sorgen über die Leistungsfähigkeit meines Teams machen.«

Ich schüttelte den Kopf. Es sah Zur gar nicht ähnlich, seine Gedanken mitten im Satz zu ändern. Normalerweise drückte er sich kurz und bündig aus.

»Ich bin ebenfalls für die Leistungsfähigkeit meines Teams verantwortlich, Zur. Sie wollten etwas über Ihr früheres Wissenschaftlerdasein sagen. Warum änderten Sie Ihre Meinung?«

Er zögerte mit der Antwort, und das tat er normalerweise auch nicht.

»Wie Sie wissen, Kommandant, war ich mir meiner Nicht-Krieger-Herkunft stets bewußt. Die Kasten zu wechseln, war nicht mein Wunsch oder meine Absicht, und im geheimen habe ich den Wechsel immer bedauert ... bis zu diesem Auftrag. Nachdem ich jetzt die Wissenschaftler nach längerer Trennung wieder sah, bin ich nicht nur froh, daß ich in ihren Reihen nicht akzeptiert wurde, ich wünsche auch, daß mein Name im Zusammenhang mit ihnen nicht mehr erwähnt wird, auch im Hinblick auf die Vergangenheit.«

Ich nahm seine Erklärung mit gemischten Gefühlen auf. Auf der einen Seite freute ich mich, daß sich Zur jetzt als Angehöriger der Krieger fühlte und seine Treue nicht mehr hin und her gerissen wurde. Es verhieß jedoch nichts Gutes für die Mission, wenn der Kopf der Krieger starke und negative Gefühle gegenüber den Wissenschaftlern hegte. Da ich keine Worte fand, die ich darauf entgegnen konnte, kam ich auf unser ursprüngliches Gesprächsthema zurück.

»Haben Sie über die Lösung des Problems mit den Kriegern nachgedacht?«

Er fiel in nachdenkliches Schweigen. Aber schließlich gelangten seine Gedanken zu einem positiven Ende.

»Ich habe den Grund des Problems untersucht. Es ist der Unterschied zwischen der Wachpflicht und der aktiven Patrouille. Beide sind nötig, aber die Wachpflicht ist eine langweilige, lästige Aufgabe. Wird die Wachpflicht nicht durch eine aktive Beschäftigung unterbrochen, so tendiert der Geist dazu, sich seine eigene Aktivität zu schaffen, für gewöhnlich aber in einer unkontrollierten und deshalb nutzlosen Art.«

Er hörte sich wieder an wie ein Wissenschaftler, aber ich fand es höchst unklug, ihn darauf hinzuweisen.

»Dann schlagen Sie also vor … ?«

»Aktivität. Schöpferische Aktivität. Vielleicht in Form einer Übung oder etwas Praxis.«

»Das kann möglicherweise Gegenaktivitäten hervorrufen, Zur. Wenn der Krach des Scheibenschießens nicht ungewollte Aufmerksamkeit auf uns zieht, so verrät uns die Beschädigung der Landschaft bestimmt. Ohne die geeignete Trainingsausrüstung kann die Übung mit den Handwaffen für die Krieger gefährlich werden, und das zu einer Zeit, in der wir uns keine Verluste leisten können.«

Wir dachten ruhig über das Problem nach.

»Was ist mit den Gleitern?« fragte Zur schließlich.

Ich überlegte. »Vielleicht. Ich spreche mit Horc darüber.«

Horc war über diesen Wunsch verständlicherweise verärgert. Sein Team war sowieso schon mit den Arbeiten an den Ortungsgeräten und den Plänen für die Brücke über die Schlucht überlastet. Aber er war ein Tzen und befolgte seine Befehle, ohne zu klagen. Die Techniker überprüften in einer überraschend kurzen Zeit die Gleiter und machten sie für die Krieger startklar.

Die Gleiter waren eine Variante der Unterwasserboote, die im Feldzug gegen die Aquatiks benutzt worden waren. Da vier von uns – ich selbst, Zur, Mahz und Kor – an diesem Feldzug nicht teilgenommen hatten, war die zusätzliche Übung in ihrer Handhabung durchaus gerechtfertigt.

Es waren zweisitzige Maschinen, deren Sitze sich hintereinander befanden, um sich der extremen Stromlinienform des Fahrzeugs anzupassen. Sie hatten zwei Steuervorrichtungen. Dadurch konnte man die Maschine von zwei Stellen aus kontrollieren, aber man konnte nicht beide gleichzeitig bedienen. Das war eine notwendige Sicherheitsmaßnahme, da die Maschine normalerweise mit einer so hohen Geschwindigkeit fuhr, daß es unweigerlich zu einem Unfall führen müßte, wenn zwei Fahrer gleichzeitig steuern würden.

Der Grund, daß die Gleiter Zwei-Tzen-Maschinen waren, lag an dem geänderten Waffensystem, mit denen sie ausgerüstet waren. Unsere Flieger hatten eingebaute

Waffen, die nur in eine Richtung schossen, und zwar in die, in die man flog. Die Gleiter andererseits verfügten über drehbar montierte Waffen, die unabhängig von der Richtung der Maschine feuerten. Das heißt, man kann in eine Richtung fahren und in eine andere feuern. Das hört sich an, als wäre es eine bemerkenswerte und großartige Veränderung. Das war es aber nicht.

Um das zu verstehen, muß man den Grund für die Änderung kennen. Die Gleiter wurden ursprünglich für die Benutzung auf und unter dem Wasser konstruiert. Die Stromlinienform, die sie in diesem Element so stabil machte, erwies sich jedoch bei der Benutzung an der Luft als unzulänglich. Die Gleiter tendierten dann dazu, zu schaukeln und zu schwanken, wenn man sein Gewicht nur ein bißchen verlagerte. Dadurch wurde beim Feuern mit einer festmontierten Waffe natürlich jede Hoffnung auf Treffsicherheit ausgeschlossen. Anstatt nun das ganze Schiff umzukonstruieren, wurden einfach zusätzlich drehbare Waffen montiert. Theoretisch konnte man die Waffen auf ein Ziel richten, egal wohin die Maschine fuhr. Theoretisch! In Wirklichkeit freute ich mich darauf, den Technikern Erfahrungen aus erster Hand zugute kommen zu lassen, damit sie sehen konnten, wie es war, mit einer ihrer prächtig entworfenen Maschinen in einer aktuellen Kampfsituation umzugehen.

Die Realität sah so aus, daß man sich voll auf die Waffen und das Ziel konzentrieren mußte, anstatt einfach ein Ziel anzuvisieren und abzudrücken. Gleichzeitig wurde natürlich erwartet, daß man die Maschine mit Höchstgeschwindigkeit fußsteuerte. Wenn man das alles zustande bringen soll, ist man beschäftigter als eine einsame Wache bei der verfrühten Geburt einer neuen Brut. Deshalb brauchen wir zwei Tzen für eine Maschine, einen, um die Waffen zu bedienen und einen, um die Maschine zu steuern. Nur wenn ein Crewmitglied getötet oder kampfunfähig gemacht wird, müssen wir beides bedienen, aber das kommt höchst selten vor. Wenn ein Mitglied getötet wird, so werden beide zerstört, zusammen mit der Maschine.

Wir hatten noch andere Probleme mit den drehbaren Geschützen. Mit den festmontierten Geschützen war man sicher, solange man in der Formation blieb. Nicht so mit den drehbaren Waffen. Verfolgte man sein Ziel zu weit damit, so riß man unter Umständen den Stabilisator des Gleiters ab, der einem am nächsten war.

Ich hatte festgestellt, daß immer mehr Krieger die Benutzung der drehbaren Geschütze aufgaben und statt dessen nah an das Ziel herangingen und Handwaffen im offenen Cockpit benutzten. Da die Gleiter mit hoher Geschwindigkeit operierten, benutzten sie die Duellstäbe als Keule, die schreckliche Wunden hinterließ.

Die Krieger-Hierarchie verbot diese Praxis nicht. Die Krieger machten nur das Beste aus einer fatalen Situation. Wir hatten formelle Proteste gegen die Konstruktion der Gleiter eingereicht und bekamen den Befehl, sie weiter zu benutzen, bis neue Maschinen entworfen wurden. So gebrauchten wir sie also weiter, wenn auch nicht immer im Sinne der Techniker. Wir übten damit, so oft es unsere Situation erlaubte. Wir, als Kaste, warteten auch auf eine Gelegenheit, einen Techniker in dieser Maschine in den Kampf zu schicken.

Wie Zur vorausgesagt hatte, lieferten die Gleiterübungen die vermißte Aktivität für die Krieger. Wir übten mit der Maschine Manöver mit niedriger und hoher Geschwindigkeit, Wach- und Spähformationen und Manöver mit zwei Formationen auf einem beschränkten Gebiet. Zur schlug vor, daß wir uns eine Übung mit den Handwaffen von den Gleitern aus denken sollen, aber ich lehnte ab. Diese Praxis wurde uns nicht verboten, aber ich wollte sie auch nicht gerade unterstützen, indem ich befahl, dieses Manöver auszuführen. Statt dessen stellten wir den Kriegern jeden Tag eine bestimmte Zeitspanne zur Verfügung, in der sie mit den Gleitern üben konnten, wie sie es wollten; wir nannten das ›unstrukturierte Übungen‹. Ich vermutete, daß sie diese Zeit für Übungen mit den Handwaffen nutzten, aber ich vermutete es eben nur, da Zur, Mahz und ich große Mühen auf uns nahmen, um nicht dabei zu sein, wenn solche Übungen praktiziert wurden.

Schließlich hatte sich unser Ideenreichtum, neue Übungen zu erfinden, erschöpft, und wir richteten uns Netze ohne die Hilfe der Techniker her und ließen die Krieger mit den Gleitern Warmblüter aufscheuchen, um die Vorratskammer aufzufüllen. Die Techniker verspotteten zwar unsere Netzkonstruktion, aber es funktionierte.

Die Krieger hatten jedoch trotz unserer Bemühungen einen großen Überschuß an untätiger Zeit zur Verfügung. Viel davon steckten sie in unnütze Konversation, ein Zeitvertreib, den die Krieger bisher nicht kannten. Die Krieger der neuen Brut schienen besonders anfällig dafür zu sein. Eines Tages hörte ich zufällig eine solche Unterhaltung mit.

»Je mehr ich darüber nachdenke«, sagte Hif, »desto mehr kommt es mir vor, als wäre unser ganzes Training als Krieger, die Gleiter, die Handwaffen, einfach alles unnütz, wenn nicht sogar unnötig. Was glaubst du, Kor?«

Kor wurde von den neuen Zöglingen verehrt und deshalb für gerecht gehalten. Sie war nicht nur ein bemerkenswerter Veteran, sie besaß auch die ausgezeichnetsten Kampfreflexe im ganzen Empire, ungeachtet der verschiedenen Generationen ausgewählter Brut- und Genetikexperimente.

»Ich bin ein Krieger«, sagte sie plötzlich. »Ich wurde nicht zum Denken, sondern zum Kämpfen trainiert.«

»Aber Kor«, beharrte Sirk, »wir sprechen vom Kämpfen, oder um genau zu sein, vom Nicht-Kämpfen. Sicher gibt es bessere Methoden als den direkten Kampf, um mit den Insekten fertig zu werden. Chemische oder bakteriologische Kriegführung wären sehr viel wirkungsvoller. Die Entscheidung der Krieger ...«

»Wenn du Entscheidungen willst, mußt du mit einem der Kommandanten sprechen.Ich wurde nicht ausgebildet, um Entscheidungen zu treffen; ich wurde zum Kämpfen trainiert.«

»Aber ...«

»Ich habe keine Zeit für solch eine Unterhaltung. Ich gehe meine Waffen überprüfen. Ich schlage vor, ihr tut das gleiche.«

»Schon wieder? Wir wollten doch nur ...«

Aber sie war schon gegangen.

»Das ist wahrer Kriegergeist«, kam plötzlich Vahrs Stimme. »Aber sie hat recht, wißt ihr. Im Empire gibt es für alles einen Grund. Aber danach zu fragen, ist nur Zeitverschwendung. Wenn es keinen Grund gäbe, würde diese Situation nicht existieren. Die Tatsache, daß das Höchste Kommando einen Befehl herausgibt, ist der Beweis, daß es einen Grund gibt.«

»Aber stellst du nie Fragen?«

Es war einen Moment still, bevor Vahr antwortete.

»Ich habe es kurz nach dem Feldzug gegen die Wespen getan. Die Verlustrate auf diesem Planeten überstieg sogar die Berechnungen des Empires. Als ich so viele Tzen sterben sah, stellte ich ähnliche Fragen, wie ihr sie an Kor gerichtet habt. Gab es keinen besseren Weg? Warum werden unnötig Leben riskiert? Ich erhielt die Genehmigung, während der Trainingszeit zu versuchen, die Antworten darauf zu finden.«

»Und was passierte?«

»Zwei Dinge. Erstens, ich fand die Antworten auf

meine Fragen. Kurz, wir benutzten keine Chemikalien oder Bakterien aus dem gleichen Grund, aus dem ihr euch nicht den Arm abschneidet, um Schuppenmilben los zu werden. Wir wollen nicht zerstören, was wir zu retten versuchen. Wir befinden uns in diesem Krieg, weil die *Ersten* das ökologische Gleichgewicht des Universums störten. Sie gestatteten den Insekten, sich außerhalb ihres Planeten auszubreiten, weitab von einem natürlichen Feind oder einer natürlichen Kontrolle. Sie verteilten sich unkontrolliert im Universum und übernahmen jeden bewohnbaren Planeten, den sie fanden. Diese Unausgeglichenheit versuchen wir zu korrigieren … um unser selbst willen. Wir hören ohne dieses Gleichgewicht zu existieren auf. Chemikalien töten unterschiedslos. Und Bakterien kann man möglicherweise nicht mehr aufhalten, wenn man sie einmal freigesetzt hat. Wenn wir das Universum und nicht auch uns selbst zerstören wollen, müssen wir mit den einfachsten Mitteln kämpfen.«

»Aber nach dieser Logik sind wir genau wie die Insekten. Breiten wir uns nicht auch über unseren Planeten hinaus aus und stören damit das Gleichgewicht?«

»Vielleicht. Aber im Gegensatz zu den Insekten respektieren wir diese Balance und versuchen, sie so wenig wie möglich zu beeinflussen. Wenn wir wie die Insekten Planeten zerstören würden, dann wären wir genauso schlecht wie sie. Wir tun es nicht. Das Spiel geht also um die ›mögliche‹ Zerstörung des Universums durch uns gegen die ›sichere‹ Zerstörung durch die Insekten, wenn diese nicht kontrolliert werden.«

»Sie erwähnten, daß zwei Dinge passierten. Was war das andere?«

Es gab eine lange Pause, bevor er antwortete.

»Ich verlor beim Feldzug gegen die Aquatiks zwei Teammitglieder«, sagte er sanft. »Eigentlich in lächerlichen Situationen. Mit ein bißchen mehr Übung hätte ich sie vielleicht retten können. Aber ich habe nicht trainiert; ich hatte nach Antworten auf Fragen gesucht, die nicht meine Sache waren, sie zu stellen.«

»Krieger sterben im Kampf.«

»Ich weiß, Zögling, vielleicht besser, als du es je wissen wirst!«

»Aber es gibt keine Garantie, daß Sie die ...«

»Keine Garantie, aber eine Möglichkeit. Diese Möglichkeit ist meine ganze Konzentration wert. Kor weiß das, und ich auch. Ich gehe jetzt und überprüfe meine Waffen.«

»Aber wir wollten doch ...«

Den Rest der Unterhaltung versäumte ich. Horc hatte mich gerade angestrahlt. Die Schutzanlagen waren installiert. Wir konnten mit der Mission beginnen.

7

»Wir sind auf der angegebenen Position, Kommandant.«

»Hat Hif an den Felsen etwas Ungewöhnliches entdeckt?«

»Nein. Sie sagt, sie haben dieselbe Farbe wie alle anderen.«

Ich studierte aufmerksam die Felsen auf dem Bildschirm. Die Techniker hatten in der ganzen Befestigung Bildschirme verteilt, auf denen wir die Bilder direkt überwachen konnten, die von den Kameras aufgenommen wurden, die an den Fliegern und Gleitern montiert waren. Durch diese Methode waren wir in der Lage, alles zu beobachten, was auf einer Patrouille oder einem Stoßtrupp passierte.

Der Geröllblock stand alleine in einem Feld kniehohen Grases. Er war drei Meter hoch und ungefähr kugelförmig. Es gab nichts Besonderes an ihm, außer zwei Dingen. Erstens, er war mit anderen Felsen, die wir in diesem Gebiet beobachteten, identisch. Zweitens, vor zwei Tagen war er noch nicht hier gewesen. So harmlos er auch aussah, es war einer unserer mysteriösen ›wandelnden Felsen‹.

»Ist schon irgendeine Meldung von dem Wissenschaftler gekommen?« erkundigte ich mich.

»Zome? Nein, er schien sich damit zu begnügen, unseren Befehlen zu gehorchen.«

»Ich meine, hatte er etwas zu den Felsen zu sagen?«

»Nein. Er kann das Phänomen jetzt genauso wenig erklären, wie es das ganze Wissenschaftlerteam nach Betrachtung der Bildschirme konnte.«

Neben mir in der Befestigung verlagerte Tzu ungeduldig ihr Gewicht. Da sie das telepathische Gespräch zwischen Zur und mir nicht mithören konnte, wunderte sie sich zweifellos über die Verzögerung. Diesmal jedoch verhielt sie sich zur Abwechslung einmal still.

»Umkreist den Felsen mit euren Gleitern und stellt eine andere Brennweite ein, um ihn näher zu untersuchen.«

Die Szene auf dem Bildschirm wechselte, als die zwei Gleiter zu beiden Seiten des Felsens flogen und sich dort postierten.

Nun war ich an der Reihe zu warten, während sie ihr Ziel untersuchten und ihre Beobachtungen telepathisch diskutierten. In der Zwischenzeit dachte ich an das Kundschafterteam. Als sie losfuhren, hatte ich eine Besprechung mit Horc, und dies war die erste Gelegenheit, Zurs Wahl und Entwicklung der Truppe zu überprüfen.

Das Team bestand aus drei Kriegern und einem Wissenschaftler, der aber nur widerwillig mitgenommen wurde. Wir versuchten, die Wissenschaftler so viel wie möglich innerhalb der Befestigung zu beschäftigen, um die Chance zu verkleinern, sie bei einem Angriff zu verlieren. Von den drei Teams waren sie am schwersten zu ersetzen, und deshalb waren sie unsere verwundbarste Stelle. Diese Taktik war jedoch leichter anzuordnen als einzuhalten. Die natürliche Neugier der Wissenschaftler ließ sie hinausgehen, wann immer sich die Gelegenheit dazu bot oder eine erfunden wurde. In dieser speziellen Situation jedoch mußte ich zugeben, daß ihre Logik gerechtfertigt war. Die direkten Beobachtungen eines Wissenschaftlers konnten in diesem Puzzle von unschätzbarem Wert sein, selbst wenn er so weit entfernt war, daß er keinen bedeutsamen Beitrag dazu leistete.

Ich studierte die zwei Seiten, die im Schirm sichtbar wurden, als die zwei Gleiter sich gegenüberstanden.

Der Wissenschaftler Zome und Kor flogen einen Gleiter. Da der Wissenschaftler unerfahren war, übernahm Kor wahrscheinlich beides, das Steuern und das Bedienen der Waffen. Wenn irgendein Tzen dazu fähig war, dann Kor.

Zur und Hif flogen den zweiten Gleiter. Ich vermutete, daß Hif wegen ihrer Farbsichtigkeit dem erfahreneren Vahr vorgezogen wurde. Außerdem, wenn die neuen Krieger keine Aufgaben bekamen, wo sollten sie ihre Erfahrungen sammeln?

»Das Team kann nichts Ungewöhnliches an dem Felsen entdecken, Kommandant«, kam Zurs Meldung. »Es scheint ein Felsen zu sein, und sonst nichts.«

Falls sich unser Ziel tatsächlich als Felsen und sonst nichts herausstellen sollte, waren wir vielleicht auf das größte Täuschungsmanöver in der Geschichte der Kriegerkaste hereingefallen, ging es mir durch den Kopf. Wenn nicht, noch …

»Setzt die Nachforschungen fort, Zur.«

»Verstanden, Kommandant.«

Die Gleiter setzten sich in Bewegung. Die Maschine mit Zome und Kor flog zu einer Stelle, ungefähr vierzig Meter von dem Geröllblock entfernt, und setzte mit dem Gesicht zum Felsen auf. Gut! Sie wollten der anderen Maschine Feuerschutz geben. Wenn Kor nicht mehr zu steuern brauchte, konnte sie sich voll auf die Waffen konzentrieren. Ich war sicher, daß sie jetzt mit zwei Felsen fertigwerden konnte, ob unbekannt oder nicht.

Zurs Maschine, möglicherweise kontrollierte sie Hif, stieg in einer Entfernung von hundert Metern auf. Sie warteten, bis Kor in Position war; dann schossen sie vorwärts. Sie paßten auf, daß sie nicht zwischen den Felsen und Kors Schußlinie gerieten und schwebten mit Höchstgeschwindigkeit auf das Ziel zu. Beinahe stießen sie damit zusammen, dann waren sie vorbei. Sie drehten den Gleiter und flogen das Ziel noch einmal an.

An dem Felsen hatte sich anscheinend nichts verändert ... oder doch? Meine Augen flogen von Bildschirm zu Bildschirm. Hatte er gebebt? Oder kam die Bewegung, die ich entdeckt hatte, vom Vibrieren der Kameras?

Zurs Gleiter näherte sich wieder, diesmal langsamer. Ich konnte sie auf dem Bildschirm sehen, der von Kors Kamera beliefert wurde. Zur hatte seine flexible Keule parat. Offensichtlich war er in die Reihen der Krieger eingetreten, die die drehbaren Waffen vermieden.

Plötzlich passierte es – mit einer solchen Schnelligkeit, daß wir die Aktion erst durch eine spätere Analyse aussortieren konnten. Der Felsen explodierte geradezu und stürzte sich mit einem Sprung auf Zurs Maschine, der jeder Beschreibung spottete. Eine Spinne.

Eine Spinne von monströsen Ausmaßen.

Die Bildschirme zeigten Zurs Versuche, die Kamera auf den Boden zu richten; dann war das Bild weg. Meine Augen sprangen zu Kors Schirm, gerade rechtzeitig, um die Spinne drehen und in Kors Richtung marschieren zu sehen. Sie war unglaublich schnell, schwoll auf dem Schirm an und nahm uns die Sicht auf alles andere. So schnell sie auch war, Kor war schneller. Wir konnten den Kaltstrahler herausschießen sehen. Der traf die Spinne wiederholt, während sie lief. Doch offenbar ohne Wirkung zu hinterlassen. Das Bild wechselte, und ich dachte zuerst, Kor versuchte, mit der Maschine zu manövrieren. Dann kam das Bild knarrend zum Halten und zeigte einen Busch und eine ausgedehnte Fläche Gras, und ich verstand, was passiert war. Zwei Gleiter waren unten, und wir hatten den visuellen Kontakt zu ihnen verloren.

»Bei den Schwarzen Sümpfen!« explodierte Horc und sprach damit meine Gedanken aus. »Wer diese Gleiter konstruiert hat, den sollte man töten, und wenn ich ihn selber herausfordern müßte.«

»Was stimmt mit diesen Kaltstrahlern nicht, Techniker?« unterbrach ihn Tzu. »Kann Ihr Team nicht einmal die lebenswichtigsten Dinge in Ordnung halten?«

»Sie funktionieren tadellos«, erwiderte Horc scharf. »Die Kaltstrahler wurden durch die natürliche Abwehr dieses Biestes gestoppt.«

»Lächerlich. Diese Strahler schneiden selbst ...«

»Sehen Sie doch! Wir können die Szene noch einmal ablaufen lassen ...«

»Nehmen Sie einen anderen Schirm«, sagte ich.

»Aber Kommandant, ein anderer Schirm wird ...«

»Jeder, der diesen Monitor benutzt, hat mir Rede und Antwort zu stehen. Ich möchte sehen, was passiert, und nicht Daten aus der Erinnerungsbank.«

»Entschuldigen Sie die Frage, Kommandant«, warf Horc mit ruhiger Höflichkeit ein, »aber was wollen Sie sehen?«

Ich stellte fest, daß er recht hatte. Das Bild eines Busches anzustarren, gab mir auch keine neuen Informationen. Ich stellte ebenfalls fest, daß ich trotz unseres Größenunterschiedes zu ihm aufsah.

Ich zwang meinen Kopf langsam in seine normale Position.

»Lassen Sie es stehen«, sagte ich, diesmal ruhiger.

»Zur hier, Kommandant.«

Ich hob eine Hand zu den zwei anderen, während ich auf Zurs Nachricht antwortete.

»Berichten Sie, Zur.«

»Wir haben die Situation unter Kontrolle, Kommandant. Unser Gegner ist tot.«

»Wie sieht es mit Ihrem Team aus?«

»Hifs Arm ist gebrochen ... sonst keine Verluste.«

Während ich diese Nachricht empfing, wechselte das Bild. Der Gleiter drehte sich und zeigte die gegenwärtige Situation. Wir konnten jetzt die anderen drei Teammitglieder auf dem Schirm sehen. Kor war damit beschäftigt, den anderen Gleiter wieder in Ordnung zu bringen. Hif half ihr trotz ihres gebrochenen Arms. Zome untersuchte anscheinend den Körper der toten Spinne.

»Beide Gleiter scheinen noch funktionstüchtig zu sein«, setzte Zur seinen Bericht fort, »obwohl mein Flieger an der Außenseite im vorderen Teil etwas deformiert wurde.«

»Verstanden, Zur«, antwortete ich. »Die Kameras an Ihrem Gleiter sind betriebsunfähig.«

Ich bemerkte, daß Tzu versuchte, mir etwas zu sagen.

»Was gibt es, Tzu?«

»Mit Ihrer Erlaubnis, Kommandant, würde ich Zome gern ein paar Instruktionen geben.«

»Selbstverständlich.«

Ich zögerte nicht, in diesem Punkt nachzugeben. Zur hatte mir versichert, daß sie die Situation unter Kontrolle hatten. Die Einzelheiten konnten warten, bis sie zurückkehrten. Im Moment war es wichtiger, daß die Wissenschaftler ihre Arbeit fortsetzten.

»Zur«, strahlte ich, »geben Sie Zome Ihr Kopfband.«

»Einverstanden, Kommandant.«

»Horc«, sagte ich, während ich mein Kopfband an Tzu weitergab, »ich möchte kurz mit Ihnen sprechen.«

»Natürlich, Kommandant.«

Wir zogen uns auf die andere Seite der Kuppel zurück, um Tzu nicht bei ihrer Arbeit zu stören.

»Sie machten eben eine Bemerkung, die ich gerne näher erklärt haben möchte.«

»Über die Kaltstrahler?«

»Nein, über die Gleiter.«

»Ach, das. Entschuldigung, Kommandant. Es war ein unverzeihlicher Ausbruch. Aber bedenken Sie, daß wir Techniker nicht gewöhnt sind, den Kampf aus erster Hand zu erleben.«

»Zur Zeit interessiert mich nur Ihre angedeutete Kritik über die Gleiter. Ich hatte immer den Eindruck, die Techniker hielten ihn für ein Meisterstück.«

»Sie verwechseln die Techniker als Kaste mit den Individuen, die sie durchsetzten.«

Ich wartete, aber er sprach nicht weiter. Ich focht einen inneren Kampf aus, damit ich mich wie ein Krieger benahm; aber diesmal gewann die Neugier.

»Erklären Sie, Horc.«

»Kommandant?«

»Die Unterschiede, die Sie erwähnten. Ich möchte sie klarstellen ... für meine Funktion als Kommandant dieser Mission«, fügte ich hastig hinzu.

»Ich bin mir nicht sicher, ob es einer Erklärung bedarf. Bestimmt gibt es in der Kriegerkaste auch unterschiedliche Meinungen? Warum denken Sie, daß es bei den

Technikern anders ist? Abgesehen von den Kasten sind wir alle Tzen.«

Ich dachte über seine Antwort nach. Sie war logisch, so logisch, daß ich mich wunderte, wieso mir das nicht vorher eingefallen war. »Ich habe es noch nie unter diesem Gesichtspunkt betrachtet, Horc. Die Techniker schienen mir immer eine einige und hartnäckige Kaste zu sein, in ihren Meinungen und in ihrer Haltung.«

»Das ist nicht ungewöhnlich, Kommandant. Erinnern Sie sich an meine Fragen nach der Pflicht eines Kriegers bei der Besprechung über die Ameisen?«

»Ja.«

»Gut, bis dahin hatte ich auch einen ›Kasteneindruck‹ von den Kriegern: wirksam, aber aufschneiderisch und arrogant. Zurs Eingeständnis der Grenzen seines Teams veranlaßte mich, die Krieger anders als vorher zu betrachten. Vielleicht sind das unsere größten Schwierigkeiten bei dieser Mission. Wir befassen uns zuviel mit dem niedrigeren Status der anderen Kasten. Ich habe beobachtet, je niedriger die Individuen in ihren Kasten stehen, desto grimmiger verteidigen sie ihren Status.«

Plötzlich wurde mir bewußt, daß ich in eine weit gedankenvollere Diskussion gezogen wurde, als ich beabsichtigt hatte.

»Kehren wir zu meiner ursprünglichen Frage zurück, Horc, was denken Sie über die Konstruktion der neuen Gleiter?«

Er zögerte, bevor er antwortete.

»Normalerweise kritisiere ich kein Projekt, an dem ich nicht selbst arbeitete. Genau wie Sie keinen Feldzug kritisieren, an dem Sie nicht teilgenommen haben. Wie auch immer, da ich in einem schwachen Moment meine Gedanken verraten habe, kann ich auch meine Position klarstellen.

Die Gleiter sind eine Variante der Unterwasserboote. Das alleine zeigt, daß das Höchste Kommando mit anderen Problemen beschäftigt war. Wenn Sie einen Plan umändern, anstatt einen neuen zu entwerfen, sind Fehler und Unzulänglichkeiten nicht zu vermeiden. Dann ändern sie die Änderungen. Das Ergebnis ist eine schlampige Verbesserung dessen, was sie schon hatten. Kurz, man investiert viel Zeit und Arbeit, um eine Erfindung von zweifelhaftem Wert zu produzieren. Ich würde diese Arbeit eher in einem speziell für die Situation entworfenen Plan stecken.«

»Sie sind also einverstanden, daß die Gleiter sehr armselig konstruiert sind?« fragte ich.

»Ich war überrascht, daß die Krieger sie akzeptierten.«

»Haben wir nicht. Unser offizieller Protest wurde vom Höchsten Kommando unterdrückt.«

»Wirklich?« Es klang überrascht. »Mein Respekt vor den Kriegern wächst immer mehr.«

Ich beschloß, diese günstige Gelegenheit zu nutzen.

»Da wir uns über diesen Punkt einig sind, können Sie und Ihr Team das Design der Gleiter noch verändern?«

Er dachte einige Augenblicke nach.

»Möglich«, sagte er endlich. »Obwohl ich, nachdem ich jetzt die Maschine beobachtet habe, vorschlagen würde, sie ganz auseinanderzunehmen. Wir können vielleicht die Teile bei dem Bau der neuen Gleiter verwerten.«

»Wie lange brauchen Sie für dieses Projekt?«

»Ich kann Ihnen natürlich keine genaue Zeitangabe machen, aber mit dem Team, das ich hier habe …«

»Kommandant.«

Tzu winkte aus dem Bildschirm.

»Zur möchte sich mit Ihnen besprechen.«

Irgend etwas stimmte nicht. Zur würde meinen Rat nicht brauchen, wenn sich nicht grundlegend etwas an der Situation geändert hätte. Ich unterbrach die Unterhaltung und strebte hastig zum Bildschirm. Während ich rannte, zog ich mir das Verstärkerband über den Kopf.

»Rahm hier.«

»Kommandant, ich hätte gerne Ihre Stellungnahme dazu.«

Ich überflog hastig die betriebsfähigen Bildschirme. Sie zeigten das Bild einer Furche und eines Gestrüpps, aber nichts bemerkenswert Ungewöhnliches.

»Erklären Sie, Zur.«

»Das Gestrüpp neben dem toten Baum. Untersuchen Sie es genau.«

Ich tat es. Zuerst sah ich gar nichts, aber als ich die Weiteinstellung benutzte, sah ich es. Eine Ameise.

»Kor hat es gerade entdeckt, Kommandant. Es sieht aus, als beobachte es uns.«

»Wie lange ist es da schon?«

»Ist nicht bekannt. Vielleicht war es schon während unseres Geplänkels mit der Spinne hier.«

Ich betrachtete die Ameise, aber meine Gedanken waren sonstwo. Ich erinnerte mich an die Besprechung, bei der uns Tzu unterrichtete … fähig, Maschinen zu verstehen … fähig, mit dem Nest zu kommunizieren.

8

Überraschenderweise bestanden die Wissenschaftler während des Zwischenfalls nicht darauf, die Ameise näher zu untersuchen. Anscheinend ließen ihre Anstrengungen in dieser Richtung nach. Sie ließen sogar ihre versteckten Kameras bei dem Ameisenhügel im Stich, ließen die Bildschirme für eine noch nie dagewesene Zeitspanne unbeobachtet. Statt dessen setzten sie die Mission mit neuer, beinahe rasender Energie fort. Nicht, daß es nicht genug gab, womit sie sich beschäftigen konnten: es gab unzählige Arten zu sammeln und zu beobachten. Die Spinne gab es auch noch.

Nachdem das Team bemerkt hatte, daß es von den Ameisen beobachtet wurde, brach es seine Fehlstudien sofort ab. Statt dessen transportierten sie den Kadaver der Spinne zur Befestigung. Er war unversehrt, als sie ankamen. Dies war mit nicht geringen Schwierigkeiten verbunden. Die Spinne mußte quer über einen Gleiter gelegt und zurückgeflogen werden. Dazu mußte man unter den Körper der Spinne klettern und zwischen ihren Beinen herausspähen, um zu steuern. Ich war ziemlich stolz auf die Nerven des Kriegers, der diese Aufgabe vollbrachte. Es ist bestimmt nicht angenehm, längere Zeit in nächster Nähe eines Feindes zu verbringen, eines Feindes, der gerade versuchte, einen zu töten. Nun, sie hatten den Auftrag ohne Zaudern oder Klagen ausgeführt. Obwohl es Grund genug zu einigem Aufsehen gab, als sie das Abwehrsystem erreichten.

Zur hatte uns vorher benachrichtigt, daß sie hereinflogen. Er versäumte die Spinne zu erwähnen. Die wachhabenden Krieger hatten keinen Schutz gesucht und waren im Freien, als das Team plötzlich in Sicht kam. Man erwartet, ein Teammitglied zu sehen – statt dessen kommt aus dem Gestrüpp eine Spinne zum Vorschein; das kann einen schon aus der Ruhe bringen, besonders wenn sie mit unnatürlicher Geschwindigkeit über den Boden fliegt.

Nur der Faktor, daß der andere Gleiter unversehrt war und die Spinne ganz offensichtlich begleitete, verhinderte ein Unglück. Wenn ein Krieger erschreckt wird, neigt er dazu, mit seinen Waffen zu reagieren.

Ich war enttäuscht, als ich erfuhr, daß die Wissenschaftler die Spinne fast sofort als einen ungeeigneten natürlichen Feind für die Springer identifizierten.

»Rahk, Zome und ich sind alle derselben Meinung, Kommandant«, stellte Tzu fest. »Es ist zwar sehr interessant, diesen Körper zu studieren, der den Kaltstrahlern widersteht, und sein Gift ist für uns ein deutlicher Gewinn, aber die Spinnen kommen nicht als ernsthafte Kandidaten für den gewünschten natürlichen Feind in Frage.«

»Erklären Sie, bitte.«

»Da ist zuerst einmal ihr Jagdverhalten. Sie scheinen vorwiegend Hinterhaltjäger zu sein. Sie verharren an einem Platz, bis ein Opfer vorbeikommt. Wenn es in Reichweite ist, schlagen sie zu. Diese Methode ist zu wahllos, zufällig und langsam für den Feind, den wir für die Springer brauchen.

Ihr Verdauungssystem weist ebenfalls auf einen Tagjäger hin. Es zeigt alle Merkmale einer Kreatur, die nur ab und zu frißt und lange Ruhepausen einhält, in denen sie verdaut. Das wiederum ist für unsere Zwecke unbrauchbar. Was wir suchen, ist eine Pflanze oder Kreatur mit einem hohen Stoffwechsel, bei der man darauf bauen kann, daß sie ständig gefräßig ist.«

»Mit diesem Jagd- und Freßverhalten hieße das, wir müßten sie massenweise fangen und transportieren, wenn diese Taktik erfolgreich sein soll.«

»Was ist mit den Eiern?« unterbrach ich.

»Stehen außerhalb jeder Frage.«

Sie stoppte und hob mit ihrer Klaue den erstbesten Stein vom Boden auf.

»Sind das die Eier einer Spinne?« fragte sie.

»Nein«, erwiderte ich sofort.

»Wir Wissenschaftler sind nicht so sicher. Die Steinhaufen, die wir zuerst um die Spinnen herum beobachteten, sind Eiertrauben, genau wie die Spinnen getarnt. Sie werden in allen möglichen Größen produziert und sind anscheinend auf die Freßgewohnheiten der Erwachsenen angewiesen und kleben deshalb an den Seiten des Weibchens, bis sie abgeworfen werden. Wie ich schon sagte, sind sie extrem gut getarnt. Zur Zeit sind wir noch nicht imstande, ein Eierbüschel von einem Felsen zu unterscheiden, bis wir diesen aufgebrochen haben.«

Um diesen Punkt zu demonstrieren, hob sie einen zweiten Stein auf und schmetterte ihn auf den ersten. Der Stein zersplitterte durch den Aufprall, und sie untersuchte ihn auf seine Eigenschaften.

»Es scheint, Sie haben recht, Kommandant«, sagte sie und ließ das Felsstück fallen. »Es war nur ein Stein. Wären es jedoch Eier gewesen, so hätten wir sie zerstört, um diesen Test durchzuführen.«

»Können Sie sich nicht einen anderen Test ausdenken?«

»Möglich, aber es gibt keinen Punkt, auf dem ich einen aufbauen könnte.«

»Wieso?«

»Nun, ob wir die erwachsenen Spinnen oder ihre Eier transportieren, bleibt sich gleich; die Zahl der Spinnen, die für diesen Feldzug nötig wären, überschreitet in jedem Fall das Sicherheitslimit.«

»Sicherheitslimit?«

»Wie Sie wissen, Kommandant, hatten wir einige Schwierigkeiten, das Exemplar sicherzustellen, das wir jetzt haben. Da die Spinnen bestimmt nicht eines natürlichen Todes sterben, wenn wir sie nach Hause transportieren, greifen sie gewiß auch Tzen an, falls sie provoziert werden.

Wir würden nicht nur einen Feind für die Springer mitnehmen, sondern auch für uns selbst. Wir würden, um mit den Springern fertig zu werden, gleichzeitig dem Empire eine neue Gefahr zuführen. Und einen Feind gegen den anderen zu vertauschen ist das letzte, das wir tun wollen, besonders, wenn dieser Feind gegen unsere Kaltstrahler immun ist.«

»Da wir gerade von dieser Immunität sprechen, Tzu. Ist es möglich, daß die Ameisen eine ähnliche Körperbeschaffenheit haben?«

Sie dachte einige Minuten nach, bevor sie darauf antwortete.

»Unbekannt, Kommandant. Das Wissenschaftlerteam betet gegenwärtig zu den Schwarzen Sümpfen, da wir nie Gelegenheit hatten, etwas darüber herauszufinden.«

Ich war überrascht über diesen Gegensatz zu der sonst so neugierigen Natur der Wissenschaftler.

»Erklären Sie, Tzu.«

»Wir hätten die Ameisen erforschen sollen, bevor sie etwas über unsere Anwesenheit wußten. Nun, da sie wissen, daß wir hier sind, ist es nur eine Frage der Zeit, bis sie etwas unternehmen. Deshalb glauben die Wissenschaftler, es ist im Interesse der Sicherheit, wenn wir diese Mission so schnell wie möglich beenden und den Planeten verlassen. Unsere Lage hier ist bestenfalls kritisch, und mit der Zeit wird sie immer kritischer.«

Damit drehte sie sich um und schritt schwungvoll davon.

Sie hatte mir sehr viel zu denken gegeben, und deshalb verschob ich jede Aktivität auf später. Jetzt gab es andere, wichtigere Probleme, die meine Zeit beanspruchten. Zu diesem Entschluß war ich gekommen und sah mich nach Zur um.

»Wie geht es Hifs Arm?« erkundigte ich mich.

»Gut, Kommandant. Die Wissenschaftler gaben ihr

eine Injektion, die das Verheilen des Bruches beschleunigt. Bei der nächsten Wachablösung kann sie schon leichtere Aufgaben übernehmen, und morgen ist sie wieder voll einsatzfähig.«

»Gut. Hat Horc mit Ihnen über den Entwurf für die neuen Gleiter gesprochen?«

»Ja, Kommandant.«

»Und was denken Sie darüber?«

»Obwohl es sehr aufschlußreich war zu erfahren, daß ein Techniker die Meinungen eines Kriegers teilt, lehnte ich seine Vorschläge trotzdem ab.«

Diese Antwort kam völlig unerwartet.

»Erklären Sie, Zur.«

»Die Gleiter sind zwar offensichtlich unstabil, aber sie sind die einzigen Bodentransporter, die uns zur Verfügung stehen. Während die Mission fortschreitet, werden wir bestimmt gezwungen, immer weiter in das Land vorzustoßen, um nach Arten für die Wissenschaftler zu suchen. Um das wirksam auszuführen, müssen wir große Gebiete so schnell wie möglich sichern können. Während die Gleiter bis zu einem bestimmten Grad als Beobachter dienen können, sind Beobachtungen und Gefangennahmen nur am Boden möglich.«

»Wir haben bei unzähligen Anlässen festgestellt, Zur, daß die instabile Konstruktion eine Benutzung der Waffen fast unmöglich macht. Glauben Sie nicht, daß Sie die Gleiter in gefährliche Situationen bringen können, da Sie Ihrem Team die Chance nehmen, mit solchen Situationen fertig zu werden?«

»Unser Plan ist, Kommandant, sie nur als Transporter zu benutzen, und sie auseinanderzubauen und zu Fuß weiterzugehen, wenn das gewünschte Gebiet erreicht ist. Wie Sie bestimmt wissen, ist ein Tzen-Krieger ein schrecklicher Gegner, selbst zu Fuß.«

»Ich verstehe immer noch nicht Ihre Einstellung, Zur. Was Sie sagen, ist logisch, aber es ist eine Lösung des Problems, die schnell vereitelt werden kann. Was haben Sie dagegen einzuwenden, daß die Techniker die Wagen zum besseren Gebrauch umkonstruieren wollen?«

»Zeit, Kommandant. Ich will nicht die Fähigkeiten der Techniker bestreiten, aber eine solche Arbeit braucht Zeit, Zeit, die wir im Moment kaum entbehren können. In der Zeit, in der sie die Gleiter umbauen, wären wir vielleicht in der Lage, den Zweck unserer Mission zu finden und damit zu verschwinden.«

»Wenn ich richtig verstanden habe, dann teilen Sie den Standpunkt der Wissenschaftler, daß ...«

Plötzlich hob er eine Hand, um mich zum Schweigen zu bringen.

Zur stand bewegungslos da, den Kopf nach einer Seite geneigt, und ich merkte, daß er eine telepathische Unterhaltung führte. Ich wartete, doch als die Zeit sich immer länger dahinzog, wurde ich ungeduldig und neugierig. Er erhielt offensichtlich einen Bericht oder war in einen längeren Meinungsaustausch verwickelt. Ich wußte gegenwärtig von keinem Ereignis, das eine solche Unterhaltung der Krieger erforderte.

Endlich drehte er sich wieder mir zu.

»Kommandant, es hat sich eine Situation ergeben, die Sie abschätzen sollten.«

»Um was geht es?«

»Einer unserer Krieger, Sirk, ist verschwunden.«

»Erklären Sie.«

»Er war auf Wache, vollbewaffnet und mit einem Verstärker-Kopfband zur Verständigung ausgerüstet. Er gab keinen Bericht, und jeder Versuch, Kontakt mit ihm aufzunehmen, blieb unbeantwortet.«

»War er innerhalb der Alarmanlage?«

»Unbekannt, Kommandant. Wie Sie wissen, sind die Detektoren so eingestellt, daß sie einen Tzen ignorieren. Deshalb wissen wir nicht, ob er durch irgend etwas aus dem Verteidigungsnetz gelockt oder ob unsere Verteidigung durchbrochen wurde.«

»Sehr gut. Veranlassen Sie sofort eine Suchaktion.«

»Ist schon angeordnet, Kommandant. Mahz leitet den Suchtrupp. Das wurde mir gerade berichtet. Sie fanden keine Spur von Sirk und keine Zeichen eines Kampfes.«

»Eine Suche wurde schon eingeleitet? Warum wurde ich nicht informiert?«

Zur zögerte, bevor er antwortete.

»Das Kriegerteam war mit unserem Verhalten bei dem Kampf mit der Spinne nicht zufrieden, vor allem, da es von anderen Kasten beobachtet wurde. Deshalb zögerten wir, Alarm auszulösen, bevor wir nicht sicher waren, daß wirklich eine Krise existierte. Wir wollten nicht töricht und dazu noch unfähig dastehen.«

»Sie haben mir meine Frage nicht beantwortet, Zur. Ich gehöre zur Kriegerkaste und hätte die Information gerne im Vertrauen erhalten. Warum wurde ich nicht informiert?«

Dieses Mal währte die Pause länger.

»Ob Sie sich dessen bewußt sind oder nicht, Rahm, Sie entfernen sich immer mehr von dem durchschnittlichen Krieger. Mein Team ist dagegen nicht unempfindlich und neigt dazu, Sie als vom Team getrennt zu betrachten. Sie zögern in Ihren Augen, als töricht zu erscheinen, aber sie müssen vor den Technikern und Wissenschaftlern jede Schwierigkeit vermeiden.«

Ich brauchte jetzt ebenfalls Zeit, um zu antworten, aber bei mir war es eher ein Kampf um die Kontrolle.

»Zur«, sagte ich schließlich, »in Zukunft erinnern Sie sich bitte an zwei Dinge, und geben Sie sie auch an Ihr

Team weiter. Erstens bin ich der Kommandant dieser Mission, und deshalb bin ich berechtigt, jede neue Entwicklung abzuschätzen, ohne Rücksicht darauf, wen ich damit in Verlegenheit bringe.

Zweitens«, meine Stimme sank zu einem tiefen Zischen, »bin ich ein Krieger, und das nächste Teammitglied, das absichtlich Informationen für mich zurückhält, wird mir auf dem Duellboden antworten, entweder direkt hier oder nach Beendigung dieser Mission.«

9

Wir fanden Sirks Körper nie. Obwohl ein Verschwinden wie dieses kein ungewöhnliches Ereignis für die Kriegerkaste bedeutet, war es dennoch ärgerlich. Ohne seinen Körper bekamen wir keine weiteren Informationen. Wir wußten nicht, durch was oder wie er getötet wurde oder ob unsere Verteidigung durchbrochen wurde oder nicht. Das war ein wirkungsloser Weg zu sterben.

Doch die Mission lief mit befriedigender Geschwindigkeit weiter. Eine erstaunliche Zahl verschiedener Arten war von den Wissenschaftlern beobachtet, analysiert und disqualifiziert worden. Nach einigen unangenehmen Versuchen, als Mittelsmann zu dienen, machte ich einen Plan, der den Wissenschaftlern gestattete, ihre Anfragen nach zusätzlichen Ausrüstungsgegenständen direkt an die Techniker zu richten. Der Plan erwies sich als brauchbar, und die Techniker entwarfen und bauten geschäftig in ihren Laboratorien die gewünschten Artikel.

Die Krieger waren währenddessen auch nicht untätig. Wenn sie nicht Wache standen oder die Spezies für die

Wissenschaftler einfingen, so begleiteten sie Expeditionsgruppen in das Land.

Meine eigene Zeit war damit ausgefüllt, die Berichte und Pläne, die ich von meiner Staffel bekam, zu verarbeiten und zu koordinieren. Es hatte sich im ganzen Team herumgesprochen, daß ich darauf bestand, über jede neue Entwicklung informiert zu werden, und nun berichtete man mir jeden Zwischenfall, und wenn er noch so klein und bedeutungslos war. Vielleicht hätte ich diese Anordnung widerrufen, wäre ich nicht so froh gewesen, etwas zu tun zu haben, das mich von der Untätigkeit abhielt.

Wie man daraus schließen kann, plagte das Problem der untätigen Zeit unsere Mission immer noch. Abgesehen von den häufigen und anstrengenden Aufgaben hatten die einzelnen Mitglieder immer noch viel überflüssige Zeit zur Verfügung. Unnütze Gespräche schienen nun alltäglich zu sein. Es war beinahe unwürdig, überhaupt Notiz von ihnen zu nehmen. Die letzte Entwicklung waren unnütze Konversationen zwischen Mitgliedern verschiedener Kasten. Das war zwar vorauszusehen, aber ich brauchte eine Weile, um mich daran zu gewöhnen.

Ich erinnere mich an eines dieser Gespräche besonders gut, da nicht nur über Kastenprinzipien, sondern auch über die Richtlinien des Kommandos geredet wurde.

»Kommandant, haben Sie einen Moment Zeit?«

»Natürlich, Rahk.«

Rahk war der jüngste der drei Wissenschaftler, und ich hatte seit seinem Ausbruch, als die Befestigung landete, wenig Kontakt zu ihm.

»Ich habe eine Theorie, die ich gerne mit Ihnen besprechen wollte, Kommandant. Eine, die Ihnen bestimmt noch nicht vorgetragen wurde.«

»Haben Sie Ihre Theorie mit Tzu diskutiert?«

»Ja, aber Tzu sträubte sich, sie Ihnen mitzuteilen.«

»Hat sie gesagt, warum?«

»Ja, sie gab zwei Gründe an. Zuerst wies sie darauf hin, daß wir die Theorie erst testen müßten, und sie wollte Ihnen nur geprüfte Theorien vorlegen.«

»Sind Sie mit dieser Haltung nicht einverstanden?«

»In den meisten Fällen schon, aber in diesem besonderen Fall muß ich eine Ausnahme machen. Meine Theorie ist zwar noch nicht bestätigt, aber wenn sie sich als richtig erweist, wird sie unmittelbar zum Erfolg der Mission beitragen.«

»Sehr gut, ich verstehe Ihre Haltung. Sie erwähnten jedoch, daß Tzu zwei Gründe nannte, um diese Information zurückzuhalten. Was war der andere Grund?«

»Eigentlich war ihr zweiter Grund mehr eine Erweiterung des ersten.«

»Erklären Sie.«

»Die Wissenschaftler haben in der Vergangenheit öfter Vorschläge und Stellungnahmen gegeben, die Sie widerrufen haben. Nicht, daß wir das kritisieren. Sie, als Kommandant, sind im Recht, und der Verlauf der Mission hat gezeigt, daß Sie richtig handelten. Tzu fühlte sich jedoch dadurch veranlaßt zu glauben, vielleicht ungerechtfertigt, daß Sie dazu tendieren, zukünftige, ungeprüfte Vorschläge der Wissenschaftler abzulehnen. Um die Glaubwürdigkeit unserer Kaste in Ihren Augen wiederherzustellen, überprüft Tzu unsere Berichte, damit Ihnen nur machbare und geprüfte Vorschläge unterbreitet werden.«

Ich dachte darüber nach.

»Ich erkenne die Logik Ihrer Gedanken an, Rahk, obwohl ich nicht glaube, daß sie richtig ist. Deshalb möchte ich jetzt Ihre Theorie hören.

Ich möchte Ihnen jedoch noch sagen«, fuhr ich fort, bevor er sprechen konnte, »daß Sie noch einmal über die

Wichtigkeit Ihrer Theorie nachdenken, bevor Sie sie erörtern. Es kann langanhaltende und unerwünschte Nachwirkungen haben, wenn die Richtlinien des Kommandos geändert werden, besonders im Einsatz, und sollte deshalb nicht leichtgenommen werden. Sind Sie wirklich sicher, daß die Auswirkungen Ihrer Theorie ein solches Risiko rechtfertigen?«

Rahk dachte einige Momente nach, bevor er etwas erwiderte. Ich wartete geduldig.

»Ich bin sicher, Kommandant«, sagte er schließlich.

»Dann fahren Sie fort.«

»Es geht um unsere Schlafmuster.«

»Schlaf?«

»Ja. Und um unsere Eßgewohnheiten.«

»Machen Sie weiter.«

»In unserer ganzen Geschichte gingen die Tzen aller Kasten zwischen Perioden der Aktivität immer in Tiefschlaf. Das war eine nötige Maßnahme, um den minimalen Verbrauch von Lebensmitteln und anderen Vorräten zu sichern.

Mit den Anfängen der neuen Technologie änderte sich das. Lebensmittel und Platz gibt es auf den Kolonieschiffen reichlich, und durch die Weltraumfahrt haben wir eine immer weiter zunehmende Zahl von Planeten zur Verfügung. Das Ergebnis war, daß der Tiefschlaf abgeschafft wurde. Tatsächlich, mit Ausnahme der Kranken und Verletzten, wird ein Tzen nur aufgefordert, in Tiefschlaf zu gehen, wenn er in einem Transportschiff reist, um einen neuen Planeten anzugreifen.«

»Das ist mir alles bekannt, Rahk«, unterbrach ich ihn. »Machen Sie mit Ihrer Theorie weiter.«

»Ich behaupte, daß der Tiefschlaf eine Funktion ausübt, die über die einfache Erhaltung von Gebrauchsmitteln hinausgeht. Während des Schlafes werden Körperzellen ergänzt, die notwendig sind, um einen Tzen wirksam funktionieren zu lassen.«

»Eine Ergänzung wovon?« fragte ich.

»Erlauben Sie mir, das näher zu erklären, Kommandant. Der Geist und der Körper eines Tzen ermüden bei längerer Benutzung, ähnlich einer Waffe, die über eine ausgedehnte Zeitspanne mit voller Kraft gefeuert wird.«

»Ich nehme an, Sie sprechen von den Sprengladern und nicht von den herkömmlichen Handwaffen.«

»Ja, genau wie ein Sprenglader immer wieder ruhen muß, damit er wieder normal funktionieren kann, so muß ein Tzen schlafen, um Körper und Geist zu verjüngen.«

»Ich bin nicht sicher, ob ich Ihren Vergleich verstehe, Rahk«, warf ich ein. »Jeden Sprenglader kann man auf zwei Arten benutzen; auf maximale Leistung und auf maximale Dauerleistung. Bei der maximalen Leistung kann die Waffe in jedem Moment mit voller Kraft gefeuert werden. Bei dieser Art zu feuern wird eine große Menge Energie in kurzer Zeit verbraucht; danach funktioniert die Waffe nicht mehr. Aber es gibt auch noch die maximale Dauerleistung. Sie ist zwar in der Wirkung leichter, aber dadurch funktioniert die Waffe unbegrenzt lange, theoretisch ewig. Wenn Ihr Vergleich stimmt, dann sollte es für einen Tzen bei maximaler Dauerleistung möglich sein, immer ohne Schlaf zu funktionieren.«

»Das stimmt, Kommandant. Die Frage ist jedoch: Wie hoch ist unsere maximale Dauerleistung? Ich bin überzeugt, daß wir normalerweise mehr arbeiten, als wir sollten. Ich fürchte, solange keine regelmäßigen Schlafzeiten festgesetzt und auch durchgesetzt werden, leisten wir weit weniger als wir könnten.«

Ich mußte darüber nachdenken.

»Was haben unsere Eßgewohnheiten damit zu tun?«

»Die Zellen brauchen ...« Er fiel einige Momente in nachdenkliches Schweigen. »Entschuldigen Sie, Kommandant, aber ich bin nicht fähig, es in einfachen Begriffen zu erklären. Ich bin nicht gewohnt, mit Tzen zu sprechen, die nicht der Wissenschaftler-Kaste angehören. Bitte glauben Sie mir einfach, daß wie beim Schlaf eine bestimmte regelmäßige Einnahme von Essen nötig ist.«

»Und Sie sagten, Sie seien nicht in der Lage, diese Theorie zu überprüfen?«

»Nicht zu Tzus Zufriedenheit. Wir müßten eine umfassende Untersuchung von Tzen aus allen Kasten vornehmen, und zwar vor und nach dem Schlaf, um ihre relative Leistungsfähigkeit festzustellen. Aber für einen oberflächlichen Beweis zumindest möchte ich auf die Leistung unseres gegenwärtigen Teams hinweisen.«

»Was ist mit der Leistung unseres Teams?«

»Seit unserer Ankunft auf diesem Planeten haben nur wenige, wenn überhaupt jemand, geschlafen. Ich glaube, das in unseren Leistungen zu erkennen, zum Beispiel in den Schwierigkeiten, die die Krieger hatten, um mit der Spinne fertig zu werden. Eine weitere Abnahme unserer Leistungsfähigkeit kann sich katastrophal auswirken. Zumal die Insekten zweifellos aktiver werden, je länger unser Aufenthalt hier dauert.«

»Sie sind überzeugt, daß die Insekten wachsenden Widerstand leisten?« fragte ich, da ich nicht begierig war, über die Leistungen der Krieger zu sprechen.

»Ich habe Ihre Berichte über Ihre erste Expedition eingehend studiert, Kommandant. Daraus gewann ich die Überzeugung, daß das Empire die Intelligenz der Insekten unterschätzt.«

»Erklären Sie ...«

»Als Sie zuerst bruchlandeten, wagten sich die Springer nicht unter die Bäume, bis zu Ihrem Bericht von Ahks

Tod, als die Springer nur unter dem Schutz der Bäume angriffen. Dies allein beweist eine alarmierende Anpassungsfähigkeit. Später beschrieben Sie dann in allen Details, wie die Springer für Sie und Ihre zwei Begleiter einen Hinterhalt legten. Das kann man nicht ignorieren. Die Springer hatten in einer verblüffend kurzen Zeit erkannt, daß die Tzen ihr Feind sind, und trafen sogar Gegenmaßnahmen. Sie verfolgten Sie nicht nur bei zufälligen Begegnungen, sie jagten Sie ganz gezielt. Und wir sprechen jetzt von den Springern, einer Art, deren Intelligenz weit niedriger geschätzt wird als die der Ameisen.«

Er verstummte, da er plötzlich bemerkte, daß ihn seine Gefühle mitrissen. Er beruhigte sich und fuhr fort.

»Aufgrund dieser Beobachtungen glaube ich, es ist nicht nur möglich, sondern sicher, daß wir mit dem Fortschreiten der Mission wachsende Schwierigkeiten von den Insekten zu erwarten haben. Aus diesem Grund empfehle ich, das Team aufzufordern, wenn nicht sogar ihm zu befehlen, soviel wie möglich zu schlafen ... nun, soviel sie können. Wir werden bald jeden Tzen voll leistungsfähig brauchen.«

Trotz meiner Skepsis war ich von seinen Argumenten beeindruckt.

»Ich werde Ihre Empfehlungen überdenken, Rahk«, sagte ich. Ich meinte es aufrichtig mit meinem Versprechen und wollte seinen Plan verwirklichen, sobald ich mich mit meinem Stab beraten hatte. Bevor ich das tun konnte, passierte jedoch etwas, das mich veranlaßte, meine Pläne zu ändern.

Ich hatte gerade eine Besprechung mit Horc über die vorrangigen Aufträge der Techniker, als ich etwas bemerkte.

»Horc«, sagte ich und unterbrach ihn mitten in seiner Rede, »die Gleiter sind alle hier.«

»Ja, Kommandant.«

»Aber, ist denn keine Patrouille draußen?«

»Doch, Kommandant, aber sie lehnten die Benutzung eines Gleiters ab.«

»Warum?«

»Ich wurde bei diesem Entschluß nicht gefragt.«

Ich brach die Konferenz ab und suchte Zur.

»Das Team hat diesen Entschluß gefaßt, Kommandant«, informierte er mich. »Da das Ziel ihrer Patrouille weniger als zwei Kilometer außerhalb des Verteidigungssystems lag, beschlossen sie, die kurze Strecke lieber zu Fuß zu gehen, anstatt die zwar schnelleren, aber auch sehr unsicheren Gleiter zu benutzen.«

»Wer ist draußen?«

»Kor und Vahr begleiten Tzu.«

Es war gut, daß bei diesem Auftrag erfahrene Krieger anwesend waren, aber ich fühlte mich trotzdem nicht sehr wohl.

»Ohne die Gleiter haben wir keinen visuellen Kontakt mit ihnen.«

»Das stimmt, Kommandant. Ich sagte ihnen das auch, aber sie bestanden auf ihrem Entschluß. Aber sie haben ein Verstärker-Kopfband, durch das wir jederzeit Kontakt aufnehmen können.«

»Nehmen Sie Kontakt mit ihnen auf und überprüfen Sie ihre Lage.«

»Aber sie dürfen keinen Kontakt mit uns aufnehmen, bis ...«

»Nehmen Sie Kontakt mit ihnen auf. Wenn sie sich beschweren, sagen Sie, es war ein Befehl.«

»Jawohl, Kommandant.«

Er stülpte das Verstärkerband über. Ich wartete ungeduldig und wunderte mich, daß ich meine Autorität als Kommandant mißbrauchte, um meine Ängste zu beruhigen, verwarf diesen Gedanken aber wieder. Ich hatte als Krieger gelernt, meine Instinkte nicht zu ignorieren, und ich hatte selten so starke Befürchtungen wie in diesem Moment, als ich erfuhr, daß die Patrouille ohne Gleiter draußen war.

»Sie antworten nicht, Kommandant.«

»Sagen Sie Horc Bescheid, daß er zwei Gleiter fertigmacht. Sie und ich gehen ...«

»Kommandant!«

Das war Zomes Stimme, die in meinen Kopf strahlte.

»Rahm hier«, antwortete ich.

»Stellen Sie Ihren Arm-Schirm auf die Kamera bei dem Ameisenhügel ein! Sofort!«

Zome war nicht berechtigt, mir Befehle zu erteilen, aber etwas in seiner Stimme ließ mich aufhorchen. Automatisch streckte ich den Arm aus, damit Zur das Bild auch sehen konnte, das gerade scharf wurde.

Vor dem Ameisenhügel herrschte hektische Geschäftigkeit. Eine Gruppe Ameisen kam gerade zurück; sie trugen ihre Beute bei sich. Triumphierend brachten sie unsere drei vermißten Teamgefährten. Entweder waren sie tot oder bewußtlos, da sie sich nicht bewegten, als sie in das Loch geschafft wurden.

10

Der Verlust der drei Teammitglieder war ein schwerer Schlag für die anderen Gefährten. Tzu wurde besonders vermißt, da sie als Kopf des Wissenschaftler-Teams nicht zu ersetzen war. Obwohl es manche vielleicht bestreiten, waren Kor und Vahr kein geringerer Verlust. Das Fehlen zweier erfahrener Krieger, besonders einer mit Kors Fähigkeiten, konnten unsere Chancen auf Erfolg oder unser Überleben nur verringern. Obwohl das Team eine schwere Niederlage erlitten hatte, war es unverhältnismäßig aufgeweckt.

Die Situation war ernst genug, um eine Stabsbesprechung zu fordern. Ich tat das nicht gerne, da mir unsere Besprechungen unnötig häufig vorkamen, aber im Moment konnten wir keine unkoordinierten Aktionen oder Überlegungen brauchen. Fehlende Informationen und deshalb auch fehlende Einigkeit führten schon viele Missionen in eine Krise, die vermieden werden konnte.

»Wie schätzen Sie die Situation bei den Kriegern ein, Zur?« fragte ich, um die Besprechung einzuleiten.

»Die Krieger können auch mit der jetzigen Gruppe weitermachen. Wir dürfen jedoch nicht übersehen, daß wir mit dem Verlust von vier Mitgliedern, drei davon Krieger, einer Macht gegenüberstehen, der wir vielleicht nicht gewachsen sind. Von besonderer Bedeutung ist die mögliche Unwirksamkeit unserer Kaltstrahler. Beide Krieger, die wir bei dem letzten Auftrag verloren, waren mit Hand-Kaltstrahlern ausgerüstet, und Kors Fertigkeit im Umgang mit diesen Waffen ist Ihnen allen bekannt. Doch anscheinend hatten sie nicht einmal genug Zeit, eine Nachricht oder Warnung an die Befestigung zu senden. Wir schließen daraus mit größter Wahrscheinlichkeit, daß die Kaltstrahler gegen die Ameisen genau so unwirksam sind wie gegen die Spinne. Ich schlage deshalb vor, daß wir uns ernsthaft überlegen, ob bei dieser Mission Heißstrahler eingesetzt werden sollen.«

Ich dachte darüber nach. Zome, der nun die Wissenschaftler vertrat, blieb still, eine Tatsache, für die ich sehr dankbar war. Es war ganz offensichtlich jetzt seine Rolle, auf die Gefahren hinzuweisen, die die Heißstrahler für die Umgebung bedeuteten. Aber die Gefahr war uns allen klar, so daß man nicht darüber zu reden brauchte, und er redete auch nicht. Ich schätzte das, da ich mich auf unsere Probleme konzentrieren mußte.

»Horc«, sagte ich schließlich, »ist es den Technikern möglich, eine Methode zu entwickeln, die die gelegentlichen Feuer innerhalb des Verteidigungssystems unter Kontrolle hält, wenn wir die Heißstrahler benutzen?«

»Wir könnten entweder eine Brandmauer um die Verteidigungsanlagen errichten, oder wir können rund herum Feuerlöscher aufstellen, die sich bei Hitze selbst auslösen. Natürlich ist keiner dieser Lösungen akzeptabel.«

»Wieso nicht?«

»Jede dieser Methoden ist schwierig, wenn nicht sogar unmöglich zu tarnen, und gibt dem Feind schnell unsere Position bekannt.«

»Ich möchte darauf hinweisen, Horc, daß wir schon drei, wenn nicht sogar vier Teammitglieder an den Feind verloren haben. Das zeigt, daß sie sich unserer Anwesenheit voll bewußt sind, und wenn sie unsere genaue Position noch nicht festgestellt haben, so wird es nicht mehr lange dauern, bis sie auch darüber informiert sind. Deshalb gebe ich Ihnen den Auftrag, die nötigen Vorbereitungen für eine Schutzmauer zu treffen. Es ist besser, wir fangen an, unsere Verteidigung für eine solche Konfrontation zu planen, als zu hoffen, daß sie nicht eintritt.«

»Sehr gut, Kommandant.«

»Zome, ich bin mir der Schwierigkeit Ihrer Position bewußt, und normalerweise würde ich Ihnen sicher eine längere Zeit zugestehen, damit Sie mit den Pflichten des Kommandanten vertraut werden. Unglücklicherweise erlauben das die Umstände nicht. Könnten Sie uns sagen, wieviel Zeit wir schätzungsweise noch brauchen, um einen natürlichen Feind für die Springer zu finden?«

»Kann ich, Kommandant. Ich glaube, wir haben ihn schon gefunden.«

»Erklären Sie.«

»Seit einiger Zeit beobachten die Wissenschaftler eine Art Warmblüter, die auf diesem Planeten heimisch ist. Sie sind klein, nur etwas über einen halben Meter lang, und für die Tzen vollkommen harmlos. Ihr spezielles Futter sind die Eier der Springer, die sie herausschnüffeln und danach graben. Jeder frißt zehn bis fünfzig Eier am Tag. Wir sind überzeugt, wenn man große Mengen dieser Warmblüter auf Springer-überlaufene Planeten sendet und gleichzeitig einen konzentrierten Boden-und Luftkampf gegen die erwachsenen Springer führt, so kann diese Spezies in der Koalition der Insekten ausgemerzt werden.« Seine Stimme klang außergewöhnlich enthusiastisch.

»Warmblüter sind allgemein sehr kurzlebig«, unterbrach Horc. »Wie sollen sie den Transport zurück zu dem Kolonieschiff überleben?«

»Diese Art ist besonders fruchtbar«, erwiderte Zome. »Sie sind auch an Bord des Transportschiffes in der Lage, neue Generationen zu produzieren, die jene ersetzen, die sterben werden.«

»Wenn sie so außergewöhnlich wirksam sind«, warf Zur ein, »wieso haben sie dann nicht die Springer auf diesem Planeten ausgerottet?«

»Der natürliche Feind dieser Art ist eine fleischfressende Pflanze, die auf diesem Planeten ebenfalls reichlich vertreten ist. Diese Pflanzen verzehren einen hohen Prozentsatz der Bevölkerung dieser Art, und nur ihre große Fruchtbarkeit erlaubt ihnen, trotzdem zu überleben. Für diesen besonderen Planeten müssen wir eine hohe Bevölkerungszahl in den Kolonieschiffen ansetzen, um die normale Sterblichkeitsrate auszugleichen. Wir müssen die fleischfressenden Pflanzen zusammen mit den erwachsenen Springern auf unsere Zielliste setzen. Danach bringen wir die Warmblüter wieder hierher, um mit den Eiern fertig zu werden. Während die fleischfressenden Pflanzen sich wieder aus ihren Samen regenerieren, haben die Warmblüter ihre Arbeit getan.«

»Was essen sie außer Springereiern?« fragte Horc. »Was füttern wir ihnen unterwegs oder in den Kolonieschiffen?«

»Im Labor haben wir sie dazu gebracht, eine chemische Substanz zu verzehren, die wir leicht herstellen können, auch während unserer Fahrt. Vielleicht sollte ich noch bemerken, daß wir eine Sache besonders vorsichtig testeten. Sie essen keine Tzeneier.«

»Sind sie schwer zu fangen?« erkundigte sich Zur. »Was bringt es mit sich, wenn wir einen Brutstock mit zurücknehmen?«

»Sie stoßen ein besonderes Zirpen aus, wenn sie fertig zum Brüten sind, ein Zirpen, mit dem sie einen Partner anlocken. Es ist möglich, dieses Geräusch mechanisch nachzuahmen, und wenn es die Techniker verstärken, ist es vielleicht geeignet, sie zu unserer Befestigung zu locken und dann ganz leicht einzufangen und zu transportieren.«

»Das ist ein besonders raffinierter Schachzug, denn wenn sie die Zielplaneten übervölkern, sind wir in der Lage, sie zu einem zentralen Punkt zu locken, um sie zu beseitigen oder zu verteilen.«

»Ich habe noch eine Frage, Zome.«

»Ja, Kommandant?«

»Die Spezies, die Sie beschreiben, scheint die perfekte Lösung unseres Problems zu sein. Sie ist dermaßen perfekt, daß ich mich fragen muß, wieso wir nicht früher darauf aufmerksam gemacht wurden.«

Zum ersten Mal während seiner Rede zögerte er, bevor er antwortete.

»Tzu will … mag keine Warmblüter. Gelinde gesagt, es widerstrebte ihr, vorzuschlagen, diese Art oder eine andere Spezies Warmblüter im Universum zu verbreiten. Deshalb zögerte sie unsere Entdeckung hinaus, während sie nach einer Alternative suchte. Sie forschte gerade nach einer anderen räuberischen Art von Insekten, einer, die außerhalb der Koalition stand, als sie ihren Zusammenstoß mit den Ameisen hatte.«

»Was hatte sie gegen Warmblüter einzuwenden?« fragte Zur.

»Nun, sie hatte eine nach meiner Auffassung sehr persönliche Theorie. Sie stützt sich auf das Verhältnis der Gehirnmasse zur Körpermasse. Danach sind die Warmblüter möglicherweise intelligent, vielleicht intelligenter als die Insekten oder sogar die Tzen. Wenn diese Intelligenz richtig gelenkt wird, kann sie eine mögliche Gefahr für das Empire bedeuten.«

»Warmblüter?« unterbrach Horc. »Eine Gefahr für das Empire?«

»Wir haben nicht genug Daten, um die eigentliche Intelligenz dieser Warmblutart zu errechnen, und obwohl die Wahrscheinlichkeit einer solchen Erscheinung sehr klein ist, neigte Tzu dazu, alle Warmblüter mit dem gleichen Argwohn zu betrachten.«

»Ich bin kein Wissenschaftler, Zome«, bemerkte Horc, »aber ich finde diese Theorie beinahe inakzeptabel. Um das Empire zu erobern, braucht man nicht nur Intelligenz, sondern auch Technologie. Soviel ich weiß, sind Warmblüter physikalisch nicht in der Lage, mit Maschinen umzugehen, und erst recht nicht Maschinen zu entwickeln.«

»Wie Sie sagten, Horc, Sie sind kein Wissenschaftler. Es wurden Warmblutarten entdeckt, die greiffähige Vorderpfoten besaßen, Ihren eigenen Händen nicht unähnlich, und die deshalb Maschinen bedienen können. Nun, bis zu diesem Zeitpunkt, als wir die Notizen der *Ersten* entdeckten, glaubten auch wir, es wäre den Insekten physikalisch unmöglich, eine Maschine zu bedienen. Intelligente Wesen entwickeln stets Vorrichtungen, die ihren physischen Gegebenheiten entsprechen.«

»Zome ...«, begann Zur, aber der Wissenschaftler erhob abwehrend eine Hand.

»Bevor wir das Thema weiter erörtern, möchte ich zuerst meine eigene Position klarstellen. Ich persönlich bin mit Tzus Theorie nicht einverstanden. Ich glaube, die niedrigen Temperaturen, die die Warmblüter ertragen können, schließt eine Bedrohung für das Empire aus. Dennoch muß ich diese Möglichkeit, genau wie Tzu, in Betracht ziehen. Ich glaube aber nicht daran.«

»Tzus Bedenken werden zur Kenntnis genommen, Zome«, sagte ich. »Wie auch immer, ich glaube, wir sind uns einig. Jede Art, die wir finden, birgt mögliche Gefahren in sich, und die Suche nach einer wahrscheinlich nicht existierenden perfekten Art ist zeitverschwendend und gefährlich. Einen Vorteil sehe ich bei dieser Spezies: Wenn uns ein Fehler unterläuft, so können wir ihn durch die Zirp-Maschinen wieder rückgängig machen. Wenn es keine Einwände gibt, erkläre ich diese Warmblutart zu unserem Ziel, und wir fangen an, sie einzusammeln.«

Seit wir unser Ziel bestimmt hatten, schritt die Mission glatt voran. Die Zirpmaschine, die unsere Techniker konstruiert hatten, zog die Warmblüter in solchen Massen an, daß wir für eine Weile hart arbeiten mußten, um Käfige zu bauen, die auch stabil genug waren, die Individuen zu halten.

Ein Kopfbandverstärkter Anruf zum Transportschiff

machte das Team wieder munter, und das Käfig-Problem war bald gelöst. Die Techniker an Bord konstruierten große Pferche, und tägliche Pendelfahrten füllten sie und ließen uns mit leeren Käfigen zurück, die wir wieder füllten.

Das Bodenteam wurde nicht müder, nur weil das Ende der Mission in Sicht kam. Horc und Rahk hatten an Bord des Schiffes die Aufgabe übernommen, nach den Warmblütern zu sehen, nachdem sie übergesetzt waren. Sie ließen uns mit nur sieben Mitgliedern am Boden zurück. Um unsere Wachzeiten auszugleichen, bewaffneten sich Zome und Ihr aus dem Arsenal und hielten gemeinsam mit den Kriegern Wache. Nur Krahn sammelte die Warmblüter ein und verlud die Pferche.

Es war interessant, daß sich die beiden, Zome von den Wissenschaftlern und Ihr von den Technikern, freiwillig für diese Aufgabe meldeten. Ich hatte in Zomes Eifer, Feldaufträge zu übernehmen, übergroßen Tatendurst und eine Bewunderung für die Krieger entdeckt. Es war für ihn eine Chance, eine andere Rolle zu versuchen, ohne die Kasten zu wechseln.

Bei Ihr war es eine ganz andere Geschichte. Schon seit Beginn der Mission blickte sie mit Verachtung auf die Krieger hinab, und dies ein paarmal in einer Form, daß Horc es für nötig hielt, ihr einen Verweis zu erteilen. Ihre Bereitwilligkeit, Wache zu stehen, konnte nur einen Grund haben ... sie wollte beweisen, daß sie die Arbeit eines Kriegers genauso gut oder besser erledigen konnte.

Zwei Nicht-Krieger, einer freundlich, einer feindlich ... ich kümmerte mich nicht um ihre Motive. Sie waren Tzen, und ich war froh, daß sie bewaffnet waren und uns bewachten.

Obwohl die Mission glatt voranging, fühlte ich mich nicht wohl. Mein Kriegerinstinkt sagte mir, daß kein Plan, einschließlich unseres gegenwärtigen, so verlaufen würde wie vorgesehen.

Ich hatte recht.

Ich war gerade in einer Besprechung mit Zur, als es passierte. Wir diskutierten die Menge von Warmblütern, die wir transportieren wollten, und hatten uns geeinigt. Die Ladung wartete darauf, aufgenommen zu werden, und eine weitere war für den Brutstock vorgesehen, der das geplante Projekt mit einer unbestimmten Zahl Warmblüter beliefern sollte. In diesem Moment erscholl der Schrei.

»Alarmbereitschaft! Haltet die Waffen bereit!«

Ich reagierte augenblicklich auf die Nachricht, die in meinen Kopf gestrahlt wurde, genau wie die anderen auch. Wir warteten auf eine nähere Erklärung, aber es kam keine. Die Nachricht hatte verzerrt geklungen, wodurch man den Sprecher nicht identifizieren konnte.

»Wer hat den Alarm gegeben?« sendete ich schließlich.

Es kam keine Antwort.

»Mahz!« sendete ich. Er bewachte gerade den Schießturm.

»Ja, Kommandant?«

»Ist etwas am Verteidigungsnetz?«

»Nein, Kommandant.«

Ich überdachte mit der Waffe in der Hand die Situation.

»Kommandant!«

Es war Hifs Stimme, die ich empfing.

»Bericht, Hif.«

»Ich kann etwas sehen. Es kommt von Südosten auf die Befestigung zu … fünfzig Meter außerhalb.«

»Identifikation?«

»Unbekannt. Ich kann die Bewegung der Büsche sehen, das ist alles.«

»Alle Mitglieder kommen zur Befestigung zurück!« sendete ich. »Mahz!«

»Hier, Kommandant.«

»Sehen Sie im Südosten etwas am Verteidigungsring?«

»Nein, Kommandant.«

Das Team war jetzt versammelt. Zur wies ihnen hastig mit Gesten und telepathisch ihre Positionen zu.

»Ich kann es jetzt sehen, Kommandant«, erreichte mich Mahzs Stimme.

»Es ist Kor!«

»Kor?« echote ich.

Es war Kor. Wir beobachteten ihre letzten schmerzvollen Anstrengungen. Zur rannte, um ihr zu helfen. Sie war schlimm zugerichtet, und ihr fehlte ein Arm.

»Haltet eure Positionen«, sendete ich dem Rest des Teams.

11

Zur half Kor zu einer Stelle hinter der Verteidigungslinie und machte es ihr auf dem Boden neben der Befestigung bequem.

»Genehmigung, diesen Platz zu verlassen, Kommandant?«

»Grund?«

»Um Medikamente zu holen und zu verabreichen …« rief Zome sanft.

»Nein!« Kors Stimme unterbrach ihn, entschlossen und überraschend ruhig.

»Kor!« ermahnte sie Zur.

»Ich muß zuerst berichten … wichtig.«

»Kommandant, sie stirbt, wenn ich nicht …«

»Sie wollen bald angreifen … die Ameisen … sie versuchen, die Informationen für das Empire zurückzuhalten ...«

»Kommandant!« Zome war beharrlich.

Ich faßte meinen Entschluß.

»Wir hören uns Kors Bericht an. Zur, Sie bringen die Verteidigung wieder in Ordnung. Zome, Sie und der diensthabende Techniker ... Ihr, bleiben Sie nah genug, um den Bericht zu hören, aber beobachten Sie die Umgebung nach Anzeichen eines Angriffs.«

»Ja, Kommandant.« Und schon war er weg, um den Befehl direkt auszuführen.

»Danke, Kommandant«, wisperte Kor schwach.

Ich beachtete sie nicht.

»Mahz!« strahlte ich.

»Ja, Kommandant?«

»Nehmen Sie ein Verstärker-Kopfband und informieren Sie sofort das Transportschiff. Sagen Sie ihnen, daß wir das Pendelschiff hier brauchen, so schnell sie es fertigmachen können.«

»Ja, Kommandant.«

»Fertig, Kommandant.« Zur war zurück.

»Sehr gut, Kor, fahren Sie mit Ihrem Bericht fort.«

»Sie haben Maschinen ... Sie ... sie sind ... sie studieren uns ... benutzen die Informationen, um Taktiken zu planen ...«

»Welche Art von Maschinen?« unterbrach Ihr.

»Wie studieren sie uns?« fragte Zome.

»Ihr, Zome, ich sage euch das nur einmal. Wir dulden keine Unterbrechungen dieses Berichtes. Kor! Sie gehören zur Kriegerkaste. Sie wissen also, wie man in einer kurzen und methodischen Form berichtet. Lassen Sie dieses undisziplinierte Gebrabbel und berichten Sie anständig.«

Der Verweis schien sie zu beruhigen.

»Ja, Kommandant. Wir wurden gefangen ... alle drei ...«

Sie hielt inne, als versuchte sie, ihre Gedanken zu ordnen. Ich wartete ungeduldig und dachte über das Schicksal der anderen zwei Gefangenen nach.

»Eine Art Betäubungsstrahl ... sie tragen ihn hochgezogen unter ihrem Körper ... maximale Reichweite unbekannt ... Auslösemechanismus unbekannt. Wir wurden ungefähr auf fünfzig Meter getroffen ... sie trafen zuerst Vahr und mich, möglicherweise wegen unserer Waffen, dann fingen sie Tzu. Sah nur zwei Waffen. Sie können also zweimal feuern, ohne nachzufüllen oder nachzuladen ... Wirkung erfolgt sofort ... Verlust der Nervenkontrolle und teilweiser Verlust der geistigen Fähigkeiten ...«

Sie wurde schwächer. Ich bemerkte, daß die Wunde von ihrem abgerissenen Arm immer noch blutete. Ich versuchte mit der Hand, die Arterie abzuklemmen. Es gelang mir nicht ganz, aber endlich lief das Blut langsamer.

»Die Ameisen sind in ihren Maßnahmen schnell und organisiert. Sie nahmen uns alles ab, Waffen, Harnisch, und sogar die Verstärkerkopfbänder, bevor wir klar genug denken konnten, um eine Nachricht zu senden.

Wir wurden dann zu dem Ameisenhügel und hinein getragen ... Wir konnten sehen und denken, uns aber nicht bewegen ... mattes Licht ... wurden auf den Boden abgeladen ...«

Sie brach ab und streckte den Kopf nach hinten. Ich spürte, daß sie unter den Schmerzen der Wunde litt. Ich wartete.

»Lagen auf dem Boden in einem Raum mit düsterem Licht ... Wir wurden untersucht ... mit Fühlern abgetastet ... wurden auf unser Geschlecht überprüft ... wußten, nach was sie suchten ... dann legten sie uns zusammen ... die Ameisen, die uns untersuchten, gingen weg ... wurden durch sechs Wachen ersetzt ... hatten größere, schwerere Kiefer ...

Endlich gewannen wir wieder die Kontrolle über unsere Nerven zurück ... die Wirkung der Betäubungsstrahler ließ schließlich doch nach ... Untersuchungszimmer ... Tzu sagte, es wäre ein besonderes Zimmer, nur für Gefangene ... ein Eingang, Wasservorrat ... anderes Licht ... kam von leuchtenden Felsen ... keine natürlichen Gebilde ... wurde hereingebracht ... gelegentlich wurde es von Wachen ausgetauscht ... Ameisen brauchen kein Licht; ist anscheinend nur für Gefangene ...

Die untersuchenden Ameisen kamen zurück, als wir wieder bei Bewußtsein waren ... Nahmen sich zuerst Tzu vor, dann mich, danach Vahr ... Tzu folgerte daraus, daß wir uns vermehren sollten ... Vahr und ich fügten uns, Tzu nicht ... Sie brachten Warmblüter und gaben sie Vahr und mir ... Tzu wurde am Essen gehindert ...

So ging es weiter ... Legten Eier, wollten aber keine Ameisen in die Nähe lassen ... sie bestanden auch nicht darauf ... Forderten Tzu auf, nachzugeben ... weigerte sich ... wollte dem Feind nicht helfen, über die Tzen zu lernen ...

Begannen Ausbruch zu planen ... Wir konnten den Eingang erreichen, aber die Wachen wollten uns nicht aus dem Zimmer lassen ... vom Eingang konnten wir auf der gegenüberliegenden Seite des Tunnels ein anderes Zimmer sehen ... Maschinen ...«

»Kommandant!« meldete sich Mahzs Stimme in meinem Kopf.

»Rahm hier!«

»Ich habe einen Bericht über das Pendelschiff.«

»Wir verschieben den Bericht.«

Ich konzentrierte meine Aufmerksamkeit auf Kor, als sie weitersprach.

»Konnten nicht das ganze andere Zimmer sehen ... Da war eine Art Bildschirm ... Zeigte unsere Befestigung und den Ameisenhügel ... um die Festung Figuren von Tzen ... die Zahl der Tzen wechselte von Zeit zu Zeit ... nehme an, daß es die Verteidigung und die Patrouille bedeutete ... Konnte keinen Kontrollhabenden oder Vorführer sehen ...

Planten Ausbruch ... Wir hatten uns die Schnelligkeit der Ameisen gemerkt, während wir an der Oberfläche getragen wurden ... wir benutzten die geschätzte Geschwindigkeit und die Richtungsänderungen, an die wir uns erinnern konnten ... dachten, wir konnten den Weg zurück herausfinden ... Beschlossen, keine leuchtenden Felsen mitzunehmen ... würde unsere Position verraten ... Vahr und ich waren bereit, für Tzus Flucht zu kämpfen ... wollten den Wissenschaftler herausbekommen ...«

»Kommandant!« meldete sich Mahzs Stimme wieder.

»Rahm hier!«

»Eindringlinge am Verteidigungssystem im Südosten.«

»Identifikation?«

»Springer, ungefähr zwanzig.«

»Wohin bewegen sie sich?«

»Sie halten ihre Position in ungefähr fünfundsiebzig Metern Entfernung.«

»Angriffsbereitschaft!« rief ich dem Team zu. »Springeransammlung, fünfundsiebzig Meter, Südosten.«

Ich drehte mich wieder Kor zu.

»Setzen Sie Ihren Bericht fort.«

»Wir machten unseren Fluchtversuch ... Vahr begann verrückt zu spielen ... rannte vor und zurück ... ließ sich auf den Boden fallen ... Zuletzt rannte er zu den Eiern und begann mit den Füßen auf ihnen herumzutrampeln ...

Drei Wachen gingen los, um ihn zu bändigen ... Er kämpfte ... Sie wollten ihn anscheinend nicht verletzen ... Er tötete einen ... Tzu und ich machten uns fertig, um zu fliehen ... zwei der bei uns gebliebenen Wachen gingen, um den anderen zu helfen ... bei dem Eingang blieb nur noch eine Wache ...

In dem Zimmer gab es ein paar Steine ... aus dem gleichen Material wie meine Stahlbälle ... Ich benutzte einen, um die Ausgangswache zu töten ... Wir rannten ... Vahr hatte sich losgerissen und sich am Ausgang aufgestellt, um die Verfolger aufzuhalten ...

Rannten blind in die Dunkelheit ... stießen auf Wände ... die Tunnels wurden nicht bewacht ... Rannte von hinten in eine Ameise ... tötete sie ... rannte kopfüber in eine zweite ... hielt mich an meinem Arm fest ... Tzu ging alleine weiter ... Ich tötete die Ameise, verlor aber den Arm ... lief wieder ....

Tzu sendete mir eine Nachricht ... sie stieß auf eine große Zahl Ameisen ... blockierten den Tunnel nach oben ... Sie rannte in einem anderen Tunnel wieder hinunter ... rannte vor ihnen her ...

Ich ging an die Oberfläche, ohne einer weiteren Ameise zu begegnen ... ging in Richtung Befestigung ... ein paar Ameisen tauchten auf und liefen hinter mir her ... dann drehten sie um ...«

»Kommandant!« kam Mahzs Stimme. »Noch mehr Springer im Norden, begleitet von einigen Ameisen!«

»Verstanden!« sendete ich.

»Damit ist mein Bericht beendet«, Kors Stimme war plötzlich wieder klar und zusammenhängend. »Ich muß noch eine Bemerkung machen, die Tzu betrifft. Sie starb wie ein ...«

Ihr Körper verkrampfte sich; dann lag sie ruhig.

»Mahz«, sendete ich, »berichte.«

»Ich kann sie nicht mehr sehen, aber die Instrumente zeigen die zwei Gruppen immer noch. Keine Bewegung seit dem letzten Bericht. Sie scheinen auf etwas zu warten.«

»Voraussichtliche Ankunft des Pendelschiffes?«

»Der Transporter befindet sich im Moment in einer schlechten Position. Wenn sie es abschicken, hat es nicht genug Auftrieb, um wieder hochzukommen. Früheste Ankunft kurz nach Sonnenuntergang.«

»Berichte sofort, wenn sich etwas ändert, und berichte Zur direkt.«

»Verstanden, Kommandant.«

»Zome!« rief ich sanft.

»Hier, Kommandant.«

»Untersuchen Sie Kor und berichten Sie dann.«

»Verstanden!«

Er ging zu Kors Körper.

»Ihr! Analyse von Kors Bericht.«

Es kam keine Antwort.

»Ihr!«

»Ja, Kommandant. Ich … einen Moment bitte.«

Ich wollte sie drängen, aber dann fiel mir ein, daß sie bestimmt Kors Tod nicht so ganz verkraftete.

»Ignoriere es«, strahlte ich ihr zu. »Berichten Sie. Sie sind im Moment der Kopf der Techniker.«

»Aber, Kommandant«, strahlte sie zurück, »was ich Kor zuletzt sagte … bevor sie gefangen wurde … Ich sagte, ich denke, daß die Krieger …«

»Krieger oder Techniker, sie war ein Tzen. Wie Sie auch. Nun berichten Sie.«

»Aber …«

»Sie ist tot … und dem Rest von uns passiert das gleiche, wenn wir nicht aus Kors Bericht lernen. Geben Sie nun Ihre Analyse!«

»Die Technologie der Ameisen ist der unseren offenbar unterlegen. Der beschriebene Bildschirm besagt zwei Dinge. Erstens, sie haben die direkten Eingangsenergie-Methoden noch nicht ganz gemeistert. Gesteckte Figuren im Gegensatz zu vollen Bildern weisen auf eine manuelle

Aufnahmemethode hin. Es ist auch möglich, daß es verschiedene Aufnahmestationen und somit verschiedene Bildschirme gibt, die die gleichen Daten zeigen. Es ist jedenfalls unwahrscheinlich, daß sie sich mit Figuren behelfen, wenn ein vollständiges Bild möglich wäre.

Zweitens, sie sind anscheinend nicht fähig, ihre Ausrüstung umzuändern –« Als sie fortfuhr, wurde ihre Stimme fester. »Da unsere Teammitglieder den Schirm aus einiger Entfernung beobachten konnten, ist er sicher erleuchtet. Dieser Faktor ist aber für die im Dunkeln lebenden Ameisen wahrscheinlich unnötig. Daß sie die Anlage nicht für ihre Zwecke umänderten, obwohl sie schon länger als wir Zugang zu der Technologie der *Ersten* haben, beweist eine niedrig entwickelte Technologie.«

»Könnte es nicht einfach sein«, unterbrach ich sie, »daß sie nicht vorausahnten, daß einmal eine andere Art so weit in ihr Nest eindringen würde? Dann wäre nämlich die Umänderung in eine lichtlose Anlage ein unnötiger Zeitaufwand.«

»Da ich mit dem Aufbau der Bildschirme vertraut bin, kann ich mit Bestimmtheit sagen, daß Anlagen mit Licht schwerer zu konstruieren und zu bedienen sind. Für ein Wesen mit technischem Wissen ist die Umänderung der Anlage in eine ohne Licht eine einfache Angelegenheit, die auch leichter zu bedienen ist. Da die Ameisen diesen Schritt nicht unternommen haben, glaube ich, sie haben das Prinzip der Maschinen, mit denen sie operieren, nicht ganz verstanden. Sie imitieren einfach das, was früher schon getan wurde.«

»Verstehe. Machen Sie weiter.«

»Die Betäubungsstrahler sind ein weiteres Beispiel für eine fehlerhafte Technologie. Für ein Insekt gibt es weit bessere Methoden, eine Waffe zu gebrauchen, als sie unter dem Körper hervorzuschleudern. So wie die Ameisen sie gegenwärtig benutzen, müssen sie auf unebenem Terrain extreme Schwierigkeiten mit dem Zielen haben. Was aber noch wichtiger ist; wenn sie aus einem Versteck feuern wollen, müssen sie sich dem Feind erst zeigen, bevor sie ihre Waffe überhaupt ins Spiel bringen können.«

»Wie ist es zu erklären, daß sie über eine Waffe verfügen, die wir nicht in unserem Arsenal haben?«

»Da müssen Sie die Wissenschaftler fragen, Kommandant. Soviel ich weiß, wurde den Technikern nie gesagt, daß sie eine konstruieren sollen.«

»Zome, Ihre Analyse und Stellungnahme?«

»Kor ist tot, Kommandant.«

»Ja, das nahm ich auch an. Nun Ihre Analyse.«

»Keiner ihrer Verletzungen scheint von einer mechanischen Waffe herzurühren. Daraus können wir schließen, daß die Ameisen nicht speziell für den Kampf vorbereitet waren. Sie verließen sich auf ihre natürlichen Waffen.

Nun zu den Betäubungsstrahlern. Die Wissenschaftler wissen zur Zeit nichts von einer solchen Waffe, aber sie ist logischerweise eine Erfindung, wie sie die *Ersten* gebrauchten. Wir können sie als ›unbrauchbar für unsere Zwecke‹ in ihren Aufzeichnungen übergangen haben. Tzen töten gewöhnlich einen Organismus oder lassen ihn in Ruhe.«

»Bei Missionen wie dieser, wo wir die Spezies lebendig fangen sollen, wäre sie sehr nützlich«, bemerkte ich.

»Das stimmt, Kommandant, aber Forschungsexpeditionen wie diese sind eine relativ neue Einrichtung. Die Betäubungsstrahler konnten schon aussortiert und vergessen worden sein, bevor der Zweck dieser Mission bekannt war.«

»Möglich. Setzen Sie Ihren Bericht fort.«

»Die Untersuchungen, die von Kor beschrieben wurden, deuten darauf hin, daß die Ameisen schon vorher einiges über die Tzen-Anatomie wußten. Das heißt, sie sammelten diese Daten schon bei einer unserer früheren Kampagnen hier, oder wir entdecken letztlich doch noch, was mit Sirk passierte. In jedem Fall zeigt es, daß die Ameisen fähig sind zu forschen. Sie wissen von den Tzen und sind auf neue Informationen begierig. Letzteres demonstrieren sie, indem sie es riskierten, lebende und bewaffnete Tzen zu Studienzwecken zu fangen. Wenn sie intelligent genug sind, das zu tun, müssen wir auch annehmen, daß sie intelligent genug sind, um zu benutzen, was sie lernen.«

Ich wartete einen Moment, um sicherzugehen, daß er seinen Bericht beendet hatte.

»Mahz!« sendete ich.

»Hier, Kommandant.«

»Senden Sie die neuesten Nachrichten wieder direkt zu mir.«

»Verstanden, Kommandant.«

»Zur, berichten Sie und geben Sie Ihre Analyse.«

»Gegenwärtig befinden sich drei Gruppen von Insekten in nächster Nähe. Aus ihren Positionen und Handlungen ist zu ersehen, daß sie sich unserer Anwesenheit voll bewußt sind und sich zum Angriff vorbereiten. Im Südosten und Norden der Befestigung sind zwei Gruppen Springer, möglicherweise unter dem Kommando von Ameisen. Direkt westlich von uns ist eine Gruppe, die nur aus Ameisen besteht. Alle Gruppen stehen im Moment still. Wahrscheinlich warten sie auf ein Signal oder ein Ereignis, bevor sie zum Angriff übergehen.

Das Pendelschiff kommt frühestens kurz nach Sonnenuntergang. Es wäre zu optimistisch, anzunehmen, daß sie bis dahin nicht angreifen, deshalb müssen wir unsere Verteidigung planen.

Nehmen wir an, die drei Gruppen greifen gleichzeitig

an, möglicherweise verzögert die Gruppe Ameisen im Westen ihren Angriff. Wollen wir nur hoffen, daß sie uns Zeit genug lassen, unsere Positionen zu ändern. Wenn bei diesem Angriff Waffen benutzt werden, dann wahrscheinlich von dieser Gruppe.

In dem kommenden Kampf haben wir verschiedene Vorteile. Erstens weiß der Feind offenbar immer noch nichts von unserem Abwehrsystem, das ihre Positionen und Bewegungen direkt an uns weitergibt. Zweitens, da wir die Spinne nur mit den Handwaffen töteten, wissen sie auch nichts von unseren Heißstrahlern und deren Wirkung.

Es ist zweifelhaft, daß die Betäubungsstrahler, die von Kor beschrieben wurden, über fünfzig Meter wirksam sind. Es ist jedenfalls unmöglich, daß sie über eine noch größere Entfernung genau treffen. Die Reichweite unserer Handlader und besonders des Schießturms übertrifft diese Entfernung bei weitem.

Unglücklicherweise kann der Schießturm nur jeweils in eine Richtung feuern.

Unsere Strategie wird sein, den Feind auf maximale Entfernung zu halten. Der Schießturm wird sein Feuer auf die Gruppe Ameisen im Westen konzentrieren, da dies die größtmögliche Gefahr ist. Der Rest von uns muß mit den Gruppen im Norden und Südosten fertig werden.«

»Zur!« unterbrach ich ihn. »Die drehbaren Waffen auf den Gleitern haben eine größere Reichweite als unsere Handlader, oder nicht?«

»Das ist richtig, Kommandant.«

»Nun, wenn wir die Gleiter aufstellen ...«

»Kommandant!« Mahzs Stimme erreichte mich.

»Rahm hier!«

»Die Instrumente zeigen an, daß gegraben wird. Im Südwesten wird ein Tunnel vorangetrieben.«

12

»Anfrage, Kommandant.«

»Ja, Zur«, strahlte ich zurück.

»Ich möchte Ihre Genehmigung erbitten, mit Kors Körper zu verfahren, wie ich es für richtig halte, sobald sich die Gelegenheit dazu ergibt.«

»Welche Methode wollen Sie anwenden?«

»Ich wollte meinen Handlader benutzen, um Kors Körper zu vernichten.«

»Erklären Sie.«

»Kor war ein ausgezeichneter Krieger. Sie verdient ein besseres Ende, als den Ameisen als Futter vorgeworfen zu werden.«

»Genehmigung erteilt ... nutzen Sie die erstbeste Gelegenheit, die sich bietet. Wir müssen vermeiden, die Stärke unserer Waffen zu früh zu zeigen.«

»Natürlich, Kommandant.«

Ich vertraute Zur, selbst unter den widrigsten Umständen an Details wie dieses zu denken. Kors Körper lag auf seiner Seite der Befestigung. Zur und Krah hatten wenig zu tun und starrten deshalb bestimmt die ganze Zeit auf ihn, während sie warteten.

Unsere Situation war bestenfalls haarig. Der Tunnel von Südwesten wurde dreißig Meter außerhalb gestoppt. Die drei anderen Gruppen hatten sich nicht von der Stelle bewegt, obwohl eine weitere Gruppe Springer zu der Truppe im Südosten gestoßen war.

In der Befestigung hatten wir den Oberteil der Basisscheibe geöffnet, so daß wir einen kreisförmigen Graben hatten, von dem aus wir operieren konnten. Unsere Streitmacht war in drei Zwei-Tzen-Teams aufgeteilt; Zur und

Krahn übernahmen die Gruppe im Südosten, Hif und Zome die im Norden, und Ihr und ich kümmerten uns um die Ameisengruppe im Westen. Mahz am Schießturm hatte den Auftrag, den Tunnelausgang zu überwachen, wenn er aufbrach, und sollte mit seiner überlegenen Feuerkraft alles abwehren, was zum Vorschein kam.

Ich sondierte das Terrain westlich von uns, konnte aber nichts ausmachen, obwohl ich meine Augen auf scharf eingestellt hatte. In fünfzig Meter Entfernung stand eine Baumgruppe, die mir die Sicht verdeckte. Ohne die Alarmanlage wußte ich nicht, ob der Feind dort lauerte.

Ich fragte mich, worauf die Insekten warteten. Die Sonne ging bald unter. Vielleicht planten sie einen Nachtangriff. Ich verwarf diesen Gedanken wieder. Soviel zu hoffen war einfach zuviel. Außerdem waren die Springer keine guten Nachtkämpfer.

»Kommandant.« Es war Mahzs Stimme.

»Rahm hier«, sendete ich zurück.

»Im Westen kommen noch mehr Ameisen. Sie bewegen sich langsam. Möglicherweise schleppen sie etwas hinter sich her.«

»Identifikation?«

»Unbekannt, Kommandant. Groß und lang, vielleicht mechanisch.«

Ich mochte nicht die Schlußfolgerung daraus ziehen. Ich warf einen Blick auf die Käfige mit den Warmblütern, die immer noch neben der Befestigung aufgestapelt waren. Sie allein schien die Situation nicht zu berühren.

»Hat das Pendelschiff eine Nachricht gesendet?« strahlte ich.

»Noch nichts eingetroffen ... Alarm ... die Gruppen im Norden und Südosten schließen auf.«

»Alarm! Angriff!« sendete ich noch einmal, aber es war unnötig.

Das Geräusch der Heißstrahler klang tödlich sanft, als die anderen beiden Gruppen das Feuer auf den eindringenden Feind eröffneten. Der Klang verlor sich bald in den Schreien sterbender Springer.

»Zur«, sendete ich, »sind die Heißstrahler gegen die Ameisen wirksam?«

»Sehr befriedigend, Kommandant«, kam die Antwort.

»West-Gruppe schließt auf, Kommandant«, berichtete Mahz. »Bewegen sich langsam.«

»Verstanden«, gab ich zurück.

»Der Feind kommt herein«, sagte ich sanft zu Ihr.

»Fertig, Kommandant.« Ihrs Stimme klang gespannt.

Ich mußte mich daran erinnern, daß sie ein Techniker und deshalb nicht an den Kampf gewöhnt war.

»Wie ist der Stand im Westen?« strahlte ich zu Mahz.

»Ich kann nichts sehen«, beschwerte sich Ihr, die in die Schatten der Dämmerung starrte.

Ich ignorierte sie.

»Schließen weiter auf, Kommandant«, kam Mahzs Bericht.

»Sie sind hier draußen«, informierte ich Ihr.

»Dann wollen wir sie sehen.«

Bevor ich bemerkte, was sie tat, erhob sie sich und begann blind in den Westen zu schießen. Ihr Heißstrahler entzündete sofort ein kleines Buschfeuer, in dessen Schein ich eine Gruppe Ameisen erkennen konnte, die hinter einer großen Maschine versammelt waren.

»Ihr …«, begann ich, aber es war zu spät.

Aus der Maschine der Ameisen schoß ein Strahl, der ihren Körper in der Mitte durchschnitt. Soviel zu dem selbsternannten Krieger-Techniker. Der Strahl schoß erneut heraus und öffnete mit einem Schnitt die Kuppel der Befestigung hinter mir.

»Kaltstrahler«, sendete ich zu den anderen Teams und kickte Ihrs Körper zur Seite.

»Soll ich es versuchen, Kommandant?« kam Mahzs Ruf.

»Nein! Beobachten Sie weiter den Tunnel.«

Ich wollte die Existenz des Schießturms nicht eher preisgeben, als es absolut nötig war, und besonders nicht mit den Kaltstrahlern rund herum.

Ich ging den Graben links von mir entlang; dann hob ich behutsam den Kopf, um Ausschau zu halten.

»Es scheint ein großer schwerer Mechanismus zu sein«, sendete ich zu der Gruppe in der Befestigung. »Gibt es irgendwelche Anzeichen von ähnlichen Geräten in der Umgebung?«

»Die Verteidigungsanlage meldet nichts dergleichen«, berichtete Mahz.

»Wir sehen nichts im Südosten«, sendete Zur.

»Nichts im Norden«, meldete sich Hifs Stimme.

Die Ameisen hatten uns jetzt eingeschlossen. Ich hob meinen Handlader, zielte vorsichtig und feuerte. Ich wurde durch den Anblick einer in Rauch aufgehenden Maschine belohnt, während die Ameisen, die sie bedient hatten, sie im Stich ließen. Dann waren die vorrückenden Ameisen bei mir.

Ich verbrannte zwei zu meiner Rechten, wirbelte herum und traf eine andere, die in den Graben hinter mir stolperte. Ich trat zurück und verbrannte noch eine und merkte erst später, daß sie einen Mechanismus unter ihrem Körper trug, wahrscheinlich einen Betäubungsstrahler.

Solche Waffen sind vielleicht für einen Hinterhalt gut, aber nicht für einen offenen Kampf gegen einen Tzen der Kriegerkaste. Ich blieb dauernd in Bewegung und präsentierte dem Feind ein stets bewegliches Ziel.

Ich verließ den Graben und brannte mit meinem Lader in den Schwarm, bevor ich zurück in die relative Sicherheit glitt.

Ich hatte mein Keilschwert gezogen und setzte es großzügig bei lebenden und toten Gegnern ein, während sich der Graben mit immer mehr Körpern füllte. Ich stieg manchmal über, manchmal unter den schwelenden Körpern der Ameisen herum, bedingt durch meine rasende Angriffs-und Rückzugstaktik.

Plötzlich verebbte die Flut. Jetzt bemerkte ich erst, daß es dunkel war; die Szene wurde von flackernden Feuern erhellt, die durch die Heißstrahler entzündet wurden. Ein Strahl zischte über mir heraus und schlug in die Reihen der Ameisen. Es war Mahz, der mir Schutz vom Schießturm aus gab.

»Mahz! Ich befahl Ihnen, den Tunnel zu überwachen!«

»Ich habe diesen Vorstoß zum Halten gebracht, Kommandant. Sie brachen den Angriff ab, nachdem ich die ersten zehn, als sie auftauchten, niederbrannte.«

Ich verbrannte noch eine Ameise.

»Überwache ihn trotzdem.«

Die Ameisen hatten eine Menge Zeit geopfert, um diesen Tunnel zu bauen. Ich konnte nicht glauben, daß sie ihn so schnell im Stich lassen würden. Zu viele Kämpfe wurden verloren, weil man annahm, daß der Gegner einen Rückzug machen würde.

»Komme rechts von Ihnen herein«, meldete sich Hifs Stimme, und einen Moment später erschien sie.

»Die Nord-Gruppe?« fragte ich und schoß in einen Ameisenhaufen bei der brennenden Baumgruppe.

»Getötet, möglicherweise war es nur ein Täuschungsmanöver.«

»Zome?«

»Hilft Zur und Krahn«, antwortete sie.

»Löse Krahn ab«, befahl ich.

»Aber, Kommandant ...«

»Ich brauche einen Techniker hier.« Ich deutete zu der Baumgruppe. »Ihre Feuerlöscher machen die Feuer aus, die wir als Licht brauchen.«

»Verstehe, Kommandant.«

Hif ging. Ich starrte auf die Feuer, während sie ausflackerten. Wir mußten uns ganz auf die Brandmauer verlassen, um großräumige ökologische Schäden zu vermeiden. Jetzt brauchten wir das Licht.

»Bericht vom Pendelschiff?« sendete ich zu Mahz.

»Ist unterwegs, Kommandant.«

»Komme von rechts herein, Kommandant!« Und Krahn erschien. Sie wankte leicht, aber anscheinend überstand sie den Kampf besser als Ihr.

»Kennen Sie die genauen Standorte der Feuerlöscher, die der Feind im Westen aufgestellt hat?« fragte ich und verbrannte rasch drei Ameisen, die versuchten, uns zu umgehen.

»Ja, Kommandant.«

»Brennen Sie die Feuerlöscher mit Ihren Ladern aus. Wir brauchen solche Feuer.«

»Kommandant!« kam Mahzs Stimme.

»Rahm hier!«

»Unbekannte Bewegung im Tunnel. Der Bodenanzeiger meldet, daß es sich auf die Befestigung zu ausbreitet, aber es gibt keine Grabgeräusche.«

»Kaltstrahler! Kaltstrahler in den Tunnel!« sendete ich an alle.

»Ich übernehme das, Kommandant«, meldete sich Hifs Stimme.

»Pendelschiff ist unten, Kommandant. Zwanzig Meter im Süden.«

»Sofort alles evakuieren!«

Das Pendelschiff war unbewaffnet, und ich wollte es nicht verlieren.

Krahn und ich sprangen aus dem Graben und begannen auf das Pendelschiff zuzurennen. Dabei mußten wir noch einige Ameisen verbrennen.

Ich sah Hif am Tunnelausgang. Sie steckte tief in die Öffnung eine Minigranate und trat zurück, um die Explosion abzuwarten; dann sprang sie selbst hinein. Sie wußte genau wie wir, daß es aus dem Tunnel keine Rückkehr gab, aber nun war unser Rückzug aus dieser Richtung gedeckt.

Zur und Zome warteten bei dem Schiff und schossen in eine Gruppe Ameisen, die sie von Südosten hart bedrängten. Offensichtlich übernahmen die Ameisen erst den Kampf, nachdem die Springer ausgelöscht waren.

»Wo ist Mahz?« fragte ich und drehte mich um, um meine Waffen an den Ameisen auszuprobieren, die uns aus dem Westen folgten.

»Er ist noch im Schießturm, um uns Feuerschutz zu geben, wie es angeordnet wurde«, antwortete Zur.

Das war nicht meine Absicht gewesen.

»Mahz!« sendete ich.

»Hier, Kommandant.«

»Setzen Sie den Selbstzerstörungsmechanismus der Befestigung in Gang, stellen Sie den Schießturm auf automatische Bedienung ein, und ziehen Sie sich zurück.«

»Verstanden, Kommandant.«

»Schiffspilot!« sendete ich.

»Hier, Kommandant.« Ich war überrascht, Horcs Stimme zu hören.

»Bereiten Sie alles auf einen sofortigen Start vor, wenn das letzte Mitglied an Bord ist.«

Er zögerte kurz, bevor er antwortete.

»Verstanden, Kommandant.«

Mir fiel ein, daß er eine größere Ladung aufnehmen mußte als vorgesehen.

»Konzentrierter Feuerschutz für Mahzs Rückzug«, rief ich dem Rest des Teams zu.

Wir konnten sehen, wie der Schießturm zur automatischen Bedienung überging: er begann vor und zurück zu drehen und wählte die Ziele, die die Verteidigungsanlage auslöste.

Mahz erschien einen Moment später. Er mußte sich seinen Weg durch verschiedene Ameisen freibrennen, die anscheinend gemerkt hatten, daß ein einzelner Tzen ein leichteres Ziel war als unsere Gruppe bei dem Schiff.

Wir konzentrierten uns auf die Ameisen, die kamen, um ihm den Rückzug zu blockieren, aber, wie es oft bei unkoordiniertem Gruppenfeuer passiert, vergaßen wir eine.

Die Verteidigungsanlage war programmiert, Tzen zu ignorieren und das tat sie dann auch. Der Schießturm drehte und feuerte auf die übriggebliebene Ameise, den Faktor übergehend, daß Mahz in der Schußlinie stand, als der Strahl ausgelöst wurde.

DRITTER TEIL

1

Ich schritt ruhelos die Grenzen meines privaten Quartiers ab. Theoretisch sollte die Einsamkeit den Gedankenprozeß fördern, aber ich fand diesen Zustand beunruhigend.

Ich war nicht an das Alleinsein gewöhnt. Während meiner ganzen Karriere, vom frühen Training bis zu meinen Kampfeinsätzen, war ich von anderen Tzen umgeben gewesen. Sogar im Tiefschlaf teilte ich eine Bank oder ein Fach mit anderen Kriegern. Jeder Moment allein war kurz und zufällig gewesen.

Nun waren mir und den anderen Kandidaten auf dem Kolonieschiff private Quartiere zugewiesen, bis wir unsere Analyse beendet hatten. Obwohl es ein direkter Befehl des Höchsten Kommandos und zweifellos zu unserem Besten war, fühlte ich mich sehr unwohl.

Mein Schwanz pochte gegen die Wand, und ich stellte fest, daß er unkontrolliert zu schlagen anfing. Das sollte er nicht tun. Körperliche Aufregung war nur gestattet, wenn meine Leistungen davon nicht ungünstig beeinflußt wurden. Es war Zeit, meine wandernden Gedanken zu zügeln.

Ich überlegte, ob ich etwas essen sollte, entschied aber dagegen. Ich war nicht wirklich hungrig, und wenn ich jetzt etwas zu mir nahm, würde ich davon nur träge.

Schlaf war eine andere Möglichkeit. Man hatte uns aufgefordert, einen bestimmten Prozentsatz unserer Zeit dem Schlaf zu widmen, entweder in regelmäßigen Perioden oder als Tiefschlaf in längeren Abständen. Ich entschied mich aber wieder dagegen. Ich war mit meinen

Analysen nicht zu meiner Zufriedenheit vorangekommen. Je eher ich meine Aufgabe vollendete, desto eher konnte ich die Isolation meines privaten Quartiers verlassen. Ich konnte schlafen, während meine Analysen ausgewertet wurden.

Mich wieder an die Arbeit zu machen war das Beste. Ich wendete mich ein weiteres Mal meiner Arbeitsstätte zu und betrachtete sie mit leichtem Widerwillen. Es gab verschiedene Regale mit Datenbändern und einen Multischirm, die die enge Räumlichkeit des Zimmers ausfüllten.

Die Bänder waren in fünf Gruppen sortiert. Die erste Gruppe bestand aus den gesammelten Daten über die Ameisen, bestätigte und spekulative Daten, beide genauestens beschriftet, damit man sie nicht verwechselte. Die zweite Gruppe enthielt die Berichte der Techniker über die Ausrüstung, die auf diesem Feldzug benötigt wurde. Die letzten drei Gruppen befaßten sich mit bestimmten Daten über drei verschiedene, von Ameisen bewohnte Planeten.

Die Aufgabe, der ich und die anderen Kandidaten gegenüberstanden, bestand darin, Schlachtpläne auszuarbeiten, um jeden der Planeten anzugreifen. Das Höchste Kommando würde diese Pläne auswerten und bestimmen, wer von uns beim kommenden Feldzug Planetarischer Kommandant werden sollte. Viele meiner Mit-Kandidaten in dieser Prüfung waren auf dem letzten Feldzug Planetarische Kommandanten gewesen. Sie mußten ihre analytischen Fähigkeiten korrigieren, wenn sie ihren Rang auch bei dieser Mission behalten wollten. Es war auch allgemein bekannt, daß viele Krieger, die kürzlich noch Planetarischer Kommandant waren, auf der gegenwärtigen Kandidatenliste nicht aufgeführt wurden.

An der Tür war ein Kratzen zu hören. Ich begab mich

zum Eingang und betätigte den Öffnungsmechanismus. Zur stand draußen auf dem Flur und hielt eine kleine Schachtel in der Hand. Ich trat zur Seite, um ihm zu zeigen, daß seine Gesellschaft willkommen war, und er trat ein.

»Ich sah Ihren Namen auf der Liste der Kandidaten, Rahm«, stellte er ohne jede Zeremonie fest.

»Das stimmt«, bestätigte ich, »obwohl ich bei den Schwarzen Sümpfen nicht weiß, warum. Meine Fortschritte bei dieser Aufgabe beweisen nur meinen ursprünglichen Eindruck, daß ich für diese Art Arbeit nicht geeignet bin.«

Er sah mich fragend an.

»Ich hatte eigentlich erwartet, ein Krieger mit Ihren Erfahrungen würde mit diesen Analysen leicht fertig«, bemerkte er.

»Theoretisch vielleicht«, gab ich zurück. »Aber in Wirklichkeit helfen mir meine früheren Erfahrungen kaum dabei.«

»Erklären Sie mir das?«

»Ich hatte zwar einige niedrigere Positionen mit Befehlsgewalt inne, aber sie waren immer ausführender Natur. Ich war ein Taktiker, kein Stratege. Ich bekam einen Plan vorgelegt, und meine Aufgabe bestand darin, ihn den jeweiligen Verhältnissen anzupassen und ihn dann in die Tat umzusetzen.«

Ich zeigte auf die Regale mit den Datenbändern.

»Anstatt einen existierenden Plan umzuändern, verlangt man nun von mir, einen Plan zu entwerfen und die erforderliche Ausrüstung dafür festzusetzen. Anstatt mir einen Plan, ein Ziel, zehn Krieger, drei Gleiter und den Befehl, das Ziel zu zerstören, vorzulegen, gibt man mir ein Ziel und fragt, wie viele Krieger und welche Ausrüstung erforderlich sind, um dieses Ziel zu erreichen. Dies bedingt einen vollkommen anderen logischen Prozeß, und ich bin nicht sicher, daß ich diesen Prozeß beherrsche.«

Zur dachte einige Momente nach.

»Ich sehe Ihre Schwierigkeiten«, sagte er zuletzt, »aber vielleicht habe ich eine Lösung, wenn ich einen Vorschlag machen darf.«

»Angenommen«, sagte ich.

»Sie sind wahrscheinlich mit Möglichkeiten überhäuft. Es gibt so viele Variablen, daß Sie nicht fähig sind, sich auf einen Weg zu konzentrieren. Mein Vorschlag ist: Wählen Sie eine willkürliche Stärke, eine bestimmte Zahl Krieger und eine zufällige Auswahl an Ausrüstung. Dann fangen Sie an und entwerfen einen Schlachtplan, als ob dies alles wäre, was Sie zur Verfügung haben. Organisieren Sie den Angriff und schätzen Sie Ihre Verluste. Dann halbieren Sie die Stärke und entwerfen einen neuen Plan. Dann verdoppeln Sie die ursprüngliche Stärke und planen wieder. Wenn ich mich nicht irre, stellen Sie sehr schnell fest, daß Sie in einer Situation viel zu wenig Krieger, und in einer anderen einen Überfluß von Kriegern haben. Vielleicht bemerken Sie bei der einen oder anderen Situation, daß zwei oder ein paar Waffen mehr zehn Krieger ersetzen. Sie können das Problem in jedem Fall besser analysieren, wenn Sie eine Ihrer Möglichkeiten als konstanten Faktor bestimmen.«

Ich dachte darüber nach. Es schien eine logische Methode zu sein.

»Ich werde versuchen, diese Methode anzuwenden, Zur«, sagte ich. »Es scheint mir ein guter Weg zur Lösung des Problems zu sein.«

»Es ist eines der ersten Systeme, die von der Wissenschaftlerkaste angewendet wurden«, bemerkte Zur. »Ich sehe keinen Grund, warum es für einen Krieger nicht genauso gut arbeiten sollte.«

Bei dieser Bemerkung fühlte ich mich unbehaglich, enthielt mich aber jeden Kommentars.

»Dies ist der eigentliche Grund für mein Eindringen«, sagte Zur und stellte die Schachtel, die er unter dem Arm hielt, in die Ecke. »Es hilft Ihnen vielleicht bei Ihren Bemühungen.«

Ich musterte das Gerät aus einiger Entfernung. Der Kontakt mit den Technikern auf der letzten Mission verstärkte meinen natürlichen Instinkt, keine Maschine zu berühren, mit der ich nicht vertraut war.

»Erklären Sie?« bat ich ihn.

»Die Wissenschaftler haben herausgefunden, daß viele der älteren Tzen nicht an die Stille in den Privaträumen gewohnt sind.

Um diesen Individuen bei der Anpassung an das neue System zu helfen, baten sie die Techniker, solche Geräusch-Schachteln wie diese hier zu konstruieren.«

Er legte einen Schalter an der Seite der Schachtel um.

Sofort erklangen aus dem Gerät zaghafte Geräusche. Ich hörte Füße, die vorwärts und rückwärts liefen, Schwänze, die am Boden entlangschleiften, das leise Gemurmel von Stimmen. Manchmal konnte ich auch den Klang und das Geklirre von Waffen ausmachen, die geputzt wurden.

»Es wurde entworfen, um die Geräusche von anderen Tzen nachzuahmen«, fuhr Zur fort. »Ich habe die Töne so zusammengestellt, daß es einer Gruppe von Kriegern gleicht. Hoffentlich wird dadurch die Atmosphäre, in der Sie arbeiten sollen, etwas vertrauter.«

Ich hörte noch einige Augenblicke zu. Es klang tatsächlich, als wäre ich mitten in einer Abteilung von Kriegern, die ihre normalen Tätigkeiten verrichteten.

Während ich zuhörte, bemerkte ich, daß mein unwohles Gefühl der letzten Tage zum größten Teil verschwunden war. Meine Muskeln erholten sich von der unterbewußten Spannung, und mein Geist konzentrierte sich besser.

Während meine Gedanken sich beruhigten und ordneten, beschäftigte mich eine Frage.

»Weshalb tun Sie das, Zur?«

»Nun, obwohl ich kein Wissenschaftler mehr bin, habe ich meine Gewohnheiten behalten, die Listen der Theorien und Entdeckungen der Wissenschaftler zu studieren,nachdem sie veröffentlicht wurden. Dieser besonderen Neuheit wurde so wenig Aufmerksamkeit geschenkt, daß ich beinahe sicher war, daß Sie Ihnen bei dem gegenwärtigen Druck Ihrer Aufgabe entgehen würde. Deshalb nahm ich es selbst in die Hand, Sie darauf aufmerksam zu machen, da es möglicherweise Ihren Auftrag erleichtert.«

»Danach habe ich eigentlich nicht gefragt, Zur. Warum machen Sie sich Sorgen um mein Wohlbefinden? Welche Folgen hat mein Erfolg oder mein Scheitern für Sie?«

»Mein Plan ist zum Besten des Empires, Rahm«, stellte er fest, »obwohl ich eingestehen muß, daß es selbstsüchtig ist, da er meine Auslegung begünstigt, was das Beste für das Empire ist.«

»Kann ich aus der Natur Ihres Planes schließen, daß ich ein Teil davon bin?«

»Sicher. Erstens sollte ich Sie informieren, daß ich die Eintragung als Kandidat abgelehnt habe.«

Das war eine doppelte Überraschung für mich. Ich hatte nicht bemerkt, daß Zurs Name nicht auf der Kandidatenliste stand. Hätte ich darüber nachgedacht, so hätte ich vermutet, wenn mein Name da stand, so würde seiner auch da stehen. Aber noch mehr überraschte mich, daß er den Auftrag abgelehnt hatte.

»Ich verbrachte viel Zeit mit dem Studium der Kriegerkaste, bevor ich eintrat«, fuhr er fort. »Das Ergebnis dieser Studien besagt, daß ich dem Empire am besten in einer bestimmten Position dienen kann, daß diese Position aber nicht die eines Planetarischen Kommandanten ist. Ich meine damit, ich habe bessere Chancen, die von mir gewählte Position zu erlangen, wenn ein Kommandant, mit dem ich schon zusammen gearbeitet habe, insbesondere Sie, den Rang eines Planetarischen Kommandanten erhält und mich für seine Einheit anfordert. Deshalb bin ich letztendlich bemüht, Sie in Ihren Anstrengungen zu unterstützen.«

»Welche Position wünschen Sie sich denn, Zur?«

»Zweiter Kommandant und Kommandant der Reserveeinheit«, antwortete er prompt.

»Darf ich fragen«, sagte ich, »warum Sie diese Stellung der eines Planetarischen Kommandanten vorziehen?«

»Ich habe zwei Gründe, Rahm. Erstens waren meine bisherigen Einsätze in der Kriegerkaste mehr von unterstützender Natur, im Gegensatz zu einer direkten Führungsrolle. Ich bin mir meiner Fähigkeiten auf diesem Gebiet bewußt und ziehe es vor, in dieser Rolle, in der ich mich am wirksamsten fühle, weiter zu arbeiten.«

»Aber Sie waren bei unserem letzten Auftrag der Kommandant der Krieger«, hielt ich ihm entgegen.

»Der Ihnen direkt Bericht zu erstatten hatte. Das ist etwas ganz anderes, als die letzte Autorität auf dem Feld zu sein.«

»Verstehe«, sagte ich.

»Zweitens, obwohl ich nicht die Kampfbegierde besitze, die einen Krieger auszeichnet, der in der Kriegerkaste aufwuchs, kämpfe ich genauso wirksam wie jeder andere Krieger, oft sogar wirksamer. Ich glaube, mein ursprüngliches Training als Wissenschaftler befähigt mich, schneller zu beobachten, zusammenzufassen und die wichtigen Faktoren in jeder besonderen Situation abzuschätzen. Diese Fähigkeit kann ich am besten als Kommandant der

Reserve-Einheit ausnutzen, da die Situationen, denen Sie gegenüberstehen, vom ursprünglichen Schlachtplan sehr verschieden sein werden.«

Seine Antworten waren, wie immer, gut durchdacht und logisch.

»Wenn ich zum Planetarischen Kommandanten ernannt werde, überlege ich mir Ihre Ideen, Zur. Aber ich glaube, daß das Höchste Kommando Schwierigkeiten macht, zwei Krieger mit unseren Kenntnissen über die Ameisen in der gleichen Streitmacht einzusetzen.«

»Das ist ein Faktor, der außerhalb unserer Kontrolle liegt, Rahm. Im Moment bin ich froh, daß Sie meine Vorschläge gut genug finden, um sie in Erwägung zu ziehen.«

»Meine Ansichten bleiben aber von geringer Bedeutung, wenn ich keinen Kommandanten-Auftrag bekomme«, erwiderte ich.

»Was das betrifft, so bin ich vollkommen zuversichtlich«, antwortete Zur. »Vielleicht habe ich mich nicht klar genug ausgedrückt, Rahm. Ich biete Ihnen meine Hilfe nur an, um Ihre Analysen zu erleichtern, nicht, weil ich denke, Sie würden ohne meine Unterstützung nicht bestehen. Ich bin sicher, daß diese Prüfungen in Ihrem Fall nur reine Formalität sind. Das Höchste Kommando wäre töricht, wenn man Sie nicht mit einem Kommandantenauftrag betraute, denn obwohl ich nicht immer mit ihren Entschlüssen einverstanden bin, habe ich sie nie für töricht gehalten.«

Er drehte sich um und ging ohne weiteren Kommentar.

Ich dachte über seine letzte Bemerkung nach. Zur hatte selten, wenn überhaupt, mit seinen Analysen unrecht. Er hatte meinen letzten Auftrag als Fliegerkommandant vorausgesehen, noch bevor er in die Kriegerkaste eintrat. Seine Gedanken sollte man nicht leichtfertig übergehen.

Grollend lenkte ich meine Aufmerksamkeit ein weiteres Mal meinen Analysen zu. Auch wenn Zur recht hatte und die Analysen nur eine Formalität waren, sie mußten vorgenommen werden.

Die vertrauten Laute aus der Geräuschschachtel halfen mir, mich auf meine zukünftigen Schlachtpläne zu konzentrieren.

2

Ich beobachtete meine vier Team-Kommandanten, während sie sich mit den Daten vertraut machten, die ich ihnen übergeben hatte.

Zur beschäftigte sich mit den gleichen Studien, und so sprach keiner von uns. Diese Reaktion war ganz natürlich, da wir diese Krieger zum ersten Mal trafen.

Das heißt aber nicht, daß sie uns unbekannt waren oder daß wir nie über sie gesprochen hatten. Im Gegenteil, sie wurden von Zur und mir sehr sorgfältig ausgesucht. Wir verbrachten längere Zeit damit, die persönlichen Akten fähiger Krieger durchzusehen.

Diese Wahl erwies sich als weit schwieriger, als ich jemals vermutet hätte. Es gab unzählige qualifizierte Krieger, deren Akten sich so ähnlich waren, daß man sie kaum unterscheiden konnte. Sie waren sich in der Tat so gleich, daß wir in Versuchung gerieten, ›keine Bevorzugung‹ anzugeben und dem Höchsten Kommando die Wahl zu überlassen. Letztendlich jedoch nahmen wir uns die Zeit, die Akten zu überprüfen und unsere Teamkommandanten auszusuchen. Wenn wir nur einen kleinen Vorteil dadurch erlangten, dann war es die Zeit und Mühe wert.

Es waren keine bestimmten Qualifikationen wie Alter, Brutstätte oder Bestleistungen, die unsere Wahl beeinflußten. Wir suchten eher nach bestimmten Individuen, von denen wir glaubten, daß sie am besten unsere Aufgaben erfüllen konnten.

Heems letzter Auftrag war der eines Krieger-Beraters für die Wissenschaftler-Kaste gewesen. Während dieser Arbeit beobachtete er oder nahm eine Waffe in die Hand, um einen Punkt zu demonstrieren. Heem diente in der Zeit, als die Wissenschaftler jene Tests und Experimente durchführten, die das Grundwissen über die Ameisen ergaben, das wir zur Zeit immer nachschlagen konnten. Ich wurde von Zur darauf hingewiesen, daß nicht alle Testergebnisse veröffentlicht wurden. Meistens geschah dies, um die Kürze der Berichte zu wahren, aber gelegentlich wurden auch Daten zurückgehalten, da keine befriedigende Erklärung gefunden wurde. Die Wissenschaftler waren nicht geneigt, Spekulationen oder Meinungen als Fakten festzuhalten. Als Krieger befaßte ich mich mehr mit zuverlässigen Beobachtungen als mit Spekulationen. Wenn ein Organismus, mit dem ich kämpfe, Feuer speit, so möchte ich etwas über ihn wissen, selbst wenn niemand ganz genau herausgefunden hat, wie er das zustande bringt. Wir hofften, daß Heem solche Daten aus erster Hand liefern konnte.

Tur-Kam wählten wir aus verschiedenen Gründen. Ihre früheren Erfahrungen machte sie als Trainer. Ihr intensives Wissen der Trainingstechniken versprach gute Vorschläge, zum Beispiel, wie man ein Maximum an Wirksamkeit außerhalb der verfügbaren Vorbereitungszeit erreichen könnte. Ihre Kampf- und Führungsqualitäten waren beeindruckend hoch. Die Häufigkeit, mit der sie gebar und erzog, bewies den Respekt des Höchsten Kommandos für ihre Fähigkeiten.

Zur-Rah war einer unserer stärksten Teamführer. Sie mußte es sein, da der Ameisenhügel für ihre Einheit ein außergewöhnlich komplexes und schwieriges Ziel war. Sie war einer der Kandidaten, die nicht für ihre Position eines Planetarischen Kommandanten ausgewählt wurden. Ich hatte um Kopien ihrer Angriffspläne ersucht und sie erhalten. Ich sah sie durch und fand ihre Methoden und Philosophien genauso lobenswert und zutreffend wie meine eigenen. Ich glaubte, wir hatten ausgesprochenes Glück, als wir sie für unsere Einheit anwarben.

Kah-Tu hatte die wenigste Erfahrung von allen unseren Teamführern. Jedoch waren seine Kampf- und Führungsqualitäten phänomenal. In seinem Bericht stand, daß nur seine fehlende Kampferfahrung verhindert habe, ihn als Kandidaten, und deshalb als möglichen Planetarischen Kommandanten, aufzustellen. Vielleicht betrachteten ihn bei der Wahl einige als ein Risiko, aber ich nicht. Sie wußten wahrscheinlich auch nichts von einer anderen Bemerkung in seinem Bericht. Er war das Resultat einer Paarung zwischen Kor, die mit mir bei zwei früheren Aufträgen gedient hatte, und Zur, meinem gegenwärtigen Zweiten Kommandanten.

Die Aufmerksamkeit der Gruppe verlegte sich auf die Tür, als ein letzter Krieger das Truppenabteil betrat, das wir als Hauptquartier benutzten. Sie ging mit der leichten Unsicherheit, die jemanden kennzeichnet, der erst kürzlich an Bord des Kolonieschiffes kam und sich noch nicht an die Zentrifugal-Gravitationsstärke gewöhnt hatte.

Das war Raht, der letzte unserer fünf Teamführer. Ihre Verspätung war verständlich, da es anscheinend wichtige Gründe dafür gab. Sie kehrte gerade von einem Auftrag zurück. Sie hatte eine Gruppe Aufklärungsflieger über einen der von Ameisen bewohnten Planeten geführt. Sie nahm ihre gegenwärtige Stellung in unserer Einheit an, während sie zum Kolonieschiff zurückflog.

»Sind Sie fähig, an unserer Besprechung teilzunehmen, Raht?«

»Einen Moment, Kommandant«, erwiderte sie ohne Zögern. »Sobald ich einen Schluck Wasser getrunken habe.«

Wir warteten, während sie zum Wasserverteiler ging und mit tiefen Zügen trank. Es war nicht ungewöhnlich für einen Tzen, wenn er nach einer Weltraumfahrt ausgetrocknet war.

Raht war auch ein wertvolles Mitglied unseres Teams. Durch ihre Arbeit als Scout war sie mit der neuesten verfügbaren Ausrüstung vertraut und wußte bestens über die unvermeidbaren Schwierigkeiten und Eigenarten Bescheid. Außerdem besaß sie zweifellos große Kenntnisse über die Ameisen, die gerade von den Wissenschaftlern und dem Höchsten Kommando studiert wurden, bevor sie die Untersuchungen veröffentlichten.

»Fertig, Kommandant«, meldete Raht und nahm ihre Datenbündel von Zur entgegen. Ich war von ihrer Ausdauer beeindruckt. Die meisten Krieger brauchen zwischen zwei Kampfaufträgen eine Umgewöhnungszeit. Ich fragte mich, ob sie diese Haltung schon ihr ganzes Leben bewahrte. Seit den letzten drei Generationen wurden für die Zöglinge zweisilbige Namen gewählt. Ihr Name bewies, wie der von Zur, Heem und mein eigener, daß sie ein Überlebender aus einer früheren Ära des Empires war.

»Bevor wir anfangen«, sagte ich, »möchte ich noch einen Punkt klarstellen, der Ihnen bekannt sein sollte. Wegen der Transportzeit wurde beschlossen, daß jeder Krieger, der in dieser Einheit dient, von der letzten Mission gegen die Springer ausgeschlossen wird. Wenn diese Mission beendet ist und die Krieger zum Kolonieschiff zurückkehren, haben wir unsere Vorbereitungen beendet und befinden uns bereits auf dem Weg zu unserem Zielplaneten. Wenn jemand seine Stellung in unserer Einheit aufgeben möchte, um an dem letzten Angriff auf die Springer teilzunehmen, so sollte er das sofort tun. Sie können dann allerdings nicht mehr zu unserer Einheit zurückkehren, aber es gibt noch genug verfügbare Stellen in der Planetarischen Streitmacht, die sie danach belegen können.«

Ich machte eine Pause, um ihnen Gelegenheit zum Sprechen zu geben. Die fünf Teamführer warteten teilnahmslos darauf, daß ich fortfuhr. Zur hatte schon wieder recht behalten. Ich war sicher, daß wir letztendlich einen Mann an den letzten Springerangriff verloren.

»Sehr gut«, sagte ich endlich. »Ich, Rahm, vom Höchsten Kommando als Planetarischer Kommandant eingesetzt, bestätige hiermit die Ernennung von Heem, Tur-Kam, Zah-Rah, Kah-Tu und Raht zu Teamkommandanten.«

Während ich sprach, schauten sich die Teamführer leicht abschätzend an. Es war das erste Mal, daß sie die Namen ihrer zukünftigen Stabsmitglieder hörten.

»Zur akzeptierte die Ernennung zu meinem Zweiten Kommandanten und zum Kommandant der Reserveeinheit«, fuhr ich fort. »Im Falle meiner Abwesenheit oder Unfähigkeit übernimmt er das volle Kommando über die Staffel, bis das Höchste Kommando einen Ersatz bestimmt.«

Die Formalitäten waren erledigt, und ich gab Zur Zeichen, der zur Reihe von Bildschirmen hinüberging. Sofort erschienen über jedem Tisch Drei-D-Projektionen von den fünf Ameisenhügeln.

»Das sind unsere Ziele«, sagte ich. »Wie Sie sehen, haben wir einen der schrecklichsten Planeten ausgesucht, auf dem sich fünf Ameisenhügel befinden. Auf den anderen sind durchschnittlich nur zwei oder drei. Die Aufgabe auf diesem Feldzug besteht darin, die Königinnen und Eierkammern der Ameisen zu zerstören.«

Ich drehte mich von den Tafeln weg, um sie direkt anzusehen.

»Jeder von Ihnen hat das Kommando über ein Team, das einen dieser Ameisenhügel angreift. Die jeweiligen Daten und Pläne, die Ihren Hügel betreffen, stehen in dem Datenbündel, das Sie gerade erhalten haben. Sie sollen diese Daten sofort durchlesen und Zur oder mich umgehend informieren, falls Sie irgendeinen Vorschlag zu den Schlachtplänen oder andere Forderungen zu machen haben. Sie sollen für den ganzen Stab eine Zusammenfassung des Planes von Ihrem jeweiligen Ameisenhügel vorbereiten und präsentieren.«

Ich machte eine Pause und überlegte, ob ich auch nichts ausgelassen hatte, bevor ich mich dem nächsten Objekt zuwandte.

»Da wir eine der ersten Wellen der Planetarischen Kampfeinheiten sind, haben Sie eine große Auswahl an Kriegern, um Ihr spezielles Team zu bilden. Aber ich möchte Sie darauf hinweisen, nicht zuviel Zeit mit der Suche nach speziellen Team-Mitgliedern zu verbringen. Je länger Sie brauchen, um Ihr Team zusammenzustellen, desto weniger Zeit haben sie, um zu trainieren. Wenn Sie zu lange brauchen, um Ihre Wahl zu treffen, gebe ich Ihnen ein Zeichen. Sind Sie danach noch immer nicht in der Lage, eine Entscheidung zu treffen, so wird Ihnen einfach eine Gruppe zugeteilt.

Die jeweiligen Quartiere für Ihre Teams und die versuchsweisen Trainingspläne stehen in Ihren Datenbündeln. Wenn Sie Vorschläge zur Veränderung der Pläne haben, diskutieren Sie sie bitte sofort mit Zur oder mir. Ich möchte noch einer Frage zuvorkommen. Falls Ihnen das

Training zu lange und intensiv erscheint, so erinnern Sie sich daran, daß die meisten Kämpfe in den Tunneln der Ameisenhügel stattfinden müssen. Da die Krieger nicht gewöhnt sind, in völliger Dunkelheit zu kämpfen, muß die meiste Zeit darauf verwendet werden, sie mit der neuen Ausrüstung vertraut zu machen, wenn sie in Höchstform sein sollen.«

Ich sah sie bei meinen abschließenden Ausführungen direkt an. »Sie sind hier mit Zur und mir einquartiert. Wenn Sie Ihre Teams zusammengestellt haben, sind Sie für mich immer erreichbar. Wenn ich eine Stabsbesprechung einberufe, möchte ich Sie persönlich sehen und nicht Ihren Zweiten Kommandanten. Die einzige Entschuldigung für Ihr Nichterscheinen ist eine ernsthafte Krankheit oder Verletzung. Ist Ihre Krankheit ernsthafter Natur, warten wir nicht, bis Sie sich erholt haben, sondern suchen einen Ersatz. Ich erwähne dies nur, damit Sie sich zwischen den Schlafperioden nicht übernehmen. Erlauben Sie sich nicht, bis zum Rande der Erschöpfung mit dem Schlaf zu warten, da der geplante Schlaf möglicherweise unterbrochen werden kann.

Da wir eine der ersten Streitmächte sind, die ausgesendet werden, haben wir uns an jede neue Entwicklung in kürzester Zeit anzupassen oder überhaupt nicht. Gibt es Fragen?«

Die Teamführer waren für einige Momente ruhig, während sie meine Worte überdachten.

Ich wartete.

»Frage, Kommandant!«

»Ja, Tur-Kam?«

»Könnten Sie erklären, warum es nötig ist, die Eikammern sowie die Königinnen zu zerstören?«

Ich drehte mich zu Zur um und bedeutete ihm, darauf zu antworten.

»Wir entdeckten«, begann er, »daß im Falle des Todes einer Königin die Ameisen fähig sind, irgend etwas in die Eier einzuspritzen, um eine neue Königin zu produzieren. Deshalb müssen wir die Eier sowie die Königinnen zerstören, wenn wir die Ameisen ausrotten wollen.«

»Kommandant?«

»Ja. Raht?«

»Gibt es bei unserer Wahl von bestimmten Kriegern, besonders unserer Zweiten Kommandanten, Individuen, die Sie für nicht akzeptabel halten?«

»Da Sie Ihre Wahl mit Zur oder mir besprechen müssen, bevor Sie sie in die Tat umsetzen, haben wir keine Vorurteile gegen ein Individuum, Zögling oder eine fähige Gruppe.«

»Frage, Kommandant.«

»Ja, Kah-Tu?«

»Wie hoch haben Sie die Verlustrate für diese Mission angesetzt?«

»Wenn der Angriff ohne vorhergesehene Zwischenfälle verläuft, nehmen wir an, daß wir die Mission mit nicht mehr als siebzig Prozent Verlust überleben.«

Niemand sagte noch etwas.

3

Zur begleitete mich, als ich das Pendelschiff zu der Technikerabteilung des Kolonieschiffes flog. Eigentlich war ›Kolonieschiff‹ eine falsche Bezeichnung. Tatsächlich war die Kolonie eine Anzahl von kleineren Schiffen, die in geschlossener Aufstellung ohne Verbindung untereinander flogen. Obwohl sie sich theoretisch zusammenschließen konnten, um eine massive Einheit zu bilden und jedes neue Modell für diesen Zweck ausgerüstet war, waren die Schiffe nur kurz, nachdem das Empire seine Bevölkerung darauf umsiedelte, auf diese Weise arrangiert. Jedes Schiff war eine selbsterhaltende, eigenständige Einheit. War es nötig, ein neues Kolonieschiff zu formen, so wurde einfach Befehl gegeben, die einzelnen Schiffe anders zu positionieren, und es gab zwei Kolonieschiffe, wo es vorher nur eines gegeben hatte. Wie viele solcher Kolonieschiffe es zur Zeit im Empire gab, wußte ich nicht, noch interessierte es mich.

Die Einheiten, die das Technikerabteil des Schiffes bildeten, waren leicht von den anderen auf dem Schirm zu unterscheiden. Es waren solide Scheiben im Gegensatz zu den Ringen, die die Einheiten von den Wissenschaftlern und Kriegern waren. Ich wußte nie den Grund für diesen Unterschied. Doch bei meinem ersten Besuch in der Technikerabteilung wurde es mir klar. Die Wissenschaftler und Techniker arbeiteten und trainierten in der Zentrifugalkraft-Gravitation, während die Techniker den größten Teil ihrer Arbeit in der beinahe Null-Gravitation, die im Zentrum ihrer Einheit vorherrschte, verrichteten. Tatsächlich wurden bestimmte Techniker, wie zum Beispiel der Pilot unseres Pendelschiffes, die Transporterpiloten und die Arbeiter für schwere Konstruktionen, speziell für die Null-Gravitation aufgezogen und verbrachten den größten Teil, wenn nicht ihr ganzes Leben, in diesem Zustand.

Der Ankoppelungsprozeß unterbrach meine Gedanken. Wir verließen das Pendelschiff, ohne ein Wort mit dem Piloten zu wechseln. Wie ich schon sagte, waren Gespräche zwischen Mitgliedern verschiedener Kasten sehr selten, außer in bestimmten Rangstufen.

Als wir landeten, wartete ein Techniker, um uns zu empfangen.

»Ich bin Or-Sah«, stellte er sich vor. »Ich wurde beauftragt, Ihre Fragen zu beantworten.«

»Das ist Rahm«, erwiderte Zur, »ein Planetarischer Kommandant der Krieger, der hier ist, um die Arbeit an verschiedenen Ausrüstungsgegenständen zu inspizieren, die für den Ameisenfeldzug vorbereitet werden.«

Ich fragte nicht, warum Zur sich nicht selbst vorstellte. Einer der Gründe, warum er mich auf diesen Fahrten begleiten sollte, war, daß er sich weit besser mit kasteninternen Verhaltensweisen auskannte als ich.

»Zuerst«, begann ich, »möchte ich die neuen Bohrer sehen.«

»Selbstverständlich, Kommandant«, erwiderte Or-Sah ohne zu zögern, »hier entlang.«

Die Bohreranlagen waren eine Weiterentwicklung der Befestigung, die wir bei der letzten Mission benutzten. Anstatt ihren Weg einfach in eine waagerechte Position zu brennen, waren die neuen Anlagen mit teleskopischen Wänden ausgestattet, die sich nach unten ausdehnten, während ein Tunnel gebrannt wurde, der sich den Wänden anpaßte. Obwohl alle Anlagen die gleiche Grundkonstruktion hatten, waren sie individuell verändert worden. Da jeder Ameisenhügel einzigartig war, mußte jeder Bohrer eine andere Tiefe durchdringen und deswegen dementsprechend gebaut werden. In Fällen, in denen der für die Bohrer gewählte Weg einen Ameisentunnel schnitt, mußten Schießscharten geschaffen werden, damit die Krieger den Tunnel bei einem Angriff verteidigen konnten.

»Hier sehen Sie den Prototyp der Bohreranlage, Kommandant«, sagte Or-Sah, während sie uns in einen Raum führte.

Hoch über uns arbeiteten die Crews wie rasend, um die anderen Anlagen fertigzustellen. Wir beachteten sie nicht und untersuchten die Anlage auf unserer Ebene.

Ein Merkmal, das einem sofort ins Auge stach, war die zusätzliche Bewaffnung. Die Waffen auf dem Gipfel der Kuppel waren schwerer und zahlreicher, außerdem waren um die Anlage herum noch mehr Waffen montiert.

»Wurde der Sperrmechanismus für die automatischen Waffen geändert?« fragte ich.

»Allerdings«, bestätigte Or-Sah. »Sie können nun einen Tzen erkennen und umgehen, obwohl ich persönlich nie verstanden habe, wozu das nötig ist.«

Ich behielt mein Schweigen bei, obwohl mein Kopf unwillkürlich tiefer sank.

»Bei unserer letzten Mission«, bemerkte Zur gesprächig, »verlor der Kommandant ein Teammitglied, weil die automatischen Waffen das Feuer eröffneten, während das Mitglied auf einer Linie mit dem Ziel war.«

»Aber das Besondere bei diesem Feldzug ist doch, daß kein Krieger sich außerhalb der Bohreranlagen aufhalten soll«, argumentierte der Techniker. »Warum sollen die Techniker wertvolle Zeit verschwenden, wenn ...«

»Sind die Wände dieser Röhre fertig?« unterbrach ich.

»Ja, Kommandant.«

»Warum wurden sie nicht gegen Kaltstrahler immun gemacht?«

»Weil es nicht nötig ist, Kommandant«, erwiderte Or-Sah. »Die Energie-Abgabe-Anlagen leiten die Waffen der Ameisen unwirksam zurück.«

Ich fand den gönnerhaften Ton seiner Stimme ärgerlich.

»Und wenn nicht, ist jeder Krieger in der Röhre verwundbar, da sein Fluchtweg abgeschnitten ist«, stellte ich fest.

»Die Techniker setzten ihr ganzes Vertrauen in die Energie-Abgaben-Anlagen.«

»Wurden sie schon getestet?« fragte ich.

»Die Kriegerkaste stimmte gegen jeden Test«, gab Or-

Sah schlagfertig zurück. »Den Grund, den sie uns dafür angaben, war, wenn die Anlagen erfolgreich sind, so würden sie die Ameisen vorwarnen und ihnen Zeit geben, eine Gegenmaßnahme zu ergreifen.«

Ich bemerkte, daß es nun Or-Sah war, der seinen Kopf niedrig hielt. Ich versetzte mich in seine Situation und fand seinen Zorn gerechtfertigt. Es muß ärgerlich sein, wenn man verboten bekommt, Tests zu machen, und dann mußte man antworten, warum nicht getestet wurde ... besonders, wenn das Verbot und die Herausforderung aus der gleichen Kaste kamen.

»Vielleicht« schlug ich vor, »könnten Sie mir die Funktion der Energie-Abgabe-Anlagen erklären. Mein fehlendes Verständnis der offiziellen Veröffentlichungen über diese Anlage ist zweifellos schuld an meinem Widerstreben, ihre Wirksamkeit zu akzeptieren.«

Er schien von meinem Ersuchen überrascht zu sein, antwortete aber trotzdem direkt.

»Natürlich, Kommandant«, begann er, »die xylomorphigene Wechselbeziehung, die von den Ameisen benutzt wird ...«

»Entschuldigen Sie, Or-Sah«, unterbrach ich ihn, »aber kennen Sie einen Techniker namens Horc?«

»Ja, Kommandant«, erwiderte er. »Ich diente bei meinem letzten Auftrag unter ihm.«

»Können Sie sich erkundigen, ob er jetzt zu sprechen ist?«

Or-Sah zögerte, bevor er antwortete.

»Horc ist tot,« sagte er schließlich, »er wurde in einem Duell mit einem Krieger getötet.«

Das überraschte mich.

»Das erscheint mir nicht sehr wahrscheinlich«, bemerkte ich. »Zur Zeit ist es den Kriegern verboten, jemanden außerhalb ihrer Kaste herauszufordern.«

»Horc war der Herausforderer«, erklärte Or-Sah.

»Gibt es vielleicht noch andere Techniker, die an den Umgang mit anderen Kasten gewöhnt sind?« fragte ich. »Ihre Erklärungen versteht wahrscheinlich ein anderer Techniker, aber ich als Krieger habe nicht das nötige Vokabular und Auffassungsvermögen.«

Für eine Weile verfiel er in gedankenvolles Schweigen.

»Vielleicht kann ich es noch einmal versuchen, Kommandant«, schlug er endlich vor. »Ich glaube, es gibt ein wachsendes Bedürfnis nach Verständigung zwischen den Kasten, und ich entwickle diese Fähigkeit nie, wenn ich meine Arbeit einem anderen überlasse.«

»Fahren Sie fort«, sagte ich, ganz damit einverstanden.

»Die Ameisen und das Empire benutzen die gleichen Energiequellen, besonders diejenigen, die von den *Ersten* entwickelt wurden. Obwohl wir sie erfolgreich auf einen höheren Stand der Technologie brachten, bleibt es doch die gleiche Energiequelle. Es ist, als ob das Empire und die Ameisen zwei Höhlen bewohnen, die nur eine runde Öffnung haben, um das Sonnenlicht hereinzulassen. Obwohl die Höhlen verschieden sind, die Öffnung und das Sonnenlicht bleiben das gleiche. Deshalb können die Ameisen ihre Maschinen über unsere Energiequellen laufen lassen, und wir können unsere Maschinen an ihre anschließen.«

Er machte eine Pause. Ich unterbrach ihn nicht, und er fuhr fort.

»Bei den Vorbereitungen für den Ameisenfeldzug entwickelten wir zwei wichtige Dinge. Erstens änderten wir unsere Energiequellen um und dementsprechend auch unsere Maschinen. Um bei unserem vorhergehenden Vergleich zu bleiben, wir gestalten praktisch eine neue Sonne, eine, die durch das Loch in unsere Höhle scheint, aber nicht durch das Loch in der Ameisenhöhle.«

»Wie funktioniert das denn?« fragte ich.

»Ich bin nicht in der Lage, es Ihnen ohne extrem technische Ausdrücke zu erklären, Kommandant«, erwiderte Or-Sah. »Akzeptieren Sie einfach, daß wir es getan haben.«

»Sehr gut«, sprach ich. »Fahren Sie bitte fort.«

»Nun, wir sind jetzt in der Lage, unsere Maschinen an unsere sowie an die Energiequellen der Ameisen anzuschließen. Die Ameisen andererseits können nur ihre eigene Energie benutzen. Wenn diese aufgebraucht ist, sind ihre Maschinen funktionsunfähig. Unsere zweite wichtige Entwicklung ist eine Maschine, die über die Energie der Ameisen läuft und diese mit unglaublicher Geschwindigkeit verbraucht. Außerdem wandelt diese Maschine die Energie der Ameisen derart um, daß sie unsere neue Energiequelle speist. Und das sind die Energie-Abgabe-Anlagen. In einfachen Worten ausgedrückt, sie stärken uns, indem sie den Ameisen die Energie wegnehmen und uns zuführen.«

Ich dachte über diese Erklärung nach.

»Sind diese Energie-Entzieher von einem Moment auf den anderen einsetzbar?« fragte ich.

»Nein«, gab er zu, »aber die Schlachtpläne sehen vor, daß die Anlagen vor dem eigentlichen Angriff in Betrieb gesetzt werden. Die Energie der Ameisen soll entzogen werden, noch bevor die Streitmacht landet.«

»Was passiert, wenn die Ameisen Energiequellen besitzen, die sie erst aktivieren, wenn der Angriff beginnt?«

»Dann haben sie eine kurze Zeit Energie, aber nur so lange, bis die Energie-Entzieher sie vollständig geleert haben.«

»Für diesen Fall«, beendete ich dieses Thema, »reiche ich an das Höchste Kommando ein Gesuch ein, damit alle Bohrer-Anlagen gegen Kaltstrahler immun gemacht werden.«

»Das ist Ihr Vorrecht, Kommandant«, erwiderte der Techniker.

»Als nächstes möchte ich sehen, wie es mit der Bewaffnung des Pendelschiffes vorangeht.«

»Selbstverständlich, Kommandant. Hier entlang bitte.«

Zur unterbrach seine Inspektion des Bohrer-Prototyps und fiel in Trab, als wir gingen.

»Darf ich eine persönliche Frage stellen, Kommandant?« sagte Or-Sah auf dem Weg.

»Bitte sehr.«

»Halten Sie oder Ihr Adjutant das jetzige Design der individuellen Sprenglader für unwirksam?«

Diese Frage überraschte mich, obwohl ich erkannte, warum er als Techniker begierig war, die Antwort darauf zu erfahren. Ich warf Zur einen Blick zu, aber er zeigte nicht den Wunsch, darauf zu antworten.

»Nein«, sagte ich für uns beide, »wir halten sie nicht für unwirksam.«

»Ich habe bemerkt, daß Sie beide nur die alten Handwaffen tragen«, erklärte Or-Sah.

Er verfiel in Schweigen. Anscheinend brachte er es nicht fertig, nach dem ›warum‹ zu fragen.

Er hatte mir jedoch Grund zum Nachdenken gegeben. Jetzt erst fiel mir auf, daß alle fünf Teamführer … eigentlich alle Krieger, denen ich in letzter Zeit begegnet war, die Sprenglader nur zusätzlich zu den alten Handwaffen trugen. Ich nahm mir vor, einen Sprenglader in mein Waffenarsenal aufzunehmen.

Es gehörte sich wirklich nicht, daß ein Planetarischer Kommandant nicht mit den neuen Entwicklungen Schritt hielt.

4

Ich führte eine meiner planmäßigen Überwachungen des Trainings der Krieger durch. Obwohl dies eine meiner weniger unangenehmen Pflichten als Kommandant war, empfand ich mehr und mehr, daß ich diese Überprüfungen regelmäßig ausführen mußte, da sie sonst wegen den unzähligen anderen Aufgaben zur Vorbereitung des anstehenden Feldzuges übersehen wurden.

Sämtliche Krieger trainierten in den neuen Echo-Helmen, die vom Höchsten Kommando vorgeschrieben wurden. Unglücklicherweise wurde dadurch eine Unterscheidung der einzelnen Individuen unmöglich. Während des Trainings waren die Gesichtsplatten der Echo-Helme heruntergeklappt, um die Sicht zu verdecken; dadurch wurde totale Dunkelheit simuliert, und die Krieger waren nur auf die Daten angewiesen, die der Helm-Sensor ihnen durchgab. Die Schwierigkeit dabei war, daß die Gesichtsvisiere auch die individuellen Züge verdeckten, wodurch eine Identifikation schwierig, wenn nicht sogar unmöglich gemacht wurde, außer in Fällen, in denen große physische Unterschiede, wie Größe oder ein amputierter Schwanz, einen Krieger kennzeichneten.

Zur und die fünf Teamführer begleiteten mich bei meiner Überwachung. Abgesehen davon verlief das Training normal ... theoretisch. Ich sage theoretisch, da es einige feine Unterschiede gab zwischen dem, was ich beobachtete und dem, was ich aus Erfahrung über einen typischen Trainingsablauf wußte.

Zunächst einmal war es sehr selten, daß ein Trainer selbst aktiv am Training teilnahm. Gewöhnlich waren sie, wie ich selbst, mit Verwaltungsaufgaben und der Planung von Trainingsdetails überladen, und deshalb übertrugen sie den aktuellen Trainingsprozeß meistens ihrer Staffel. Es war nicht ungewöhnlich für einen Krieger, eine ganze Trainingsphase ohne direkten Kontakt zu dem verantwortlichen Trainer zu durchlaufen. Heute jedoch waren die Trainer deutlich sichtbar. Ob wir das Training nun überwachten oder einfach übersahen, ihre Anwesenheit war jedenfalls deutlich wahrnehmbar.

Dann war da noch der Zustand der Trainingsabteile. Obwohl Ordnung beim Umgang mit echten Waffen nötig ist, so ist mit der Ausführung des Trainings immer ein gewisses Durcheinander verbunden. Wenn der Hauptteil der Krieger beim Training ist, tendieren sie dazu, die Dinge liegen zu lassen, wohin sie fallen. Sie würden den Platz später aufräumen, doch in diesem Moment war ihre Aufmerksamkeit darauf gerichtet, mit neuen Möglichkeiten und Kombinationen zu experimentieren, um ihre Fertigkeiten als kämpfender Teil des Empires zu vervollkommnen. Die Trainingsabteile, die ich sah, waren dermaßen ordentlich, daß ich den Eindruck hatte, einer Vorführung zuzusehen, anstatt einer kämpfenden Einheit beim Üben.

Ich war meiner Beobachtungen nicht so sicher, als daß ich es zu diesem Zeitpunkt gewagt hätte, eine Bemerkung dazu zu machen. Statt dessen beschloß ich, meine nächste Überprüfung unvorhergesehen und unangemeldet anzusetzen. Selbst mein Stab sollte nicht davon unterrichtet werden. Ich wollte die beiden Eindrücke erst vergleichen, bevor ich Alarm schlug.

Etwas zog meinen Blick auf sich, während ich die trainierenden Krieger beobachtete. Ich ging nicht weiter, veranlaßte meinen Stab, sich näher zu mir zu stellen, und wartete mit dem Halbkreis um mich herum.

Wir befanden uns auf einem der erhöhten Gänge, von dem wir einen Irrgarten überblicken konnten. Die Krieger vor uns manövrierten mit Hilfe der Echo-Helme durch die Korridore und machten sporadische Pausen, um auf ein Pseudo-Ameisenziel zu feuern, das einzeln oder in Gruppen erschien, um ihnen den Weg zu versperren. Die durchsichtigen Wände des Irrgartens erlaubten eine klare Sicht, doch was meine Aufmerksamkeit gefangenhielt, war etwas anderes.

»Zur!« sendete ich zu meinem Zweiten Kommandanten.

Wegen der Empfindlichkeit der Echo-Helme sprachen wir in den Trainingsabteilen nicht laut.

»Ja, Kommandant?«

»Rufen Sie diesen Krieger zu mir ... der, der in der Reihe da wartet ... der dritte von vorn.«

»Selbstverständlich, Kommandant.«

Ich wartete, während mein Ersuchen ausgeführt wurde.

Einer der bestimmten Punkte, die ich bei dieser Überprüfung studierte, war die Anordnung der Waffen der einzelnen Krieger. Wie ich schon erwähnte, konnte ein hörbares Geräusch verwirrende Folgen in den Echo-Helmen hervorrufen, und individuelle Waffen, die in der traditionellen Kampfhaltung getragen wurden, tendierten dazu, Lärm zu machen ... zwar leichten, aber nichtsdestoweniger Lärm. Da viele Entwicklungen in der Kriegerkaste von Lösungen herrührten, die die Individuen im Feld als direkte Antwort auf ein bestimmtes Problem entwickelten, war ich neugierig zu erfahren, welche Änderungen entwickelt worden waren.

Das war es, wonach ich suchte – aber nicht, was meine Augen gefangenhielt.

Der bezeichnete Krieger erreichte nun unsere Gruppe. Ich war erfreut, als ich sah, daß er seinen Echo-Helm nicht abgenommen hatte. Die Einheit hatte schnell den Punkt erreicht, an dem sie sich genauso natürlich nach den

Daten des Echo-Helmes bewegen konnte wie mit ihrer normalen Sehfähigkeit.

»Ich bin Rahm«, sendete ich ihm zu und schritt vorwärts. »Darf ich mir Ihr Keilschwert einmal ansehen?«

»Ja, Kommandant«, gab der Krieger zurück, nahm die Waffe mit einem geschmeidigen, schnellen Griff von seinem Harnisch und überreichte sie mir zuerst.

Ich nahm das Schwert und untersuchte es gründlich. Es war in Größe, Gewicht und Ausgewogenheit mit meinem eigenen identisch, außer dem Gewicht am Kolben der Waffe. Das war es, was mein Auge gefangen hatte. Anstatt so sanft bearbeitet zu sein wie mein eigener, war es wie ein unregelmäßiger Kolben gestaltet.

»Ich rätsele an der Gestaltung Ihres Schwertkolbens herum, Krieger«, strahlte ich. »Welchen Vorteil hat diese Abweichung gegenüber der normalen Ausführung?«

Der Krieger zögerte einige Augenblicke, bevor er antwortete.

»Keine, Kommandant.«

»Warum benutzen Sie dann diese Ausführung und nicht das normale Modell?«

»Es ist nach dem Kopf einer Ameise geformt, Kommandant.«

Ich untersuchte den Kolben noch einmal. Er hatte recht. Nun sah ich erst die Ähnlichkeit mit einem Ameisenkopf.

»Aber warum wollten Sie einen Kolben, der aussieht wie ein Ameisenkopf?«

»Es ... es macht mir Spaß, ihn anzusehen, Kommandant.«

Ich begann nachzudenken, daß hier etwas Bedeutsames aufgezeigt wurde. Vielleicht lief es auf das Problem der inaktiven Zeit hinaus, mit dem wir schon auf unserer letzten Mission zu tun hatten.

»Wo erhielten Sie diese Waffe, Krieger?«

»Von den Technikern, wie jede andere Waffe, Kommandant. Ich bin sicher, wenn der Kommandant daran interessiert ist, gibt es für ihn auch noch eine solche Waffe. Ich habe bemerkt, daß einige in seiner Staffel auch eine haben.«

Aufgeschreckt durch diese Feststellung warf ich einen Blick auf meinen wartenden Stab. Der Krieger hatte recht! Zah-Rah und Raht trugen ähnliche Waffen wie die, die ich in der Hand hielt. Ich hatte sie einfach noch nicht bemerkt.

»Sehr gut, Krieger«, strahlte ich und gab ihm sein Schwert zurück. »Das war alles. Sie können wieder am Training teilnehmen.«

Der Krieger drehte sich um und ging.

Ich gedachte, meine Überprüfungsrunde fortzusetzen.

»Einen Moment, Kommandant!«

Es war die Stimme von Tur-Kam, die in meinen Kopf drang. Ich hielt an und drehte mich um, sie anzusehen. Der Ex-Trainer beobachtete aufmerksam die Gestalt des sich zurückziehenden Kriegers.

»Was gibt es, Tur-Kam?« strahlte ich.

»Mit Ihrer Erlaubnis möchte ich gerne etwas nachforschen.«

»Genehmigt.«

Der Krieger, mit dem ich mich unterhalten hatte, blieb plötzlich stehen und lenkte seine Schritte zurück zu unserer Gruppe. Er reagierte wahrscheinlich auf Tur-Kams Ruf.

Sie ging vorwärts, um ihn zu treffen, und für einen Moment gab es einen geräuschlosen Meinungsaustausch. Dann nahm der Krieger seinen Echo-Helm ab und gab ihn Tur-Kam. Sie untersuchte ihn gründlich.

»Kommandant! Dies hier erfordert Ihre Aufmerksamkeit.«

Ich traf sie, und sie übergab mir den Helm.

»Ich dachte, daß die Bewegungen dieses Kriegers zu sicher waren für einen, der gerade lernte, mit den Schwierigkeiten eines Echo-Helmes umzugehen«, sendete sie. »Wenn Sie diese Anlage untersuchen, werden Sie sehen, daß sie so umgeändert wurde, daß er normal sehen kann, indem das Gesichtsvisier umgangen wurde.«

Sie hatte recht. Man konnte die Änderung nicht entdecken, wenn er den Helm trug, aber aus dieser Sicht war es offensichtlich.

»Zur!« sendete ich.

»Ja, Kommandant?«

»Verbreiten Sie folgenden Befehl. Jedes Training in diesem Abteil ist sofort einzustellen. Alle Krieger sollen sofort ihre Echo-Helme absetzen.«

Ich übergab den Helm meinem Stab und wartete, daß die Krieger vor uns meinem Befehl folgten. Innerhalb eines Augenblicks standen sie alle mit den Gesichtern auf uns gerichtet. Ich trat an den Rand des Ganges.

»Der Trainer dieses Kriegers soll sich sofort bei mir melden«, gab ich bekannt.

»Kommandant«, sagte Tur-Kam, während sie ruhig an meine Seite trat, »wenn es zu einem Duell kommt, möchte ich um die Erlaubnis bitten, das Empire vertreten zu dürfen. Dieser Zwischenfall ist eine Beleidigung für alle Trainer und daher auch für mich. Ich bitte deshalb, mir bei der Herausforderung den Vortritt zu lassen.«

»Ich bin nicht damit einverstanden, Kommandant«, sagte Zah-Rah, der an meine andere Seite trat, »dieser Krieger ist in meinem Team. Wenn jemandem bei der Herausforderung Vortritt gewährt wird, so sollte ich das sein.«

»Ihre Ansichten sind zur Kenntnis genommen«, erwiderte ich. »Gehen Sie auf Ihre Plätze zurück.«

Der Trainer erschien, während sie meinem Befehl

Folge leisteten. Ich nahm den Echo-Helm von Raht und gab ihn ihr.

»Untersuchen Sie diesen Helm«, befahl ich.

Sie nahm ihn und prüfte ihn eingehend.

»Mit Ihrer Genehmigung, Kommandant?« fragte sie.

Sie trat an die Kante des Ganges und winkte einem der Krieger vor uns zu, vermutlich ihrem Zweiten Kommandanten.

Wir warteten, während sich der Krieger beeilte, zu uns zu kommen. Die ganze Episode war möglicherweise sehr ernst. Die Trainer sind eine privilegierte Untergruppe innerhalb der Kriegerkaste, aber ihr Status hatte auch seinen Preis. Sie sind nämlich für alles verantwortlich, was während des Trainings passiert.

Der neue Krieger trat zu uns, und der Trainer reichte ihm den Helm, ohne ein Wort an ihn zu richten. Die Kürze seiner Inspektion machte weder auf mich noch auf den Trainer Eindruck.

»Ihre Stellungnahme?« fragte ich.

»Keine, Kommandant«, erwiderte der Trainer.

Ihr Assistent machte Anstalten, vorwärts zu gehen, aber sie hielt eine Hand hoch, um ihn zurückzuhalten.

»Ich bin für diesen Teil des Trainings verantwortlich«, fuhr sie fort, »und deshalb stehe ich Rede und Antwort für jedes Vergehen, das vielleicht passierte.«

»Drehen Sie sich zu den Kriegern«, sagte ich.

Sie zögerte; dann drehte sie sich um und trat an den Rand des Ganges.

Ich erhob meine Stimme, um sie an die ganze Abteilung zu richten.

»Ich wurde darauf aufmerksam gemacht, daß der Fortschritt des Trainings, den ich heute beobachtete, vorgetäuscht war. Wenn dies nicht entdeckt worden wäre, hätte ich den Eindruck gehabt, daß Sie besser vorbereitet sind, als es der Wahrheit entspricht. Vielleicht hätte ich Sie in den Kampf geschickt, bevor Sie wirklich bereit dafür waren. In diesem Fall hätten Sie eine gründliche Niederlage erlitten. Der Feldzug des Empires gegen die Ameisen wäre mißlungen, und es wären zu wenige übriggeblieben, um einen neuen Angriff zu organisieren.«

Ich wandte mich an den Trainer.

»Dieser Krieger war für diese Phase des Trainings verantwortlich. Ihre Vernachlässigung der Pflicht beruhte nicht auf einer Meinungsverschiedenheit oder einer Beleidigung eines Individuums, Gruppe oder Kaste. Es war eine direkte Bedrohung des Empires.«

Ich gab Zur ein Signal. Sein Streitkolben kam aus seinem Harnisch und stieg in einer sanften, flirrenden Bewegung zu. Der Körper des Trainers kippte vom Sims und krachte auf den Boden.

»Sie starb nicht als Tzen oder Krieger in einem Duell oder im Dienste des Empires, sondern als Feind und Bedrohung unserer Existenz.«

Ich drehte mich um und setzte meine Überprüfung fort, mein Stab begleitete mich.

Als wir das nächste Trainingsabteil erreichten, hörten wir hinter uns die Geräusche der Krieger, die ihr Training wieder aufnahmen.

5

» ... unsere früheren Vermutungen, daß die Ameisen Giftgas oder Säurespray benutzen könnten, schieden wir aus. Obwohl diese Erfindungen im Bereich ihrer technischen

Möglichkeiten liegen, gibt es keine Anzeigen für ihre Entwicklung oder Benutzung.«

Von allen meinen Pflichten fand ich diese Besprechungen mit den Vorträgen der Wissenschaftlerkaste am ärgerlichsten. Dieser Vortrag war besonders unangenehm, da ich ohne Zurs Rat auskommen mußte. Er war, gerechtfertigterweise, damit beschäftigt, mit seiner Reserveeinheit zu arbeiten. Unglücklicherweise mußte ich deshalb mit den Wissenschaftlern alleine verhandeln.

»Wir arbeiten immer noch daran, das Kommunikationssystem der Ameisen zu unterbrechen, aber zur Zeit sieht es nicht so aus, als ob wir dies noch vor Ihrer Abreise schaffen würden. Doch gegen die Betäubungsstacheln wurden wirksame Gegenmittel entwickelt.«

Sie deutete auf einen kleinen, flachen Mechanismus auf dem Tisch an der Seite des Raums.

»Sie werden am Brustkasten festgeschnallt, und wir haben in Feld-Tests festgestellt, daß sie die Wirkung der Betäubungsstrahlen aufheben. Die Techniker produzieren sie zur Zeit, und sie werden demnächst herausgegeben.«

»Wurde inzwischen die genaue Reichweite der Betäubungsstrahler gemessen?« unterbrach ich sie.

»Nein«, antwortete der Wissenschaftler. »Sie scheint je nach der Menge der Energiezufuhr mit dem Projektor zu variieren.«

Ich nahm mir vor, alle Mitglieder der Transport-Crew aufzufordern, diese Geräte zu tragen. Es war wahrscheinlich von Vorteil, wenn die Krieger auf dem Planeten gegen dic Betäubungsstrahlen immun waren, für den Fall, daß die Ameisen die Strahlen erfolgreich gegen die Transporte in der Umlaufbahn einsetzen konnten.

»Wir haben die indirekte Überwachung des Raumschiffes fortgesetzt, das in den Ameisenhügeln untergebracht ist«, fuhr der Wissenschaftler fort. »Wir haben keine Geräusche oder andere Anzeichen festgestellt, die darauf hindeuten, daß daran gearbeitet oder etwas verändert wird. Deshalb vermuten wir, daß die Ameisen immer noch die primitiven Schiffe benutzen, die sie ursprünglich von den *Ersten* erhielten. Das bewaffnete Pendelschiff müßte genügen, um sicherzustellen, daß keine Ameisen flüchten, wenn der letzte Angriff beginnt.«

»Werden die Schiffe der Ameisen von den gleichen Energiequellen angetrieben wie ihre Waffen?« fragte ich.

»Ja, stimmt.«

»Schließen dann die Energie-Entziehungsanlagen, die von den Technikern fertiggestellt wurden, eine Benutzung der Schiffe nicht aus?«

»Die Energie-Entziehungsanlagen wurden ausschließlich von den Technikern entwickelt«, gab der Wissenschaftler zu bedenken. »Bis das Prinzip von der Wissenschaftlerkaste getestet und bestätigt wird, möchte ich keine Erklärung über seine Zuverlässigkeit abgeben.«

»Werden diese Tests noch vor der Abreise meiner Einheit durchgeführt?«

»Darüber bin ich nicht informiert, Kommandant, aber ich werde mich erkundigen und Ihnen sofort Bescheid geben.«

»Sehr gut. Was ist der nächste Punkt unserer heutigen Besprechung?«

»Damit wäre die Tagesordnung dieser Sitzung beendet, Kommandant. Haben Sie noch Fragen?«

Ich überlegte genauestens, bevor ich erwiderte.

»Ist es zulässig, eine Frage zu stellen, die nicht diese Mission betrifft? Eine von nicht-militärischer Natur?«

»Selbstverständlich, Kommandant. Ich wurde beauftragt, Ihnen Informationen zu liefern. Und es gibt keine Instruktionen, die den Umfang dieser Informationen betreffen.«

Ich durchdachte noch einmal sorgfältig die Frage, die ich stellen wollte, bevor ich sie in Worte faßte.

»Könnten Sie erläutern, ob die inaktive Zeit, die den Individuen nun zur Verfügung steht, einen nachteiligen Effekt für das Empire hat oder nicht?«

Der Wissenschaftler wiegte den Kopf, und ihr Schwanz zuckte ganz kurz.

»Können Sie Ihre Frage erklären?«

Ich begann ruhelos auf und ab zu gehen. Ich war nicht gewohnt, meine Gedanken Wissenschaftlern gegenüber zu äußern.

»Seit der Rückkehr von meiner letzten Mission wurde ich mir immer mehr gewisser Änderungen im Empire bewußt. Zum größten Teil ignorierte ich sie, da sie keine direkten Auswirkungen auf mich oder die Ausführung meiner Pflichten hatte. Vor kurzem jedoch ereignete sich etwas, das ich wegen seiner möglichen Folgen nicht mehr ignorieren konnte.«

»Und was war das für ein Ereignis?« fragte sie.

»Die Details sind unwichtig. Es zog eine bewußte Täuschung nach sich.«

»Eine Täuschung? Das erscheint mir aber nicht logisch.«

»Mein Stab entdeckte sie in meiner Anwesenheit«, wiederholte ich. »Eine vorsätzliche Fälschung des Trainingsprozesses. Meine Frage lautet: Ist dies ein weitverbreitetes Problem innerhalb des Empires, oder war es ein einmaliger Fall?«

Ich wartete, während der Wissenschaftler meine Frage durchdachte.

»Den Wissenschaftlern wurden keine anderen Ereignisse dieser Art berichtet, Kommandant«, sagte sie schließlich. »Entweder sind keine ähnlichen Zwischenfälle bekannt, oder so etwas ist überhaupt nicht wichtig.«

»Unwichtig?« Trotz meiner selbst auferlegten Kontrolle fühlte ich, daß mein Kopf tiefer sank. »Eine solche Fälschung kann nur als direkte Kontrolle des Empires ausgelegt werden.«

»Ich finde Ihre Logik äußerst unklar, Kommandant.«

»Wenn ich diese Täuschung geglaubt hätte, vielleicht hätte ich meine Einheit zu früh in den Kampf geschickt.«

»Aber haben Sie es getan?«

Mein Schwanz begann leicht auszuschlagen.

»Können Sie Ihre Frage erklären?« bat ich.

»Ihre genauen Worte waren, daß Sie Ihre Einheit vielleicht zu früh hinausgeschickt hätten«, erwiderte sie. »Ich frage, ob Sie sie wirklich für bereit erklärt hätten. Wenn Sie die Täuschung nicht aufgedeckt und alles geglaubt hätten, was Sie sahen, hätten Sie dem Höchsten Kommando direkt berichtet, daß Ihre Einheit für den Kampf bereit ist?«

»Sicher nicht«, gab ich zurück. »Das Training der Einheit ist noch lange nicht beendet. Es bleibt noch eine beträchtliche Zeit bis zu unserer festgesetzten Abreise, und es ist meine Pflicht und die meines Stabes, sicherzustellen, daß diese Zeit so vorteilhaft wie möglich genutzt wird.«

»Dann war dieses Ereignis, nach Ihren eigenen Worten, unwichtig.«

»Aber Sie haben den wichtigsten Punkt ganz vergessen«, sagte ich.

»Vielleicht, Kommandant. Können Sie Ihre Einstellung erklären?«

Ich sagte nichts, um meine Gedanken zu ordnen.

»Als Kommandant der Kriegerkaste muß ich die Folgen eines Ereignisses fühlen können. Ich muß mich mit Möglichkeiten und nicht nur mit feststehenden Tatsachen beschäftigen.«

»Kommandant, versuchen Sie, einem Mitglied der Wissenschaftlerkaste zu erklären, wie nötig es ist, sich mit Möglichkeiten zu beschäftigen?«

Ich fiel in Schweigen, da ich die Wahrheit ihrer Beobachtungen und die Nutzlosigkeit meiner Bemühungen erkannte. Die Gesprächspause zog sich weiter in die Länge, während ich nach einem neuen Weg sann, meine Frage zu formulieren.

»Kommandant«, sagte der Wissenschaftler schließlich, »darf ich eine Frage stellen?«

»Gewiß«, antwortete ich.

»Wie viele Generationen haben Sie bis jetzt erlebt?«

Ich wiegte meinen Kopf.

»Erklären Sie das«, bat ich.

»Wie viele Generationen gab es inzwischen seit Ihrer eigenen?«

»Das weiß ich nicht genau«, gab ich zu. »Meine Karriere begann, als das Empire noch in den Schwarzen Sümpfen lebte. Während dieser Zeit wurde die Zahl und Häufigkeit der Generationen geheimgehalten, besonders die Reihen der Krieger, wie ich es bin.«

»Wissen Sie, warum dies nötig war?«

»Ja, es gab eine Periode, drei Feldzüge vor dem gegenwärtigen Krieg, als der Feind, gegen den wir kämpften, die Tag-Schwimmer, nicht nur intelligent, sondern auch in der Lage war, unsere Sprache zu entschlüsseln. Die Informationen über die Zöglinge wurden zurückgehalten, so daß ein Krieger, der gefangen wurde, nicht in Versuchung geriet, sie dem Feind preiszugeben. Es war ein Grundsatz innerhalb unserer Kaste, daß der einzige Weg, sicherzugehen, daß ein Krieger unter der Folter nicht redete darin bestand, ihm keine Informationen zu geben.«

»Aber«, beharrte der Wissenschaftler, »seit dieser Zeit

sind die Informationen über die Generationen wieder frei. An wie viele erinnern Sie sich?«

»Ich habe mich nie mit solchen Dingen beschäftigt«, sagte ich. »Ich lernte ursprünglich ohne solche Informationen zu leben, und ich hatte auch nie die Gelegenheit, mich von der Notwendigkeit dieser Informationen zu überzeugen.«

»Kommandant, meine eigene Laufbahn begann hier auf dem Kolonieschiff, nach dem Feldzug gegen die Wespen. Und obwohl ich mich nie besonders damit beschäftigte, weiß ich von über dreißig Generationen seit meiner eigenen. Vielleicht können Sie daraus ...«

»Ich sehe nicht, wohin diese Fragen führen sollen«, unterbrach ich sie. »Was versuchen Sie herauszufinden?«

Nun war es der Wissenschaftler, der überlegte, bevor er antwortete.

»Kommandant«, begann sie endlich, »innerhalb meiner Kaste bin ich alt und reich an Wissen. Trotzdem habe ich nur vage Vorstellungen über das Leben in den Schwarzen Sümpfen, und ich müßte zu den Datenbanken gehen, um mich über den Feldzug gegen die Tag-Schwimmer zu informieren, über den Sie so leicht berichten.«

»Es gibt keinen Zweifel, daß meine Erfahrung bei meiner Kandidatur eine große Rolle spielte«, warf ich ungeduldig ein.

»Mehr als das, Kommandant. Es heißt, Ihre Ansichten wurden in einer Periode geformt und gebildet, die den heutigen Kriegern total fremd ist.«

»Wissenschaftler«, sagte ich, »stellen Sie meine Qualifikationen als Kommandant der Kriegerkaste in Frage?«

»Aber nein«, sagte sie hastig. »Lassen Sie mich zu Ende reden, Kommandant. Wenn meine Informationen korrekt sind, legt der gegenwärtige Schlachtplan 63 bis 92 Prozent

Verlust fest. In den früheren Feldzügen des Empires war der Sieg selbst ungewiß. Vielleicht erklärt dies Ihre Schwierigkeiten, den logischen Prozeß der neuen Generationen zu verstehen.«

»Erklären Sie das«, bat ich.

Ich wurde mir mehr und mehr der Zeit bewußt, die dieses Interview verschlang. Ich hatte gehofft, meine Frage würde mit einer kurzen Feststellung beantwortet werden; statt dessen entwickelte sich daraus eine langwierige Konversation.

»Die neueren Generationen erfreuen sich einer Sicherheit, die Sie nie kannten, Kommandant. Während man Ihnen beibrachte, daß das Empire bei jedem Kampf in Gefahr ist, sind die jüngeren Krieger der festen Überzeugung, daß das Empire überlebt. Deshalb sind sie mehr mit ihrer Stellung im Empire beschäftigt, als Sie es je waren. Das soll nicht heißen, daß sie sich nicht der Wichtigkeit des kommenden Feldzuges gegen die Ameisen bewußt sind. Sie sind immer noch Tzen und Krieger und würden niemals wissentlich an einer Aktion teilnehmen, von der sie glauben, daß sie die Einheit schwächt. Sie haben jedoch auch ein Interesse an ihrer Rolle nach dem Kampf, und deshalb versuchen sie, den besten Eindruck auf ihre Vorgesetzten, in diesem Fall Sie, zu machen.«

Ich beschloß, diese Diskussion zu beenden.

»Ihre Beobachtungen und Feststellungen sind sehr nützlich«, sagte ich förmlich. »Ich glaube, ich muß auf der Hut sein, daß dieses neue Gefühl der Sicherheit nicht die Vorbereitungen meiner Einheit für den Kampf gefährdet.«

»Aber Kommandant ...«, begann der Wissenschaftler.

»Meine Pflichten verlangen meine Anwesenheit nun woanders«, unterbrach ich sie. »Wie immer haben die

Wissenschaftler ihren unleugbaren Wert als Stütze der Kriegerkaste und des Empires bewiesen.«

Ich drehte mich um und schritt davon, bevor sie ihre Rede wieder aufnehmen konnte. Während ich ging, schalt ich mich selbst für meinen Versuch, eine Frage an einen Wissenschaftler zu stellen. Wie erwartet, blieb die Antwort unklar und richtete sich nicht direkt nach der gestellten Frage.

Ich entschied, in keine Besprechung mehr ohne Zurs Begleitung zu gehen. Vielleicht übergab ich ihm diesen Teil der Vorbereitung sogar ganz. Meine Pflicht bestand darin, meine Einheit auf den Kampf vorzubereiten und nicht, Wortgeplänkel mit den Wissenschaftlern zu führen.

6

Die Drei-D-Projektionskarten der Ameisenhügel waren ein kleines Wunder. Sie waren durch eine Änderung der Pläne möglich, die die Techniker auf unserer letzten Mission entwickelt hatten. Die ursprüngliche Erfindung zeigte einfach das Vorhandensein eines unterirdischen Hohlraumes an, wie eines Tunnels oder einer Höhle. Dies erwies sich als unschätzbare Hilfe bei der Errichtung unserer Verteidigung, die uns über die Versuche der Ameisen, unsere Befestigung von unten anzugreifen, vorwarnte.

Die neue Änderung verbesserte jedoch diese Erfindung auch in bezug auf unsere Angriffstaktiken. Anstatt einfach die Existenz eines Tunnels anzugeben, bestimmte die neue Erfindung auch die Größe und die Entfernung von der Oberfläche. Ein Flieger, der mit einer dieser Erfindungen ausgerüstet war, konnte, indem er über einem Ameisenhügel kreuzte, eine Karte mit dessen Tunneln und Höhlen anfertigen.

Mein Stab war gerade vor einer solchen Karte versammelt; es war die Karte des zweiten Ameisenhügels, Rahts Auftrag.

»Die Schwierigkeiten beim Angriff auf diesen speziellen Ameisenhügel sind offensichtlich«, eröffnete ich die Sitzung. »Wie Sie sehen können, liegt eine der Eikammern hier unter diesem See.«

Ich zeigte diese Gegend auf der Karte.

»Ich habe diese Besprechung einberufen, um Ihren Rat zu einem Problem einzuholen. Der letzte Bericht der Techniker besagt, daß sie nicht in der Lage sind, eine wasserfeste Bohreranlage herzustellen. Ihre derzeitigen Entwürfe zur Vervollständigung dieser Aufgabe überschreitet weit das festgesetzte Datum unserer Abreise. Das heißt, unser ursprünglicher Plan, diese Kammer direkt anzubohren, gilt nicht länger. Wir müssen also einen neuen Plan entwerfen und durchführen, wenn der Angriff erfolgreich verlaufen soll.«

Ich wartete, während sie das Problem durchdachten. Raht beugte sich weiter vor, um die Karte besser zu studieren, eine Geste, die ihr anscheinend helfen sollte, besser zu denken, da sie die Karte schon oft genug gesehen hatte.

»Kommandant«, begann Zah-Rah, »habe ich recht, wenn ich annehme, daß eine Einheit die Tunnels von einem der anderen Bohrpunkte aus durchqueren wird? Wenn es so ist, erscheint es mir logisch, wenn sie von diesem Punkt hier kommen, da es der nächste von ihrem Ziel ist.«

»Mit Ihrer Erlaubnis, Kommandant?« bat Raht.

»Sicher, Raht.«

»Das ist keine lebensfähige Möglichkeit, Zah-Rah«, begann sie. »Sie müßten einen dieser zwei Tunnels entlanggehen. Unser gegenwärtiger Plan sieht vor, daß beide Tunnels durch Oberflächensprengungen zum Einsturz gebracht werden. Tun wir das nicht, geben wir den Ameisen Gelegenheit, Verteidigungseinheiten zu der Königinnenkammer, und zwar hier, zu bringen.«

»Haben Sie schon an die Möglichkeit gedacht, unsere eigenen Tunnel zu entwerfen?« schlug Heem vor.

»Wie meinen Sie?« fragte ich.

»Wir wissen, daß die Ameisen zum Graben ihrer Tunnel Kaltstrahler einsetzen. Da wir auch Kaltstrahler besitzen, erscheint es mir nur logisch, wenn wir sie in ähnlicher Weise verwenden. Wenn wir, sagen wir ... hier einen Schacht bohren, können wir dann die Kaltstrahler benutzen, um einen Tunnel horizontal zu graben und so die Eikammer erreichen?«

Ich dachte über seinen Vorschlag nach. Er schien eine wirksame und scharfsinnige Lösung dieses Problems zu sein. Ich wollte gerade eine Bemerkung in dieser Richtung machen, als ich sah, daß Zur etwas auf den Datenbändern nachprüfte.

»Haben Sie der Diskussion noch etwas hinzuzufügen, Zur?« fragte ich.

»Einen Moment, Kommandant. Ich möchte etwas nachsehen ... ja,hier ist es.«

Er studierte das Datenband, bevor er fortfuhr.

»Ich bedauere, bemerken zu müssen, daß in dieser Situation horizontale Tunnels nicht möglich sind.«

»Erklären Sie bitte«, bat Heem.

»Es ist zwar richtig, daß die Ameisen Kaltstrahler benutzen, um ihre Tunnels zu bohren, aber dies ist nur durch ihre eigenen Fähigkeiten möglich. Einen Tunnel zu bauen, erfordert mehr, als nur ein horizontales Loch zu graben. Man muß ihn auch abstützen, um einen Einsturz zu verhindern. Die Ameisen benutzen dafür eine Art Zement, den sie mit ihrem eigenen Speichel herstellen. Wir verfügen leider nicht über diese Fähigkeit, und wenn wir versuchen, den Tunnel ohne Stützen zu bauen, so kann das nur in einer Katastrophe enden.«

»Was ist, wenn der Tunnel durch soliden Felsen führen soll? Wird dann die Abstützung nicht überflüssig?« fragte Heem.

»Das habe ich gerade auf den Datenbändern überprüft«, erwiderte Zur. »Das Gebiet, in dem der zweite Ameisenhügel liegt, besteht aus loser, sandiger Erde und nicht aus festem Fels.«

»Vielleicht könnten die Techniker ein Zement-Spray für uns entwickeln«, schlug Heem vor.

»Ich werde mich nach dieser Möglichkeit erkundigen«, schritt ich ein. »Wie auch immer, wenn ich daran denke, daß wir uns nur in dieser mißlichen Lage befinden, weil die Techniker nicht fähig sind, eine einfache Bitte zu erfüllen, dazu noch die kurze Zeit bis zu unserer Abreise, dann glaube ich nicht, daß wir klug handeln, wenn wir uns ganz auf eine neue Entdeckung zur Lösung unseres Problems verlassen. Wir müssen eine andere Antwort finden.«

»Kommandant?«

»Ja, Zur?«

»Vielleicht können wir den See als Hindernis betrachten, anstatt ihn zu benutzen.«

»Erklären Sie das bitte.«

»Wir wissen, daß die Eier sehr empfindlich auf Wasser reagieren. Können wir nicht einfach einen der Wasserspeere, die wir gegen die Aquatiks gebrauchten, in den See schicken mit Instruktionen, daß er seine Kaltstrahler hier an diesem Punkt auf dem Grund des Sees ansetzt? Dieser Angriff würde die Eikammer überfluten und die Eier mit minimalen Verlusten zerstören.«

»Was passiert, wenn die Ameisen die Eier durch einen der anderen Tunnels evakuieren?« fragte Kah-Tu.

»Wir können die anderen Tunnels durch Oberflächensprengungen zuschütten«, erwiderte Zur.

»Wie stellt der Wasserspeer den genauen Punkt fest, an dem er seine Strahler einsetzt?« bemerkte Tur-Kam.

»Die Kammer ist dermaßen groß, daß der präzise Ansatzpunkt nicht so wichtig ist«, entgegnete Zur.

»Damit bin ich nicht einverstanden«, warf Heem ein. »Beim Feldzug gegen die Aquatiks entdeckten wir, daß die Wirksamkeit der Kaltstrahler durch Wasser stark beeinträchtigt wird. In der Tat ist es, selbst wenn wir ein genaues Ziel haben, zweifelhaft, daß der Strahl zu der Kammer durchbrechen kann.«

»Kommandant?«

»Ja, Raht?«

»Ich glaube, ich habe die Antwort. Anstatt beide Tunnels zu sprengen, brauchen wir nur diesen hier zu zerstören. Dann bleibt dieser Weg zu den Eikammern frei, und wir können ihn von dem nahen Bohrloch hier aus benutzen.«

»Wie Sie schon früher bemerkten, Raht, würde das den Angriff auf die Königinnenkammer verhindern.«

»Dessen bin ich mir bewußt, Kommandant. Ich wollte vorschlagen, wenn wir diesen Punkt im Tunnel erreicht haben, nehmen wir unsere Kaltstrahler und Minigranaten, schütten den Tunnel hinter uns zu und versperren so den Ameisen den Weg.«

Ich brauchte nicht zu sagen, daß diese Aktion ebenfalls unserer Einheit den Rückweg versperrte. Raht war sich dieses Faktors zweifellos bewußt, als sie den Plan vorschlug.

»Glauben Sie, daß Sie nach der Durchquerung des Tunnels noch genügend Leute haben, um die Eikammer zu zerstören?« fragte ich.

»Wenn ich der Meinung bin, daß die Verluste meine Einheit sehr geschwächt haben, werde ich befehlen, die Waffen auf die Decke der Kammer zu richten. Wie Zur schon sagte, würde das Überfluten der Kammer unsere Mission beenden. Und ich glaube, es ist leichter, die Kammer von innen zu zerstören, als vom See.«

Wenn es noch einen Zweifel gab, daß Rahts Vorschlag eine Selbstmordaktion war, so wurde er von der letzten Bemerkung zerstreut.

»Sehr gut«, sagte ich. »Sie wissen, daß es von dieser Entscheidung abhängen kann, ob unser Angriff auf diesen Planeten erfolgreich verläuft oder nicht. Suchen Sie deshalb die Krieger, die Sie mit dieser Mission betrauen wollen, sehr sorgfältig aus, besonders ihren Führer.«

»Ich plante, das Team selbst zu führen, Kommandant«, erwiderte Raht.

»Wie Sie wünschen«, sagte ich. »Sie können auch Personal von den anderen Teams beziehen, wenn Sie es für nötig halten. Ich werde selbst jede Auseinandersetzung über die Fähigkeiten der Individuen für diese Mission abhandeln.«

Ich streifte die Versammlung mit einem Blick. Ich sah keine gesenkten Köpfe oder andere Anzeichen einer Kritik an meinem Befehl. Das war gut. Raht war ein außergewöhnlicher Krieger, und ihr Verlust würde bemerkt werden. Ich wollte nicht, daß ihr Opfer vergeblich sei. Wenn dieser besondere Angriff fehlschlug, so sollte es nicht daran liegen, daß ein anderer Teamführer die notwendigen Krieger für diesen Auftrag nicht zur Verfügung stellte.

»Damit wäre unsere Besprechung beendet«, sagte

ich. »Kehren Sie zu Ihrem Team zurück, und trainieren Sie weiter. Wir haben nicht mehr viel Zeit bis zu unserer Abfahrt. Zur, ich möchte noch etwas mit Ihnen besprechen.«

»Selbstverständlich, Kommandant.«

Wir warteten, bis die anderen den Raum verlassen hatten.

»Zur«, sagte ich schließlich, »mir ist bei der Überprüfung der Ausrüstungsliste etwas aufgefallen, das Sie mir erklären müssen. Warum brauchen wir zwei verschiedene Arten von Pendelschiffen?«

»Eines ist für den Pendelverkehr zwischen dem Transport im Weltraum und dem Planeten. Es ist das gleiche, das uns bei unserer letzten Mission aufnahm, Kommandant«, legte Zur dar. »Das andere ist eines von dem Typ, das zur Zeit zwischen den Transportern des Kolonieschiffes hin und her fährt, nur ist dieser Typ als Verfolgungsschiff ausgerüstet, falls die Ameisen versuchen sollten, mit ihren Raumschiffen zu fliehen.«

»Können wir nicht einen Typ von Pendelschiffen benutzen, das beide Zwecke erfüllt?« fragte ich.

»Nicht möglich, Kommandant. Die schwere Bewaffnung der Planeten-Schiffe läßt sich mit der Manövrierfähigkeit, die für die Verfolgungsschiffe nötig ist, nicht vereinbaren. Abgesehen davon wurde angeordnet, daß die Techniker die Planetenschiffe steuern, während die Krieger die Verfolgungsschiffe fliegen.«

»Ich erinnere mich jetzt«, sagte ich. »Dieser Befehl schien mir damals unlogisch zu sein. Die Techniker sind für das Fliegen der Verfolgungsschiffe weit besser geeignet als die Krieger. Es wäre nur natürlich, wenn diese Aufgabe ihnen zufallen würde anstatt uns.«

»In diesem besonderen Fall ist aber mit dem Fliegen

der Verfolgungsschiffe ein direkter Kampf mit dem Feind verbunden«, bemerkte Zur. »Deshalb gehört es zu den Pflichten der Kriegerkaste.«

»Sehr gut. Damit wäre meine Frage beantwortet, Zur.«

»Da wir gerade einen ruhigen Moment haben, Kommandant, da gibt es etwas, das ich Ihnen berichten sollte.«

»Worum geht es?«

»Ich wurde in Ihrer Abwesenheit gefragt, ein Duell zu beaufsichtigen.«

»Ein Duell? Wer war darin verwickelt?«

»Zwei von den Trainern ... eigentlich waren es nur Staffelmitglieder, keine vollen Trainer. An einen der beiden erinnern Sie sich vielleicht. Es war der Zweite Offizier des Trainers, den Sie exekutierten.«

»Worum ging das Duell?« fragte ich.

»Sie informierten mich nicht, und ich fragte auch nicht. Der Zweite Offizier, den ich erwähnte, errang den Sieg und schien zufrieden, daß der Zwischenfall abgeschlossen war.«

»Sehen Sie irgendwelche Schwierigkeiten, die aus diesem Vorfall entstehen können, Zur?« hakte ich ein.

»Nein, Kommandant. Ich dachte nur, daß Sie über das Vorgehen informiert sein sollten.«

»Ich werde eine Notiz darüber machen«, sagte ich. »Sie können jetzt zu Ihrem Dienst zurückkehren.«

Während er ging, versuchte ich mich zu erinnern, was ich ihn ursprünglich hatte fragen wollen – aber was immer es auch war, es entzog sich meinem Erinnerungsvermögen.

7

Ich war wieder einmal gezwungen zu warten. Vielleicht hatte das fieberhafte Tempo meiner Aufgaben an Bord des Kolonieschiffes die Toleranz für die untätige Zeit noch verringert oder meinen Stoffwechsel erhöht. Was immer der Grund war, ich fand, daß das Warten noch schlimmer als bei meinen früheren Aufträgen war.

Ich befand mich in einem der drei Transporter, die gegenwärtig im Weltraum über dem Zielplaneten kreisten. Zah-Rahs und Kah-Tus Teams teilten sich ein Schiff, Kur-Tams und Heems Team teilten sich ein anderes. Rahts Team und Zurs Reserveeinheit waren an Bord des von mir ernannten Kontrollschiffes einquartiert.

Die Mission war soweit glatt verlaufen. Die Berichte der vorausgeschickten Aufklärungsschiffe enthielten keine besonderen Neuigkeiten über die Ameisenhügel. Die Teamführer hatten ihre letzte Besprechung abgehalten, deren Ergebnis sie zur Zeit ihren Einheiten mitteilten. Die Energiequellen und die Energie-Entzugsanlagen waren stationiert und funktionierten einwandfrei. Ich sollte zufrieden und erfreut sein. Aber ich war es nicht. Ich war ungeduldig.

Zur schien die Verzögerung nicht zu bewegen, während er mit mir im Kontrollraum wartete. Anstatt seine Einheit mit dieser letzten Besprechung zu belasten hatten wir beschlossen, daß sie letzte Instruktionen nur dann brauchten, wenn sich ihr Einsatz als nötig erwies. Und selbst dann sollten sie nur die Informationen bekommen, die für ihren Auftrag unbedingt erforderlich waren.

Zur Zeit stand Zur bewegungslos wie eine Statue vor der Tafel mit den Bildschirmen. Anscheinend beachtete er die dahineilende Zeit überhaupt nicht. Ich fragte mich, ob er eine Art Schlaf entdeckt hatte, in den er in Zeiten wie diesen fiel. Ich wollte ihn gerade danach fragen, entschied mich aber plötzlich dagegen. Falls Zur etwas derartiges entdeckt hatte, war es unfair von mir, seine Trance zu unterbrechen, bevor es nicht unbedingt nötig war.

Ich beschloß, die späten Depeschen des Höchsten Kommandos noch einmal durchzulesen, mehr aus dem Grund, etwas zu tun, als aus Notwendigkeit.

Die Techniker hatten endlich eine wasserfeste Bohreranlage fertiggestellt. Fast gleichzeitig war auch das Zementspray fertig, um das wir gebeten hatten. Unglücklicherweise stand keines davon zur Verfügung, als wir das Kolonieschiff verließen.

Es war mir ein Rätsel, warum sich das Höchste Kommando damit plagte, Depeschen wie diese abzuschicken, und deshalb gaben sie mir viel zu denken. Bevor ich meinen jetzigen Rang erlangte und deshalb Zugang zu solchen Depeschen hatte, wußte ich nichts über die dahinziehende Zeit, die mit der Weltraumfahrt verbunden war. Es erschien mir, milde gesagt, unglaublich, daß seit unserer Abreise vom Kolonieschiff zwei, vielleicht auch drei Schiffe mit Kriegern trainiert und vielleicht schon erledigt waren.

Mir wurde bewußt, daß die Verwicklungen bei der Koordination, die meine eigene Position einschloß, unbedeutend wurden, wenn ich an die Aufgabe dachte, die das Höchste Kommando verrichten mußte, indem es die Hilfsmittel des ganzen Empires zusammensuchte, um sie in einem großen Angriff gegen die Ameisen zu sammeln.

Mir fiel auch wieder ein anderes ungelöstes Problem ein, das ich die ganze Zeit ignorierte, da ich keine untätige Zeit zur Verfügung hatte.

»Zur?«

»Ja, Kommandant?«

»Wie viele Generationen haben Sie erlebt?«

Es gab eine Pause, bevor er antwortete.

»Ich bin nicht sicher, ob ich Ihre Frage verstanden habe, Kommandant.«

»Wie viele Generationen gab es, seit Ihre Karriere begann?«

Ich hatte das vage Gefühl, dieses Gespräch schon einmal geführt zu haben.

»Ich weiß es nicht«, erwiderte Zur. »Warum ist diese Information wichtig?«

»Nun, auf dem Kolonieschiff fragte ich einen Wissenschaftler nach den Veränderungen im Empire. Sie schien zu glauben, daß die Antwort auf diese Frage eine große Rolle bei ihrer Erklärung spielte. Ich war nicht in der Lage herauszufinden, was sie sagte, und hoffte, Sie könnten vielleicht ihre Analyse erklären.«

Zur überlegte eine Zeitlang.

»Fühlen Sie sich altmodisch?« fragte er schließlich.

»Erklären Sie das«, bat ich.

»Finden Sie, daß es immer schwieriger wird, sich mit anderen Kriegern zu unterhalten, ihre Beweggründe zu verstehen?«

»Der Wissenschaftler stellte damals ganz ähnliche Fragen«, gab ich zurück. »Nur als ich sie fragte, ob sie meine Qualifikation als Kommandant in Frage stellte, verneinte sie.«

»Natürlich wollte sie das nicht«, erklärte Zur. »Sie stellte lediglich fest, daß Sie verschieden sind und nicht inkompetent.«

»Erklären Sie das«, bat ich.

»Das Empire hat sich verändert, seit Sie und ich unsere Karrieren begannen. Ich bin mir dessen bewußt, und Sie anscheinend auch, obwohl Sie die Einzelheiten nicht sehen. Die heutigen Krieger denken anders und reagieren anders als Sie oder ich. Sie merken, daß ich nicht besser sage, sondern nur anders.«

Unsere Köpfe drehten sich beide um, als eines der ›Fertig‹-Lämpchen auf dem Kontrollpult aufleuchtete. Das galt für unser Schiff. Raht war fertig.

»Ich ärgere mich nicht über diese Änderungen«, fuhr Zur fort, »noch versuche ich, mich selbst zu ändern. Ich bin, was ich bin, und ich glaube einfach, daß das Empire eine Aufgabe findet, für das ein Krieger mit meiner Haltung und Fertigkeit gebraucht wird. Es ist möglich, daß eine Zeit kommt, in der meine Nützlichkeit verschwindet, aber ich bin sicher, daß ich eines Tages wieder gebraucht und vom tiefen Schlaf aufgeweckt werde.«

»Können Sie sich auch auf Ihre Bilder von der Zukunft verlassen?« warf ich schnell ein.

»Wie Sie wissen, töten oder zerstören Tzen nicht aus Unbequemlichkeit«, sagte er. »Auch wenn wir annehmen, daß der Angriff auf die Ameisen erfolgreich verläuft und der letzte Teil der Koalition zerstört ist, läßt das Höchste Kommando seine Krieger nicht im Stich. Ob es nun eine noch unentdeckte Art ist, die den Weg unserer Kolonisation kreuzt, oder ob sich Tzus mystische Rasse von Warmblütern entwickelt, auf jeden Fall erscheint wieder eine Bedrohung des Empires. Das ist das Gesetz der Natur. Genau wie die Koalition in uns einen natürlichen Feind fand, genauso finden wir vielleicht einen natürlichen Feind, der unsere Macht in Frage stellt. An diesem Tag werden die Krieger wieder aufgeweckt. Deshalb brauchen wir uns über das Aussterben unserer Nützlichkeit keine Gedanken zu machen.«

Ich dachte eine Weile darüber nach.

»Ich muß zugeben«, sagte ich endlich, »daß ich nie ernsthaft darüber nachdachte, ob unsere Nützlichkeit einmal nicht mehr gebraucht wird.«

»Wenn ich Sie wäre, Kommandant«, erwiderte Zur, »würde ich mich nicht mit diesen Problemen beschäftigen. In vielen Dingen haben Sie sich schneller geändert als ich.«

»Erklären Sie«, bat ich.

»Die Änderung ist offensichtlich, Kommandant«, behauptete Zur. »Ob Ihr Rangaufstieg der Grund dieser Änderung war oder ob Sie sich änderten, um sich dem Rang anzupassen, ist irrelevant. Die Änderung ist da.«

»Ich habe von dieser Änderung aber nichts bemerkt«, stellte ich fest.

»Aber nur, weil Sie nicht zu Selbstanalysen neigen. Es gab eine Zeit, da kannten Sie jeden Krieger unter Ihrem Kommando sofort. Sie hielten dies für lebenswichtig, um Ihre Pflichten auszuführen. Nun zweifle ich, ob Sie die Namen der Zweiten Offiziere Ihrer Teamführer kennen. Ich möchte noch einmal darauf hinweisen, daß dies keine Kritik sein soll. Eine gewisse Absonderung ist für einen Kommandanten notwendig, aber es ist auch eine merkliche Abweichung von Ihrem früheren Verhalten.«

Das zweite ›Fertig‹-Licht blitzte auf. Diesmal für Tur-Kams und Heems Schiff. Die Wartezeit war jetzt vorbei.

Zur wollte weiterreden, aber ich hob meine Hand, um Ruhe zu gebieten. Seine Argumente waren sehr interessant, um sie in der untätigen Zeit zu diskutieren, aber da der Kampf jetzt endlich losging, konnte ich keine Verwirrung gebrauchen.

Das dritte ›Fertig‹-Licht blieb dunkel.

Es kam mir wie ein Witz vor, wenn der letzte Angriff

gegen die Koalition wegen eines defekten ›Fertig‹-Lichtes fehlschlagen würde.

Das Licht war immer noch dunkel.

Ich überlegte, ob ich einen Techniker hinzuziehen sollte, der die Anlage überprüfte. Ich wollte gerade Zur nach seiner Meinung fragen, als das dritte und letzte Licht aufleuchtete und das Muster vervollständigte.

Die gesamte Einheit war bereit.

Mit erzwungener Ruhe gab ich das Signal zum Angriff, und der letzte Kampf begann.

8

Es gab eine Verzögerung, bevor die Bildschirme aktiviert waren. Der erste Schritt unseres Angriffs war, die Flieger abzusetzen, die alten Einzelkrieger und die neuen, größeren Drei-Krieger-Einheiten.

Die Kameras waren an den Unterseiten der Flieger montiert und sendeten erst Bilder, wenn die Flieger abhoben und mit dem Angriff starteten. Ich hätte auch über die Bildschirme zusehen können, die in dem Moment zu laufen anfingen, als die Flieger sich vom Transport lösten. Aber ich beschloß, die zusätzliche Warterei den vervielfältigten Bildern ihres freien Falls auf den Planeten vorzuziehen.

Die Bildschirme waren auf die Ameisenhügel gerichtet, um beim Interpretieren der Bilder jede Verwirrung auszuschließen. Zur und ich beobachteten schweigend, bis auf einmal die Bilder zum Leben erwachten.

»Heem, Kommandant«, kam eine Nachricht. »Berichte, Kamera an Flieger vier funktioniert nicht.«

Der Bericht war dank einer späten Entwicklung der Wissenschaftler laut vernehmbar. Um die Aufgaben der Planetarischen Kommandanten zu vereinfachen, entwickelten sie eine Kamera, die die Übertragungen von verstärkten telepathischen Nachrichten in hörbare Laute umwandelte. Obwohl die Nachrichten an den Planetarischen Kommandanten nur von den Teamführern gesendet werden durften, waren die Berichte bei einem Angriff wie diesem zahlreich und umfassend genug, um diese neue Entwicklung zu einer großen Hilfe zu machen.

Wir ignorierten den einzelnen, leeren Schirm und beobachteten die anderen. Die erste Aufgabe der Flieger war, die Ameisenhügel zu verschließen, indem sie die Tunnels sprengten. Gleichzeitig mit dieser Aktion sollten sie die Kommunikationsunterbrecher absetzen. Ich persönlich setzte keine großen Hoffnungen auf diese Anlagen, nicht, weil ich nicht an ihre Wirksamkeit glaubte, sondern weil wir keine Gelegenheit hatten zu testen, ob sie funktionierten oder nicht. Der leere Bildschirm gab den stummen Beweis, daß nicht alle Anlagen narrensicher waren, obwohl die Techniker uns dies versicherten. Wir setzten die Unterbrecheranlagen trotzdem ein, da in einer Kampfsituation die Kommunikation lebenswichtig ist, und wir mußten jede Gelegenheit nutzen, um die Versuche des Feindes zu sabotieren, seine Informationen zu sammeln und zu koordinieren. Aber auf diesen Erfolg verließ ich mich nicht bei meiner Planung.

»Tur-Kam, Kommandant. Bohreranlagen gelandet und funktionieren.«

»Verstanden.«

Das war der vierte Ameisenhügel. Ich überprüfte die Bildschirme, um die Operation zu bestätigen. Der vierte

Ameisenhügel hatte nur drei Ausgänge, die zu verschließen waren. So war es logisch, daß sie die ersten waren, die in den wirklichen Kampf eintraten.

»Heem, Kommandant. Bohreranlagen gelandet und funktionieren.«

»Verstanden.«

Fünfter Ameisenhügel. Ich beeilte mich, die visuelle Bestätigung von den Bildschirmen zu erhalten. Es war eine relativ schwierige Aufgabe. Wie ich schon sagte, waren die Kameras an den Fliegern montiert, und diese waren weit davon entfernt, untätig zu sein.

Während die Bohranlagen gelandet wurden, warfen die Flieger die Bomben an den dafür bestimmten Plätzen ab, eine Arbeit, bei der die Maschinen mit vollkommener Präzision gesteuert werden mußten. Weit mehr als ein Schirm zeigte nur das Bild der Landschaft, mit hoher Geschwindigkeit aufgenommen, während die Flieger dahinrasten, um ihren Auftrag zu erfüllen.

Es gab eine Debatte darüber, ob die Bomben vor oder während des Landens der Bohranlagen abgeworfen werden sollten. Hätten wir sie vorher abgeworfen, hätten die Flieger mehr Zeit für ihr Manöver gehabt. Aber durch den gleichzeitigen Abwurf hatten die Ameisen weniger Zeit, den Angriff zu checken.

»Zah-Rah, Kommandant. Bohranlagen gelandet und funktionieren.«

»Verstanden.«

Fünfter Ameisenhügel. Jetzt waren die Ameisen hoffentlich vollkommen verunsichert. Auch wenn sie unseren Angriff jetzt bemerkt haben sollten, hatten sie keine Vorwarnung über dessen Ausmaße. Da sie nicht wußten, daß wir im Besitz der Bohranlagen waren, mußten sie einen direkten Angriff von den Tunnels erwarten. Die Verschließung der Ausgänge und das Einstürzen der anderen Tunnel mußte ein unerwartetes Element in ihrem Verteidigungsplan sein.

»Raht, Bohranlagen gelandet und funktionieren.«

»Verstanden.«

Sechster Ameisenhügel! Etwas stimmte nicht. Der dritte Ameisenhügel sollte vor dem sechsten berichten.

»Kah-Tu!« sendete ich.

»Ja, Kommandant?«

»Berichten Sie sofort.«

»Stießen auf unerwarteten Oberflächenwiderstand, Kommandant. Die Ameisen graben schneller neue Tunnel, als wir sie schließen können.«

Die Bilder auf den Schirmen bestätigten seine Angaben. Trotz der unermüdlichen Bemühungen der Flieger brachen die Ameisen zur Oberfläche durch und krabbelten ärgerlich heraus.

»Der Boden in diesem Gebiet ist sehr locker, Kommandant«, informierte mich Zur. »Es ist zweifelhaft, ob wir diese Gegenbewegung erfolgreich aufhalten können.«

»Machen Sie mit den Bohranlagen weiter«, befahl ich.

»Verstanden, Kommandant«.

Wir hatten gegen die Wespen gekämpft, um die Luftmacht zu gewinnen. Nun sollte sich anscheinend bewahrheiten, ob es auch dabei blieb.

»Zur!«

»Ja, Kommandant?«

»Alarmieren Sie Ihre Einheit, daß sie bereitstehen, und informieren Sie mich dann.«

»Sofort, Kommandant.«

Wenn wir bei diesem Angriff dermaßen früh Schwierigkeiten hatten, stand es jetzt schon fest, daß wir die Reserveeinheit brauchten, bevor alles zu Ende war.

Einer der Bildschirme verlosch.

Erster Ameisenhügel. Ich wartete.

»Zah-Rah, Kommandant. Flieger unten«, kam der Bericht.

»Berichten Sie«, befahl ich.

»Grund unbekannt, Kommandant. Der Flieger warf Bomben ab und vergaß, aus der Bahn zu ziehen. Es war anscheinend ein mechanischer Fehler.«

»Verstanden.«

Ich hatte auf nähere Angaben gehofft. Mechanische Fehler in einem Flieger waren selten.

»Kah-Tu, Kommandant. Bohranlagen gelandet und funktionieren.«

»Verstanden.«

Dritter Ameisenhügel. Der Kampf war nun an allen Fronten im Gange. Ich starrte auf die Bildschirme. Die Ameisen waren in Klumpen versammelt und stürmten die Bohranlagen.

»Kah-Tu!«

»Ja, Kommandant?«

»Teilen Sie Ihre Flieger. Die Hälfte soll aufhören, die Tunnel zu verschließen und statt dessen den Bohranlagen Feuerschutz geben. Die andere Hälfte soll weiter versuchen, die Ausgänge zu bombardieren.«

»Verstanden, Kommandant.«

Das war ein Test, bei dem sich das Training und die Wirksamkeit der Einheit unter Feuer bewähren konnte. Es war eine Sache, bei der Übung die Bomben vorzubereiten und auf einem bestimmten, gekennzeichneten Ziel abzuwerfen. Eine andere Sache war es, das Ziel von den Drei-D-Projektionen herauszufinden, es auf die aktuelle Feldsituation zu übersetzen, die Bomben zu setzen und das Manöver erfolgreich auszuführen – und immer mitten in der Kampfsituation.

»Reserveeinheit steht bereit, Kommandant.«

Ich hatte Zurs Eintreten nicht bemerkt, aber er war wieder an meiner Seite.

»Verstanden.«

»Noch ein Kameraausfall?« fragte er, als er den zweiten leeren Schirm bemerkte.

»Der Flieger ist unten«, sagte ich. »Unbekannter mechanischer Fehler.«

Während ich sprach, fiel ein weiterer Schirm aus.

»Zah-Rah, Kommandant. Flieger unten.«

»Berichten Sie!«

»Grund unbekannt, Kommandant. Die Situation ist ähnlich der des ersten Zwischenfalls.«

Zwei Flieger am gleichen Ameisenhügel abgestürzt.

»Da stimmt was nicht, Kommandant«, unterbrach Zur. »Es ist unlogisch, daß zwei Flieger in dem gleichen Gebiet mechanische Fehler aufweisen.«

Etwas in seiner Behauptung rief eine Frage in mir wach.

»Zah-Rah, ging der zweite Flieger in dem gleichen Gebiet herunter wie der erste?«

Es gab eine Pause, bevor die Antwort kam. Zah-Rah war bei einer der Bohranlagen, und die Frage und Antwort mußten von den zurückbleibenden Fliegern erst übertragen werden.

»Positiv, Kommandant. Der zweite Flieger ging über dem gleichen Gebiet herunter, nachdem er versucht hatte, eine Bombe abzuwerfen.«

»Geben Sie den Fliegern Befehl, diese Gegend zu meiden. Ordnen Sie eine Lautsondierung im Höhenflug über diesem Gebiet an, und berichten Sie mir sofort die Ergebnisse.«

»Verstanden, Kommandant.«

Ich starrte mißtrauisch auf die Schirme für die anderen Ameisenhügel, aber es erfolgte kein weiterer Absturz.

»Raht, Kommandant. Meine Abteilung befindet sich im Tunnel und hat den hinter uns liegenden Teil eingestürzt. Wir gehen weiter zu der Eikammer. Bis jetzt fünfundvierzig Prozent Verluste.«

»Verstanden.«

»Kah-Tu, Kommandant. Die Ausgänge wurden wie befohlen eingestürzt. Oberflächenwiderstand wird schwächer.«

»Verstanden.«

Ich prüfte auf den Bildschirmen, ob diese Behauptung stimmte.

»Zah-Rah, Kommandant. Die Lautsondierung ergab den Beweis von Maschinen in dem bezeichneten Gebiet. Keine visuelle Bestätigung.«

»Verstanden.«

Meine schlimmsten Befürchtungen hatten sich bewahrheitet.

»Rahm an alle Kampfteams«, sendete ich. »Verdacht auf Kaltstrahler-Aktivität des Feindes. Es besteht die Möglichkeit, daß sie auf die Flieger feuern. Alle Kameras haben auf mein Kommando sofort den neuesten Stand zu berichten. Zah-Rah!«

»Erster Ameisenhügel. Bohranlagen sind oder werden ausgefahren. Eine Eikammer ist durchgebrochen. Bis jetzt siebenundfünfzig Prozent Verluste. Es ist möglich, daß auf die Flieger gefeuert wird.«

»Raht!«

Es kam keine Antwort.

»Kah-Tu!«

»Dritter Ameisenhügel. Bohranlagen ausgefahren. Zwei Eikammern und die Königinnenkammer zerstört. Aus den Tunneln werden Kaltstrahlerangriffe berichtet. Aber das Feuer wurde ohne Schaden anzurichten wieder eingestellt. Bis jetzt siebenundsiebzig Prozent Verluste.«

»Tur-Kam!«

Es kam keine Antwort.

»Heem!«

»Fünfter Ameisenhügel. Bohranlagen sind oder werden ausgefahren. Königinnenkammer zerstört. Bis jetzt siebenundsechzig Prozent Verluste.«

»Raht, zweiter Aufruf!«

»Zweiter Ameisenhügel. Bohranlagen sind ausgefahren. Königinnenkammer und eine Eikammer sind zerstört. Bis jetzt vierundfünfzig Prozent Verluste.«

»Tur-Kam, zweiter Aufruf!«

Es kam keine Antwort.

»Rahm an Fliegerführer des vierten Ameisenhügels!«

»Hier, Kommandant.«

»Gegenwärtiger Stand Ihrer Streitmacht?«

Es war eine lange Pause, bevor die Antwort kam.

»Unbekannt, Kommandant. Wir hatten zu unserem Führer keinen Kontakt mehr, seit die Bohranlagen gelandet wurden. Wir sind im Moment nicht in der Lage, die Kommunikation aufrechtzuerhalten.«

»Verstanden.«

Ich drehte mich zu Zur um.

»Ihr Ziel ist der vierte Ameisenhügel. Unterrichten Sie Ihr Team während des Hinfluges.«

»Mit welcher Stärke sollen wir angreifen, Kommandant?«

»Volle Stärke. Der zu erwartende Widerstand ist unbekannt.«

»Sofort, Kommandant.«

Ich drehte mich wieder zu den Bildschirmen, ohne Zur weggehen zu sehen.

9

»Kah-Tu, Kommandant. Auf dem dritten Ameisenhügel fängt es zu regnen an.«

»Verstanden.«

Wir wußten von den möglichen Schlechtwetter-Bedingungen, als wir die Angriffszeit festlegten, aber wir wurden aufgefordert, wie geplant zu handeln, um mit den anderen planetarischen Angriffen übereinzustimmen. Wir waren schon froh, daß nur bei einem der fünf Ameisenhügel schlechtes Wetter herrschte. Der Regen würde die Wirksamkeit der Flieger einschränken und konnte den möglichen Rückzug und die Wiederaufnahme gefährden.

»Mir-Zat, Kommandant. Übernehme Kommando über den ersten Ameisenhügel«

»Verstanden.«

Der erste Ameisenhügel! Zah-Rah war tot. Der erste … möglicherweise sogar schon der zweite Verlust unter den Teamführern.

»Zur!«

»Ja, Kommandant?«

»Bericht über die gegenwärtige Situation!«

»Vierter Ameisenhügel, Kommandant. Ich befahl den Fliegern, alle Bomben abzuwerfen, um die Verteidigung zu unterbrechen.«

»Haben Sie die ursprüngliche Streitmacht entdeckt?«

»Nein, Kommandant, aber wir sind gleich in den Bohranlagen. Dann werde ich sofort berichten, wenn wir etwas entdecken.«

»Verstanden.«

»Raht, Kommandant. Die Eikammer in unserer Sektion wird durch Kaltstrahler verteidigt. Erlitten schwere Verluste.«

»Sind Sie in der Lage, das Ziel zu nehmen?«

»Ja, Kommandant.«

»Verstanden.«

Wieder Kaltstrahler. Hier bildete sich ein Muster, aber ich hatte nicht genug Zeit, um es zu analysieren.

»Heem, Kommandant. Erhielt Bericht, daß die Ameisen Eier aus den Eikammern tragen, während diese zerstört werden.«

»Ordnen Sie die sofortige Verfolgung an, und finden Sie den neuen Eiersammelplatz und zerstören Sie ihn.«

»Verstanden, Kommandant.«

Die eingestürzten Tunnel sollten die Ameisen davon abhalten, die Eier fortzutragen. Anscheinend klappte das bei dem fünften Ameisenhügel nicht. Wenn es den Ameisen gelang, wenn sie wirklich einige Eier vor unserem Angriff retteten, würden sie als Art überleben, und unser Feldzug war ein Fehlschlag.

»Zur, Kommandant. Wir sind in den Bohranlagen und führen die Aufgabe gegen einen minimalen Widerstand weiter. Wir haben die ursprüngliche Streitmacht entdeckt.«

»Berichten Sie.«

»Streitmacht wurde durch Betäubungsstrahler hilflos gemacht. Die Bohranlagen wurden von den Ameisen manuell aufgebrochen. Es gibt keine Überlebenden der ursprünglichen Einheit. Wir haben die Bohranlagen von Ameisen gesäubert. Die Anlagen funktionieren noch, und wir setzen die Mission fort.«

»Trugen die Mitglieder der ursprünglichen Streitmacht die Anti-Betäubungsplatten?«

»Ja, Kommandant. Vielleicht haben die Ameisen ihre Betäubungsstrahler umgeändert, oder sie verfügen über Waffen, die uns unbekannt sind. Unsere Einheit, wie auch immer, traf nicht auf solche Schwierigkeiten wie die ursprüngliche Streitmacht. Vielleicht haben die Energie-Entzugsanlagen das Funktionieren dieser Waffen erfolgreich gestört.«

»Verstanden«, antwortete ich.

Das war es! Ich hatte die Antwort auf das vage Muster, das ich die ganze Zeit im Sinn hatte. Die Energie-Entzugsanlagen waren wirksam, aber jeder Ameisenhügel verfügte über eine Reserveenergieanlage. Anscheinend hatten die Kommunikationsunterbrecher koordinierte Aktionen zwischen den Ameisenhügeln verhindert, so daß jeder Hügel seine Reserveenergiequelle auf seine Art benutzte, bevor die Energie abgezogen wurde.

Der erste Ameisenhügel benutzte seine Energie, um die Flieger anzugreifen, während der zweite Hügel die Kaltstrahler einsetzte, um eine Eikammer zu verteidigen. Kaltstrahler wurden auch im dritten Hügel benutzt, und im vierten Ameisenhügel wurde eine veränderte Form der Betäubungsstrahler eingesetzt, um damit die ganze Streitmacht auszulöschen. Das ließ …

»Heem, Kommandant! Dringend! Fünfter Ameisenhügel fährt Raumschiff aus!«

»Verstanden.«

Nun wußten wir, für was der fünfte Hügel seine Energiereserven benutzte.

»Rahm an die Piloten der Raum-Verfolgungsschiffe! Halten Sie Ihre Schiffe ab sofort bereit! Nehmen Sie Position über dem fünften Ameisenhügel ein!«

Ich wartete ungeduldig, während ihre Bestätigungen eintrudelten.

»Heem!«

»Ja, Kommandant?«

»Berichten Sie.«

»Wir untersuchten gerade den Tunnel, durch den die

Ameisen ihre Eier evakuierten. Es ist ein neuer Tunnel. Anscheinend wurde er gebaut, während wir unseren Angriff starteten. Der Tunnel führte zu einem Raum, in dem ein Raumschiff stand. Es wurde schwer verteidigt, und wir waren nicht imstande, sein Auslaufen zu verhindern.«

»Wie viele Raumschiffe liefen aus?«

»Nur eines, Kommandant.«

»Ziehen Sie sich weiter zurück.«

»Verstanden, Kommandant.«

»Rahm an die Führer der Verfolgungsschiffe! Ihr Ziel ist ein, wiederhole, ein Raumschiff. Stoppen Sie es, koste es, was es wolle!«

»Verstanden, Kommandant.«

Wenn das Schiff mit einer Ladung Eier flüchtete, waren unsere Anstrengungen umsonst, und das Empire war in größter Gefahr.

»Ar-Tak, Kommandant. Übernehme Kommando über den zweiten Ameisenhügel.«

Ich zwang meine Gedanken von dem flüchtenden Raumschiff weg. Raht war tot.

»Können Sie garantieren, daß sie Rahts Mission beenden?«

»Ja, Kommandant. Die Flieger berichten, daß der Wasserspiegel des Sees ständig sinkt, ein Beweis, daß die Eikammer erfolgreich zerstört wurde. Wir leiten unseren Rückzug ein.«

»Wie groß sind Ihre Verluste?«

»Bis jetzt zweiundsiebzig Prozent, Kommandant.«

»Verstanden.«

»Kah-Tu, Kommandant. Alle Ziele des dritten Ameisenhügels sind zerstört. Bis jetzt achtundsechzig Prozent Verluste. Wir stießen bei unseren Rückzugsversuchen auf starken Widerstand. Die zurückgebliebene Einheit ist nicht imstande, die Oberfläche wieder zu erreichen. Fordere Verstärkung an.«

Das hatte ich befürchtet. Die Wetterbedingungen hatten die erwartete Wirkung auf den Rückzug.

»Die Reserveeinheit ist unabkömmlich. Es steht keine Verstärkung zur Verfügung.«

Es war eine lange Pause, bevor die Antwort kam.

»Ich verstehe, Kommandant. Bitte um Erlaubnis, die Flieger zurück zum Treffpunkt fliegen zu lassen.«

»Erlaubnis erteilt.«

»Verstanden, Kommandant.«

Kah-Tu war tot. Sie hatte verstanden und versuchte nun, einen Teil ihrer Einheit zu bergen.

»Verfolgungsschiff-Pilot, Kommandant. Wir trafen mit dem Raumschiff der Ameisen zusammen und zerstörten es.«

»Berichten Sie.«

»Das Raumschiff war anscheinend nicht für einen Kampf ausgerüstet. Während es auf den Weltraum zusteuerte, konnten wir es abfangen, noch bevor es eine Chance hatte, seinen ursprünglichen Kurs zu ändern. Die Kaltstrahler waren bei der totalen Zerstörung des Schiffes ausreichend.«

»Kehren Sie zu dem Transporter zurück.«

»Verstanden, Kommandant.«

Es war beruhigend zu wissen, daß wenigstens eine Phase dieses Angriffs ohne Schwierigkeiten ausgeführt wurde.

»Mir-Zat, Kommandant. Alle Ziele des ersten Ameisenhügels sind zerstört. Wir leiten unseren Rückzug ein. Bis jetzt achtundsechzig Prozent Verluste.«

»Verstanden.«

»Fliegerführer des dritten Ameisenhügels an Kommandanten. Erbitte Erlaubnis, die Flieger zu landen und den Rückzug des Streitteams zu decken.«

Das gab mir zu denken. Anscheinend verweigerten die Flieger von Kah-Tus Einheit den Befehl, zurück zum Treffpunkt zu fliegen, und baten statt dessen, ihre gestrandeten Teammitglieder retten zu dürften.

»Erlaubnis erteilt. Landen Sie Ihre Flieger aber außerhalb der Reichweite der automatischen Waffenabtaster.«

»Verstanden, Kommandant. Wir sind Ihnen sehr dankbar.«

Wenn es eine Chance für die gestrandete Einheit gab, so sollten sie sie haben. Ich würde nie Krieger in eine solche unsichere Lage befehlen, aber wenn sie darum baten, konnte ich ihnen die Erlaubnis nicht verweigern.

»Zweiter Transporter-Pilot, Kommandant. Dringend! Wir gehen hinunter!«

»Berichten Sie!«

»Anscheinend führte das Verfolgungsschiff ein falsches Manöver aus, als es versuchte, bei uns anzulegen. Schwerer Zusammenstoß, der Schaden ist nicht zu reparieren. Wir kommen aus der Umlaufbahn und erwarten, bei dem Eintritt in die Atmosphäre zu verbrennen.«

»Verstanden.«

Ein Transport! Verloren! Diese Möglichkeit trat in meinen Plänen nie auf.

»Rahm an Verfolgungsschiff. Versuchen Sie nicht, wiederhole, versuchen Sie nicht, an ein Transportschiff anzulegen. Ein unbekannter Defekt Ihres Fahrzeuges verursachte die Zerstörung des zweiten Transports. Versuchen Sie, in der Nähe der Ameisenhügel zu landen, und schließen Sie sich den Einheiten zur Wiederaufnahme an.«

Ich ignorierte ihre Bestätigungen. Die Piloten der Verfolgungsschiffe wußten so gut wie ich, daß ihre Fahrzeuge eine Bodenlandung nicht überleben würden. Mein Befehl war nur eine akzeptable Alternative zu der Warterei im Weltraum, bis ihr Sauerstoffvorrat zu Ende ging.

»Zur, Kommandant. Alle Ziele des vierten Ameisenhügels sind zerstört. Leiten Rückzug ein. Bis jetzt neunundfünfzig Prozent Verluste.«

»Verstanden.«

Alle Ameisenhügel waren erledigt, bis auf einen.

»Rahm an Kah-Tu, wo bleibt Ihr Bericht?«

Es kam keine Antwort.

»Rahm an Fliegerführer des dritten Ameisenhügels. Ich erwarte Ihren Bericht.«

Es kam keine Antwort.

»Rahm an alle Krieger der Streitmacht für den dritten Hügel! Ich erbitte Bericht.«

Der Versuch, die gestrandete Einheit im dritten Ameisenhügel zu retten, war fehlgeschlagen.

10

Der Verlust eines Transportes änderte unsere Wiederaufnahmekalkulationen schwer. Anstatt dreißig Prozent unserer ursprünglichen Einheit, konnten wir nur zwanzig Prozent zurück zum Kolonieschiff transportieren. Trotz des Verlustes zweier voller Kampfteams würden wir zweifellos einige Krieger hier lassen müssen.

Ich gab meinen letzten Befehl bei diesem Angriff.

»Rahm an alle Teamführer und andere Führer. Unser Angriff wurde erfolgreich beendet. Koordinieren Sie Ihre Wiederaufnahmeforderungen direkt mit den Transporterpiloten. Es stehen nur Transport eins und Transport drei zur Verfügung.«

Sobald ich ihre Bestätigungen erhalten hatte, verließ ich den Kontrollraum und begab mich in mein Schlafquartier.

Ich verstand nun, warum ein Planetarischer Kommandant aufgefordert wurde, vor einem Angriff zu essen, und warum er nicht aufgefordert wurde, seinen Bericht vor seiner Rückkehr zum Kolonieschiff dem Höchsten Kommando abzugeben. Ich fühlte mich erledigter als nach einem meiner früheren Aufträge. Ich begann nun, den Behauptungen der Techniker und Wissenschaftler zu glauben, daß sie genauso müde werden konnten wie die Krieger, obwohl sie nie an einem direkten Kampf teilnahmen.

Dennoch, ich ging nicht sofort schlafen. Statt dessen ertappte ich mich dabei, wie ich über verschiedene Fragen nachdachte.

Unter welchen Umständen würde ich das nächste Mal erwachen? Erwartete das Höchste Kommando einen detaillierten Bericht von mir? Angenommen, der Krieg gegen die Koalition war wirklich vorbei, würde ich in die Kolonisation der neuen Planeten einbezogen werden? Oder würde es so sein, wie Zur vorausgesagt hatte, daß ich nur wieder geweckt wurde, wenn eine andere Spezies das Empire herausforderte?

Zur! Plötzlich hatte ich den Eindruck, daß seine Einheit die letzte war, die ihre Mission beendete. Logischerweise hieß das auch, daß sie die letzten Überlebenden waren, die aufgenommen werden mußten. Deshalb war es auch wahrscheinlich, daß sie allesamt oder zumindest einige von ihnen zurückbleiben würden. War Zur einer der Überlebenden? Oder war er gestrandet, unter all den anderen Verlusten?

Ich bemerkte plötzlich, daß diese Frage für mich nicht wichtiger war, als … als die Frage, ob sich eine Art intelligenter Warmblüter entwickeln würde oder nicht. Ich war ein Tzen und ein Krieger, und ich hatte meine Pflichten gegenüber dem Empire gewissenhaft erfüllt.

Ich wollte nur noch schlafen.

ENDE

Band 23 114

Robert Asprin

**Die Chaos-
Kompanie**

**Deutsche
Erstveröffentlichung**

Sie sind die verrücktesten Soldaten des Universums, und sie bekommen den Commander, den sie verdient haben: Willard Narrisch, seines Zeichens Multimillionär und Abenteurer, wurde auf den abgelegenen Planeten Haskin versetzt, weil seine Querschläger so manchen Auftrag vermasselt haben. Zusammen mit seinem seltsamen Butler soll er die mißliebige Kompanie auf Vordermann bringen – und sich aus allen Angelegenheiten der Space Legion heraushalten. Doch leider haben sich ein paar Aliens gerade seinen Planeten als Ziel ihrer Invasion ausgesucht – und die Chaos-Kompanie wird zur letzten Hoffnung der Menschheit.

BASTEI
LÜBBE

**Sie erhalten diesen Band
im Buchhandel, bei Ihrem
Zeitschriftenhändler sowie
im Bahnhofsbuchhandel.**

Band 23 148

**Mercedes Lackey/
Ellen Guon**

**Wing Commander
Die Befreier**

**Deutsche
Erstveröffentlichung**

Sie sind tollkühne, waghalsige Piloten, und sie führen einen abenteuerlichen Kampf. Captain Hunter und seine Leute fliegen pausenlos ihre Einsätze gegen das Imperium der Kilrathi. Doch Hunter hat trotz aller Schwierigkeiten einen gewaltigen Vorteil. Lord Ralgha spioniert für die Terraner. Da aber wird er verhaftet: Er soll ein Rebell sein. Hunter und seine Leute müssen ihren Spion retten . . .

WING COMMANDER ist eines der erfolgreichsten Computerspiele aller Zeiten. Nun endlich liegt der erste Roman über das verwegene Kilrathi-Universum vor. In den USA ein absoluter Bestseller – nicht nur bei Computer-Fans!

BASTEI LÜBBE

Sie erhalten diesen Band im Buchhandel, bei Ihrem Zeitschriftenhändler sowie im Bahnhofsbuchhandel.